KB274914

CHARLOTTE ARMSTRONG

독약 한 방울

샬롯 암스트롱 / 김석환 옮김

해문출판사

독약 한방울

제1장

키가 큰 남자가 전등을 켰다. "곧 끝날 겁니다." 하고 그는 말했다.

키가 작은 남자는 방안을 둘러보았다. 그곳은 실험실이었다. 키가 작은 남자는 느릿느릿 걸어가서 별 생각도 없이 어떤 화학기구를 자세히 들여다보았다.

"분명 이 근처에 두었었는데." 하고 책상 위의 서류를 뒤적거리다가 왼쪽 윗서랍을 열어보면서 폴 타운젠드가 말했다. "편지를 보내려고 했는데 까맣게 잊었어. 어디에 두었더라?" 이 남자는 대단한 미남으로서, 6피트(약 183cm) 정도의 키에 37살의 한창 나이였다. 그 잘생긴 얼굴은 조금 초조한 듯이 찡그리고 있었다. 그의 행동은 왠지 변명처럼 보였다.

"천천히 찾으시오." 하고 연상의 깁슨 씨가 말했다. 이 사람은 무슨 일에나 당황하지 않는 침착한 남자로, 독서를 취미로 하고 있다. "뭐지, 이게?"

"아……!" 폴 타운젠드는 편지를 찾아냈다. "찾았다. 예, 그것 말입니까? 그건 독약이에요."

"웬 거요? 수집품인가요?" 대략 1인치(약 2.54cm) 정도의 크기에 바닥이 네모난 작은 병이, 깨끗하게 라벨이 붙여진

채 두 줄로 죽 늘어서 있는 것을 깁슨 씨는 진열장의 유리
문을 통해 들여다보며 말했다.

"이곳에서 사용하는 약품은 대개가 극약이에요." 하고 폴
타운젠드가 설명했다. "따라서 열쇠를 채워놓는 것이 가장
안전하죠." 두 손가락으로 집은 편지를 빙글빙글 돌리면서
걸어온 그는 함께 그것을 바라보았다. "정말 대단한 수집품
이죠?" 하고 그는 천진하게 말했다.

"식도락가의 향신료를 넣어두는 찬장 같군." 하고 깁슨
씨는 감탄한 듯이 말했다. "이것들은 모두 어디에 쓰이는
거요?"

"약품에 따라서 달라요."

"90% 정도는 들어본 적도 없는 약이군."

"그러니까……." 하고 폴 타운젠드는 조금 격앙된 목소리
로 말했다.

"작은 병 속의 죽음과 파멸인가?" 하고 깁슨 씨는 중얼
거리며 집게손가락으로 유리문을 눌렀다. (어린 시절 꼭 이
런 식으로 제과점의 진열장에 손가락을 댔던 일을 그는 언
뜻 기억해 냈다.) "만일, 당신에게 하나를 골라 달라고 한다
면 어떤 약이 될까?" 하고 그는 익살스럽게 물었다.

"예?" 타운젠드는 긴 눈썹을 깜박거렸다.

깁슨 씨는 싱긋 웃었다. 눈가의 잔주름이 작은 공작의 날
개처럼 퍼졌다.

"지금 시적으로 생각하고 있는 중이라오." 그는 이렇게
말하고는 표정을 바꾸었다. "24개의 죽음의 병을 말이오.
내 두뇌의 움직임은 보통 사람과는 다르다오. 어쩔 수 없지.
시를 가르치고 있으니까." 그는 기분좋게 자신을 낮추고 나

서는 낭독조로 말했다. "깊은 밤 아무 고통 없이 이 세상을 떠나기 위해서……."

"아아." 하고 타운젠드는 조금 얼빠진 표정으로 대답했다. "빠르고 확실하게 죽는 약이라는 뜻이라면, 글쎄요, 저게 좋겠죠."

"저것 말인가?" 깁슨 씨는 이 방의 주인이 가리키는 약병의 라벨에 쓰인 긴 단어의 의미를 도저히 이해할 수 없었다. 사람의 혀로는 도저히 발음할 수 없을 것 같은 단어였다. 라벨의 번호는 333이라서, 그것은 간단하기 때문에 쉽게 기억할 수 있었다.

"어떤 효과가 있소?"

"결국 죽게 되죠. 맛도 없고 냄새도 없어요." 하고 폴 타운젠드는 말했다.

"색깔도 없고." 하고 상대가 중얼거렸다.

"게다가 고통도 없어요."

"어떻게 아시오?" 깁슨 씨의 아름다운 회색 눈동자는 지적인 호기심으로 반짝였다.

· 타운젠드는 다시 눈을 깜박였다. "알다뇨, 무얼?"

"고통이 없다는 것 말이오. 게다가 맛이 없다는 것도. 당사자는 당신이 말한 것처럼 맥없이 죽겠지. 물어볼 수 없는 문제잖소?"

"그건, 그러니까……고통을 느낄 시간을 주지 않는다는 거죠." 타운젠드는 조금 불쾌한 듯이 말했다. "이제 밖으로 나갈까요?"

"정말 멋진 방인데." 하고 아쉬운 듯이 주위를 둘러보며 깁슨 씨가 말했다.

타운젠드는 전등의 스위치에 손을 댔다. "잠깐만 기다리십시오." 그는 눈살을 찌푸렸다. 그 모습은 뜻밖의 손님을 맞이하는 가정주부 같았다. 어딘가 집안의 결함을 발견한 것이다. "잘 넣어두어야 할 것이 내팽개쳐져 있군요. 그것 때문에 당신의 목숨이 위험해지는 것은 아니지만……누굴까, 저렇게 내팽개쳐 놓은 녀석이? 미안하지만 잠깐 고개를 돌려 주시겠습니까?"

"고개를 돌리라고? 아, 그러고말고." 깁슨 씨는 상냥하게 오른쪽으로 돌아서서 비커와 실험관으로 가득한 반대편의 진열장을 바라보았다. 진열장의 유리문은 이쪽에서 눈으로 볼 수 있는 것 중에서 반사되는 것만을 골라서 바라보자 훌륭한 거울이 되었다. 그래서 깁슨 씨는 폴 타운젠드가 책상 위에서 조그만 양철통을 집어들고, 숨겨진 곳에서 열쇠를 꺼낸 다음 양철통을 극약이 든 진열장 안에 넣고 다시 유리문에 열쇠를 채우고 나서 그 열쇠를 감추는 것까지 멍하니 쳐다보았다.

"됐어요." 하고 타운젠드가 말했다. "정말 미안합니다. 하지만, 조심하는 것이 제일이거든요."

깁슨 씨는 작은 소리로, "그건 그렇지." 하고 말했다. 이미 열쇠가 감춰진 곳을 알고 있다는 사실을 자백할 마음은 없었다. 타운젠드는 친절한 남자다. 학교 밖의 식당으로 식사하러 가다가도 거기서 우연히 마주치면, 으스스하게 추운 1월의 밤이라도 깁슨 씨를 집 앞까지 바래다 주겠다고 하는 정도다. 쓸데없는 얘기를 할 필요는 없다. 깁슨 씨는 이 남자를 난처하게 할 생각이 전혀 없었다. 게다가 어차피 중요한 일도 아니다.

그 대신 그는 독약에 대해서 생각하기 시작했다. 인간의 입에 넣어서는 안될 물질이 왜 생겨났을까? 불이나 물, 공기 같은 것이 모두 인간을 위한 물질인데……그러나 지나치게 양이 많거나, 적당량을 조금이라도 초과하거나, 또는 부적절하게 사용한 경우에는 사람을 죽일 수도 있다. 독약 역시 그런 기준이 있다고 생각하는 것은 불가능할까? 적당한 양을 적당한 기회에 적당한 사정에 따라서 사용하면 독약이 되지만 사람을 위한 것이 될 수 있지 않을까? 아마 극소량이라면 괜찮을지도 모른다. 언제 어디서 얼마만큼을 사용해야 할지를 알아내는 것이 문제가 아닐까?

"그 333번이라는 약은 어떤 용도에 쓰이는 게요?" 하고 실험실을 나와 조용한 길로 들어섰을 때 그는 물었다.

"아직 아무도 모릅니다." 하고 타운젠드는 공손히 말했다. "하지만, 죽는 수단으로서는 나쁘지 않은 약이죠."

깁슨 씨는 죽고 싶다는 생각을 해본 적이 없었다. 그는 이 문제를 잊어버리고 달을 올려다보았다.

"포근한 밤이에요. 조용하고 평안한 밤……." 하고 그는 중얼거렸다.

"예, 좋은 밤이군요." 하고 타운젠드는 맞장구쳤다. "조금 으스스하기는 하지만. 자, 댁까지 모셔다 드리죠. 기다리시게 해서 죄송합니다. 배웅해 드리고 나서 전 혼자 돌아가겠습니다."

"편지 부치는 걸 잊으면 안돼요." 하고 깁슨 씨는 일부러 쌀쌀맞은 태도로 말했다. "우체통은 집 모퉁이에 있다오."

그날은 깁슨 씨의 생일이었다. 그가 그 사실을 얘기하지 않은 것은 이상했다. 그는 55살이 되었다.

그럼 편히 쉬라고 인사하고 나서 그는 계단을 올라가, 커다란 방 하나가 있을 뿐인 자신의 거처로 들어갔다. 그리고 불을 켠 다음 구두를 벗고 담배를 바로 옆에 준비해 놓고 나서 책을 한 권 골랐다. 그는 독신이다.

그의 집은 조용했다. 남자의 방치고는 그리 나쁘지 않았다. 그곳은 말하자면 시내 속의 작은 웅덩이이고, 그 웅덩이 속에서 케네스 깁슨은 만족하고 있었다. 자신의 생애는 몇 개의 작은 웅덩이 속에서 지내온 것과 같다고 깁슨 씨 자신도 생각하고 있었다. 물결치는 강물 속 한가운데로 뛰어든 적은 한 번도 없었다. 마치 온순하고 저항을 모르는 한 장의 나뭇잎처럼 강의 가장자리를 천천히 흐르다가 이곳저곳의 작은 정류장에 걸려서는 갇히고, 다시 그곳에서 도망치더라도 두 번째, 세 번째 정류장으로 옮겨졌을 뿐, 마침내는 조용하고 독특한 이곳에 헤엄쳐 도착한 것이다. 이곳은 어떤 폭풍도 일지 않고, 가끔 아주 잔잔한 물결만이 일렁일 뿐이다.

그는 그 활동범위 내에서는 대단히 쓸모 있는 사람이다. 현재의 일이나 생활이 싫을 이유도 없다. 그래서 그런지 이미 인생의 종점에 다다른 듯한 느낌이었다. 앞으로 10년 정도를 이런 상태로 안락하게 지낼 수 있다면 정말 인생이 그토록 길다고 생각되지는 않을 것이다. 그는 위세좋은 남자도 아니며, 자신만만한 야심의 소유자도 아니다. 자신이 훌륭한 사람이라고 생각한 적조차 없었다.

쉰다섯 번째 생일을 보내고 4주가 지났을 무렵 깁슨 씨는 장례식에 가게 되었다. 그곳에서 그는 로즈메리 제임스라는 젊은 여성을 만났다.

죽은 사람은 제임스 노교수였다. 대학 교수들은 동료의 장례식에 모여들었다. 제임스 교수는 이미 8년 전에 퇴직했는데, 그뒤 심한 신경질 증세를 보이다가 결국에는 정신이 이상해져 버린 것이다. 그러나 과거에 그가 교직에 몸담고 있었던 이상 학교장으로 치르는 것은 당연했다. 그 관례는 지켜진 것이다.

고인의 외동딸 로즈메리와 다른 교수들은 그날이 첫대면이었다. 하지만, 다름아닌 케네스 깁슨과 그녀와의 만남은 깁슨 씨가 소유하고 있는 어떤 성격, 스스로는 나약함이라고 생각하고 있는 어떤 성격 때문에 다른 누구보다도 뜻깊은 것이었다. 즉, 그에게는 감정이입(感情移入)이라는 천부적인 재주, 아니, 선천적인 짐이 있었던 것이다.

그것은 자신에게 있어서는 연약한 신경과민에 지나지 않았다. 물론 태어나서 55년 동안 그는 이 성격을 교묘히 처리하는 기술을 터득했다. 제1차 세계대전 때에도 이 성격은 그에게 심한 상처를 입혔었지만.

새로운 세기의 첫 달에 태어난 그는 1918년에는 말할 필요도 없이 18살이 되어 있었다. 그가 자란 곳은 인디애나 주의 작은 마을, 즉 시내 속의 웅덩이였다. 아버지는 철물점을 경영했고 재치는 없지만 활달한 남자였으며, 어머니는 모린(본명 글레이디)이라는 키가 작고 몽상가적인 여인이었다. 시골에서 고등학교를 마친 그가 곧바로 전쟁에 지원한 이유라고 한다면, 지금 기억하고 있는 바로는 그렇게 하는 것이 당시로서는 가장 '올바른' 일이라고 판단했었기 때문이다.

젊디젊은 몸과 순진하고 깨끗한 인상을 지녔던 그는——케네스 깁슨은 본래부터 늘 깨끗하고 깔끔하게 보이는 남자였다——그 무렵부터 이미 종이와 잉크를 좋아하는 경향을 보이고 있었다. 그는 당시의 보기 흉한 군복에 각반을 차고 경리병(經理兵)으로 전쟁에 참가했었던 것이다. 쾌활하고 적극적이면서도 조금 소심했던 그는 모범적인 경리병이 되었다. 종이와 잉크에 몰두했던 곳도 그다지 안전한 곳은 아니었지만, 실전경험은 한 번도 없었다. 따라서 전쟁이 끝났을 때 이 젊은이가 공포로 몸이 마비될 정도의 경험을 했다고는 아무도 생각지 않았고, 젊은이 역시 아무에게도 애기하지 않았다. 그가 보고 듣고 참고 견뎌야만 했던 학살의 비밀 때문에 선천적으로 결벽한 그가 얼마만큼 상처를 입었는지는 아무도 알 수가 없었다. 그의 마음의 상처가 당연하고도 중요한 상처라는 것을 당시의 누구도 인정치 않았던 것이 분명하다. 어쨌든 전쟁에서 그는 공포를 너무 경험했던 것이다. 그는 공포를 상상하는 입장에만 놓여 있었던 것은 아니었을까?

말수가 적어진 그는 상아탑에 틀어박혀 책 속에서 구원을 얻으려 했다. 그는 대학에 들어갔다. 그러나 당시의 젊은이들과 함께 어울려 돌아다니는 것을 피했다. 그건 그가 동급생들보다 나이를 더 먹어서 그들을 따라다닐 수 없을 것 같은 느낌이 들었기 때문이다. 더구나 그는 나름대로의 방법으로 눈에 보이지 않는 상처를 치료하기에 바빴던 것이다.

아버지가 돌아가신 것은 그가 석사 학위를 받은 해였다.

궁핍한 상태로 남겨진 어머니를 케네스는 정성껏 돌봐 드렸다. 어머니를 떠맡을 이유는 없었다. 그렇게 하는 것만이 반드시 효도는 아니라는 사실을 그도 알고 있었다. 그러나 사실상 그 짐을 진 것이다. 쥐꼬리만한 봉급을 받는 교사생활을 계속하면서 어머니에게 송금하고, 당시 대학생이던 누이동생 에셀까지도 돌봐 주면서 그것이 희생적인 행위라고는 조금도 생각지 않았다. 자신의 생활이 앞서 얘기한 웅덩이 하나에 빠져 버렸다고 생각할 뿐이었다. 경리병으로 전쟁에 나간 것도 그것과 유사한 웅덩이였다. 분명히. 부양 가족을 거느린 젊은 선생이 된 것도 또 다른 웅덩이에 불과했다. 그는 괴로운 생활과 싸웠다. 그렇게 하지 않을 수 없었다. 마음설레는 청춘시절도 그에게는 존재하지 않았다.

1932년, 돈이 많이 드는 병에 걸린 어머니가 결국 돌아가시고 그는 어머니를 땅속에 묻었는데, 그때는 저기압이 완전히 지상을 뒤덮고 있었다. 어머니가 살아 있는 동안에 그는 직장에서 쫓겨나면 어떡하나 걱정했었지만 이젠 아무것도 두려워할 필요가 없었다.

여덟 살 아래인 에셀도 이때는 물론 학교를 졸업하고 독립했기 때문에 그의 생활을 도와 줄 수 있었다. 그건 그 누이동생도 책임감이 강하고 의지할 수 있는 사람이었기 때문이다. 그 대공황 때 그는 어정쩡한 일에 덤벼들어 엄청난 빚을 지고 말았다.

드디어 두 번째의 보잘것없는 교직을 찾아냈을 때 그는 기뻐하며 그 웅덩이 속으로 뛰어들었다. 그것은 빚을 갚기 위한 길고 쓰라린 세월이었고, 가난하고 단조로운 날의 연속이었다. 그러나 드디어 그는 모든 빚을 청산했다. 빚을 갚

아감에 따라 옛날의 채무가 조금씩 줄어가는 것을 보는 기쁨은 대단한 것이었다. 그가 간신히 빚에서 해방되어 적당히 안정된 생활을 얻었을 무렵, 세계는 뮌헨 회담 뒤의 긴장된 분위기에 휩싸이고 있었다.

그때 그는 38살의 독신이었다. '진짜' 독신이었다. 여성에게 줄 만한 것을 충분히 가졌던 적은 그때까지 한 번도 없었다. 생활의 보장. 자신의 관록. 그밖의 모든 것들을. 그가 용기를 내어 어떤 식으로든 여성과 교제하기 전에 1941년이 도래했고, 그렇게 해서 그는 또다시 전쟁에 나가게 된 것이었다.

물론 경리병이었다. 사무에 정통하고, 익숙해 있었던 그는 전쟁중 계속해서 웅덩이 같은 사무실에서 생활했다──그건 참을 수 있었고, 사실은 가끔 즐거운 때도 있었다──그의 정신은 아직도 공포를 두려워할 능력을 갖고 있었던 것이다. 그러나 그의 행위가 얼마만큼 중요한지는 전혀 이해할 수 없었다. 그것이 그의 의무라고 누군가 다른 사람이 지적해 주기 전에 그는 의무를 다했다. 단지 그뿐이었다.

1945년 이런 상황에서 탈출한 그는 뉴욕에서 재회한 누이동생 에셀과 헤어졌다. 단 하나의 혈육인 에셀도 역시 독신이었다. (이것은 부모로부터 물려받은 성격 탓이었을까?) 에셀은 37살인데──멋지게 생활하며──제 몫을 다하는 여성이 되어 있었다. 결코 미인이라고 할 수는 없지만, 머리 좋고 유능한 일꾼으로 회사에서도 꽤 높은 자리에 있었다. 결국 에셀은 그를 필요로 하지 않았다. 사실 냉엄한 사회 속에서 태평스럽게 지내는 그녀의 여유 있는 사고방식과 그 완벽한 독립정신에 그는 끔찍 놀랐다.

그런 에셀을 그는 아주 훌륭하다고 생각했다. 그는 애정이 담긴, 그러나 너무 슬프지는 않게 작별인사를 하고 캘리포니아로 가서 양지바른 골짜기를 굽어보며 여기저기 집들이 흩어져 있는 작은 마을에 정착했다. 그곳에서 그는 자유스러운 분위기의 예술대학의 국문과 교수가 되었다. 이것이 그의 영원한 웅덩이였다. 만족스러운 곳이었다.

그곳에서 10년 동안 유일한 혈육의 얼굴도 잊은 채 그는 시를 가르쳤다——상대는 축구 선수나 여학생, 그밖에 여러 종류의 젊은이들이었고——이 교수는 말하자면 지상 최대의 도덕으로서의 시를 가르친 것이다. 케네스 깁슨은 어디로 보든지 반역적인 사상을 품은, 눈매가 고약한 방랑자도, 부르주아 계급을 오만하게 내려다보는 대담하고도 유들유들한 탐미주의자도 아님이 분명했다. 그는 오히려 친절하고 예의바르고 참을성 있는 아저씨였고, 5피트 8인치(약 173 cm)의 육체는 늘 딱딱하게 긴장되어 있어서 나이보다 훨씬 젊게 보였지만, 반지르르한 머리칼에는 드문드문 흰 머리가 섞여 있고——아름다운 회색 눈동자와 이따금 입가에 인자한 웃음을 머금는 훌륭한 신사였다.

이런 사람이 시에 대해서 진지하게 생각하고 있는 것을 보고 젊은이들은 마음을 돌렸다. 그들에게도 시에 깊이 몰두해서, 과연 시라는 것이 얼마만한 가치가 있는 것인지 알아볼 마음이 생기는 것이었다.

이렇게 해서 그는 별 탈 없이 계속 가르쳐 나갔고, 대개의 경우 자신의 신념을 학생들에게 전하는 일에 성공했다. 즉, 시라는 것이 반드시 여성 취향적인 것에 국한된 것이 아니고……현재 사회에서 큰 인식을 얻지는 못하고 있지만,

이것이야말로 사실은 상상 이상으로 인류의 위대한 업적이라는 것을.

그에게는 책이 있고, 친구가 있고, 고독이 있고, 교직이 있고, 마음 편한 집이 있고, 정신을 지탱하기 위한 나무의 아름다움과, 하늘의 근사함과, 지평선으로 이어지는 산맥과, 음악과도 같은 옛사람들의 사상이 있다. 그에게는 그의 인생이 있고, 그것이 어떤 식으로 끝날지 그는 이미 알고 있는 듯했다.

그런데 그때 노교수의 장례식에서 로즈메리 제임스를 만난 것이다.

제2장

작고 어두컴컴한 예배당에 동료들과 나란히 예의바르게 앉아 있는 깁슨 씨는 야박하기는 하지만 일부러 다른 생각에 몰두하는 편리한 방법으로 어쩔 수 없이 의식을 참고 있었다. 장례식이 끝났을 때 마음을 찌르는 듯한 통증과 함께 정신이 번쩍 들었다. 장례식을 치르는 동안 왼쪽의 '가족석'에서 로즈메리 제임스는 혼자 외로이 앉아 있었던 것이다. 아아, 처음부터 알고 있었더라면! 이 여성——가엾은 사람——과는 첫대면이지만, 만일 처음부터 알고 있었더라면 근처를 다 뒤져서라도 누군가를——누구라도 상관없다——데리고 와서 함께 자리에 앉혔을 텐데. 아니면, 자신이 함께 있어 주었더라도 좋았을 것이다. 그는 장례식이라면——누구의 장례식이든——아주 싫어했기 때문에 지금 이 여성이 받고 있는, 형벌이나 다름없는 대접을 상상하자, 그것이 지금 가해지고 있다는 사실만으로도 속이 부글부글 끓어오를 지경이었다.

무덤 옆에서 그 아가씨의 손을 잡아 주었을 때 그가 느낀 것은 외로운 고뇌의 전율이었다. 그는 곰곰이 생각했다. 이 아가씨는 완전히 지쳐 절망에 빠져 있다. 희망을 갖도록 도와 주어야 한다. 어떤 것이라도 상관없고, 어떤 하찮은 것이라도 앞날에 희망을 갖게 하는 것이면 된다. 우리에게 빵이 필요하듯 이 사람에게는 희망이 필요하다. 그렇지 않으면 죽어 버릴지도 모른다.

그래서 햇빛이 쏟아지는 잔디밭 위에 처량하게 쌓인 산더미 같은 꽃다발을 뒤로 하고 돌아섰을 때 그는 아가씨에게 말했다. "아버님이 쓰던 원고가 많이 있겠죠? 그중 일부라도 출판할 수 없을까요?"

"글쎄요, 잘 모르겠어요." 하고 로즈메리는 대답했다.

"방해가 되지 않는다면 내게 보여 주겠습니까? 읽어 보지 않고는 모르기 때문이죠. 귀중한 원고가 있을지도 모르겠군요."

"네, 저도 그렇게 생각해요. 읽어 보기 전에는 누구도 알 수 없죠." 아가씨는 가엾게도 떨고 있었다.

"괜찮다면 기꺼이 도와 드리겠습니다." 그는 자상하게 말했다.

"감사합니다——깁슨 씨, 그 일 때문에 오셨군요?"

"그럼, 댁으로 방문해도 괜찮겠죠……내일이라도?"

"예." 그녀는 떨리는 목소리로 말했다. "친절히 대해 주셔서 감사합니다. 그런데 혹시 폐를 끼치는 건 아닌가요?"

"천만에요, 오히려 기쁩니다." 하고 그는 말했다. 이 말은 일부러 했다. 묘지에서 기쁘다고 말한 것은 충격적이고 예의에 어긋나는 언동이다. 그러나 이 아가씨의 상상력 속에 그런 말을 심어줄 필요가 있다고 생각했기 때문이다.

그녀는 머뭇거리며 다시 한 번 감사하다고 했다. 침착하려 해도 침착할 수 없을 만큼 혼란스러워진 내성적인 젊은 여성. 물론 소녀는 아니다 20대 후반 정도일까? 호긔호긔

한……정말 애처로울 정도로 여윈 몸이 긴장과 피로에 떨면서 가까스로 버티고 있었다. 창백한 얼굴. 겁먹은 듯한 푸른 눈. 눈꺼풀에서 눈꼬리에 걸쳐 잔주름이 나 있고, 슬픈 듯 눈꺼풀을 내리깔고 있다. 주름살이 진 흰 이마. 부드럽지만 생기가 없는 갈색 머리. 루즈를 바르지 않은 입술은 억지로 웃음을 지으려 노력하고 있지만 도저히 웃을 수 없는 것 같았다. 맙소사, 정말 보잘것없는 희망이지만 적어도 내일이라는 하루가 이 사람에게 펼쳐져 있는 것이다.

"한번 검토해 보죠." 깁슨 씨는 이렇게 말하고 억지로 싱긋 웃었다. "아십니까?" 하고 그는 쾌활하게 말했다. "우리들은 보물을 발견하게 될지도 몰라요."

아가씨의 표정이 바뀌고 거기에 놀람과 희망이 번뜩이는 것을 확인한 그는 만족했다.

돌아오는 길에 깁슨 씨는 한껏 흥분해 있었다. 가엾게도! 마치 흡혈박쥐에게 피를 빨린 것과 같은 생활이었겠지. 심술궂고 오만한 노인은 병에 걸리고 나서 10년이라는 세월 동안 절망적으로 자신의 사상을 쫓아갔지만, 끝내 그것을 붙잡을 수 없었던 것이다. 깁슨 씨는 아가씨가 불쌍했다. 기량이 부족하고 피곤에 지쳐 재기불능 상태가 되어버린 가엾은 아가씨는——무서운 고통의 감옥——그곳에 덩그러니 혼자 있어서는 안되는데!

제임스의 집은 학교에서 그다지 멀지 않은 퇴색한 건물의 1층에 있었다. 거실로 들어서는 순간 깁슨 씨가 느낀 것은 궁핍과 퇴락, 그리고 일종의 암흑이었다. 전에 이곳에 어떤 색이 칠해져 있었는지 모르지만, 지금은 모두 탁한 색으로 바랬고, 그 탁한 색은 어떤 빛도 멀리 하는 것이었다. 비록 깨끗이 청소된 물건일지라도 왠지 모르게 더럽게 느껴졌다. 모든 것이 낡아 있었다. 오랫동안 찾아오는 손님이 없었고, 그래서 새로운 눈으로 자신의 집을 바라볼 필요가 없었기 때문인지 주위는 무질서하게 어질러져 있었다.

그럼에도 불구하고 로즈메리가 윤기 없는 머리칼을 차분히 빗질하고, 잘 다림질된 옷을 입고, 푸른 구슬로 연결된 목걸이를 하고 있다는 것을 깨달았다. 이런 것을 눈치채고도 쉽게 웃어넘길 수 없는 것이 깁슨 씨의 평소의 버릇이다. 반대로 울고 싶어지는 것이었다.

그녀는 멈칫멈칫, 그러나 진지하게 그를 맞았다. 그리고 곧바로 노인의 침실로 안내해 주었다.

"이것 참 고맙소." 하고 노골적인 경의를 표시하며 그가 말했다.

횅뎅그렁한 구식 책상 위에는 산더미처럼 원고가 쌓여 있었다. 원고 한장 한장은 각각 제멋대로 무질서하게 쌓여 있었다.

"마치 건초 더미 같죠?" 하고 로즈메리가 깜짝 놀랐을 때처럼 밝은 표정으로 말했다.

"정말 그렇군요." 그는 로즈메리의 말을 차분히 음미해 보았다. 그리고 웃었다. "그럼, 받침목을 찾아내는 것은 우리들의 일입니다. 자, 어서 와서 여기 앉으세요. 맨 꼭대기부터 시작해서 말뚝이 드러날 때까지 아래로 파내려가는 겁니다. 괜찮죠?"

두 사람은 앉았다. 깁슨 씨는 두 사람의 일이 즐겁고 의미심장하고 체계적인 분위기를 자아내도록 힘껏 노력했다. 이윽고 그녀의 호흡은 차분해졌고 겨우 입술이 열렸다.

로즈메리는 머리가 좋았다.

하지만, 이 순간을 비극으로 끝내지 않기 위해서는 유머에 의지하는 수밖에 별도리가 없었다. 노교수는 장시간에 걸쳐서 원고를 썼다. 그러나 그 필적은 알아보기 힘들었고, 더욱 나쁜 것은 판독할 수 있는 부분도 의미를 전혀 이해할 수 없다는 점이었다.

깁슨 씨는 무의식적인 변명 탓인지 무리하게 우스운 곳을 찾아내려 애썼다.

"내가 아는 바로는 이것이 대문자 T라고 한다면——." 하고 우스꽝스러운 절망을 가장해서 말했다. "그럴 경우 이 말은 '그러므로'일지도 모릅니다. 물론 '어딘가에서'라고 생각해도 전혀 상관없지만."

"아니면 '그러나'는요?" 하고 로즈메리가 진지하게 말했다.

"'그러나'는 사실 그 다음 가능성입니다." 그는 거드름을 피우며 말했다. "오히려 '누구나'에 가깝죠."

"'무엇이든지'는 아닐까요?"

"아무래도 나는 f자가 있는 듯한 느낌입니다. '왜'는 어떨까요? '당신은 왜 로미오(「로미오와 줄리엣」 2막 2장 밤의 정원 장면에서)죠?' 저, 제임스 양, 이 말은 어쩌면 '로미오'일지도 몰라요. 이 문제를 올바로 이해하는 것은 쉬운 일이 아니군요."

"어머, 그럴지도 모르겠군요." 하고 그녀는 진지하게 말했다. 그리고 나서 퍼뜩 정신이 들었다. 그리고는 킥킥 웃었다.

그것은 마치 불사조가 잿속에서 날아오르는 것 같았다.

그녀가 킥킥거리는 웃음은 소리가 작고 음악적으로 들렸다. 눈꺼풀에서 눈꼬리에 걸친 잔주름은 웃음 때문에 생겨난 것이다. 웃음이 그 주름의 기능인 것이다. 그것은 아주 익살스럽게 보였다. 먼지가 낀 듯한 흐릿한 눈동자도 조금씩 광채를 띠어 갔다. 피부조차 신선한 빛깔로 숨쉬고 있는 듯이 보였다.

"정말 필적이라는 것은 어떻게든지 읽을 수 있군요." 하고 깁슨 씨가 말했다. "베이컨 셰익스피어 설(셰익스피어의 극은 원래 베이컨의 작품이라는 설)을 알고 있나요?" 그녀는 모른다고 했다. 그가 그 학설의 터무니없는 점을 들어가며 설명하자 그녀는 열심히 귀를 기울였다.

그리고 나서 아가씨의 긴장이 풀어진 사이에 그는 가만히 얘기했다. "역시 건초 더미 밑에서부터 찾아보는 편이 좋을 것 같군요."

"훨씬 이전 것을 말씀하시는 건가요?" 그녀는 확실히 머리가 좋았다.

"그래요."

"아버지는 모든 노력을 기울이셨어요." 그녀는 손수건을 집어들었다.

"계속해서 노력한다는 건 훌륭한 일이죠. 정말 훌륭합니다. 따라서 우리들도 노력을 계속해야죠."

"그 서랍 속에도——." 하고 그녀가 다부지게 말했다. "원고가 잔뜩 들어 있어요. 그중에는 타이프한 것도……."

"만세."

"하지만, 깁슨 씨, 시간이 너무 많이 걸릴 텐데……."

"불론이지요." 그는 부드럽게 말했다 "한 시간 안에 검토가 끝나리라고는 생각지 않아요. 그렇지 않습니까?"

"피곤하면 곤란하잖아요."

"제임스 양은 피곤합니까?" 그녀가 피곤하리라고 생각하고 그는 말했다.

"저, 혹시……괜찮으시다면……차를 드릴까요?"

"아, 그럼, 부탁드리지요."

그녀는 어색하게 일어서서 자신의 대담한 제안인 차를 준비하러 갔다. 혼자가 된 깁슨 씨는 책상 위의 무익한 원고 더미를 냉정히 바라보면서 기다리고 있었다. 두 사람이 보물을 찾아낸다는 것은 불가능했다. 그리고 또다시 자신의 어리석고 경솔했던 점이 또렷이 느껴지는 것이었다. 그는 충동이 이끄는 대로 움직이고 만 것이다. 언젠가는 이런 실수를 하지 않게 되겠지. 현실적으로 전혀 가능성이 없는데도 헛된 희망을 심어 주다니. 차라리 자신이 생각해 낸 희망을 몰래 지워 버리는 편이 훨씬 나았을 텐데. 하지만, 그것이 그녀에게 있어서는 이미 확고한 신념으로 자리잡고 있다는 사실이 그는 두려웠다.

차를 마시며 백화점에서 사왔을 것 같은 빈약한 쿠키를 먹고 있을 때——그녀가 최선을 다해 준비한 빈약한 음식이다——깁슨 씨는 이 상황에서 좀더 탐색해 볼 필요가 있다고 생각했다.

"이 건물은 댁의 소유입니까?" 하고 그는 물었다.

"아뇨, 그렇지 않아요. 우리는 이곳의 반을 빌려쓰고 있을 뿐이에요."

"앞으로도 계속 이곳에서 살 겁니까?"

"그럴 순 없어요. 너무 넓어요. 저 혼자 쓰기에는 너무 커요."

집세가 너무 비싸다는 뜻일 거라고 그는 생각했다. "이런 걸 물어봐서 어떨지 모르지만, 돈은 있습니까? 재산은?"

"가구를 팔려고 해요. 그리고 차도."

"아니, 자동차 말입니까?"

"벌써 10년이나 된 고물이에요." 그녀가 침을 꿀꺽 삼키며 말했다. "하지만, 얼마쯤은 받을 수 있을 거예요."

"부모님의 수입은 살아 계시는 동안뿐이었습니까?"

"예."

"현재는 수입이 없겠군요?" 그는 분명히 말했다.

"그래서……가구를……." 끝까지 가구가 가치 있는 것처럼 허세부리는 것을 포기하고 그녀는 똑바로 그의 눈을 보았다. "역시 취직해야겠죠. 당장은 아니더라도……." 그녀는 목걸이를 만지작거렸다. "그래서 만일 저것이……." 그녀의 눈동자가 원고 쪽으로 움직였다.

"타이프를 칠 줄 압니까?" 하고 그는 빠른 어조로 물었다. "지금까지 근무 경험은, 제임스 양?"

"없어요. 전……아버지는 저를 놓아주지 않았어요. 어머니가 돌아가셨을 때 남은 것은 저뿐이었죠. 아버지의 시중을 들어줄 사람이 아무도 없었어요."

깁슨 씨는 그녀의 신상에 관해 처음부터 끝까지 쉽게 이해할 수 있었다. "의지할 만한 사람은 있습니까?" 하고 그는 물었다. "친척이라도?"

"아무도 없어요."

"몇 살이죠?" 그는 부드럽게 물었다. "실례되는 질문인 줄은 알지만, 기분나쁘게 생각지는 마세요. 난 제임스 양의 아버지와 비슷한 나이니까."

"32살이에요. 너무 늦은 것 같죠? 하지만, 일을 찾을 생각이에요."

무엇보다도 우선 이 여자에게 필요한 것은 어딘가에서 쉬는 일이라고 그는 생각했다. "친구는 있습니까? 의지할 수 있는……?"

"집을 알아봐야겠죠." 하고 그녀는 어물거렸다. 그건 친구가 없다는 얘기일 거라고 그는 생각했다. 괴팍스런 노인이 착한 사람들을 모조리 쫓아버린 것이 틀림없다. "집주인은 3월 1일까지 집을 비워달라고 해요." 로즈메리는 드디어 말하기 시작했다. "새로 단장할 모양이에요. 사실 이곳은 새로 손질하지 않고는 도저히 살 수 없거든요." 그녀는 신경질적으로 얼굴을 찡그렸다.

깁슨 씨는 마음속으로 집주인을 원망했다. "결국 제임스 양은 곤경에 빠진 셈이군요." 하고 그는 쾌활하게 결론을 내렸다. "내가 근처를 돌아다니며 어떤 일이 있는지 알아봐드리지요. 그래도 괜찮겠죠?"

그녀의 눈동자가 나시 커졌다. 얼굴빛은 더욱 붉어졌다. 그 표정에는 놀라움이 번져 가고 있었다. 그녀는 입술을 떼고 말했다. "드릴 말씀이 없군요. 이렇게 폐를 끼쳐서……."

"조금도 폐가 되지 않습니다." 하고 그는 자상하게 말했다. "우선 은근히 속을 떠보는 겁니다. 그런 일에는 물론 내가 전문이죠. '미경험자 우대하는 직장 구함' 저, 로즈메리 양, 희망이 없는 것도 아니잖아요? 즉, 갓 태어난 어린아이는 거짓이 없고 순수한 미경험자이지만, 그들은 결국 취지하게 되잖습니까?" 그는 능숙하게 그녀로부터 미소를 이끌어냈다. "그리고 이 원고 말인데, 다소간의 결과를 얻을 수 있다 하더라도 이것만은 미리 말해 두는 편이 낫겠군요. 제임스 양, 출판사를 찾아내는 일도 간단하지 않지만, 설령 그렇게 된다 해도 쉬운 일은 아니에요. 말하자면, 시간이 꽤 걸릴 거라는 얘기죠. 게다가 학문에 관계되는 책은 별로 돈벌이가 되지 않는 것이 상례거든요."

갑자기 그녀는 고개를 쳐들었다. "깁슨 씨, 친절은 고맙지만 더 이상 친절하실 필요는 없어요."

그것은 그를 딱 잘라 거절하는 것은 아니었다. 고개를 숙인 그녀의 모습에는 연약함과 피로의 기색이 역력히 나타나 있었다. 그러나 그럼에도 불구하고 가능한 한 단정한 모습을 보이려고 애쓰고 있는 것을 알 수 있었다. 그녀는 깁슨 씨를 자신에게 빠져들지 않도록 하려는 것이다.

그러나 그녀가 지금 말한 것은 슬프게도 진실이 아니다. 그는 친절히 대해 주어야만 하는 것이다. 그녀에게 도움을 주고 자그마한 희망이라도 계속 주어야만 한다. 다른 방법을 그로서는 생각할 수 없었다.

그는 홀가분한 기분으로 말했다. "그럼, 어쨌든 말이에요, 다시 들를 날을 정하죠……그래요……금요일 오후는 어떻습니까? 타이프된 원고는 그때 검토해 보기로 하고. 손대지 마세요. 그리고 취직 쪽도 알아볼게요. 훌륭한 차, 정말 고마웠습니다."

그녀는 이제 장황하게 감사의 말을 늘어놓진 않았다. 그는 다행스러운 기분으로 밖으로 나왔다.

목요일 하루 내내 깁슨 씨는 안절부절못했다. 자신의 약점이 또다시 활약하기 시작한 것을 느낀데나가, 그 일을 생각해서는 안되기 때문이었다.

금요일에 그녀의 집을 다시 방문했을 때 (방문하지 않을 수 없었다! 약속했기 때문에) 알게 된 것은 교수의 책상 아랫서랍에 있던 타이프된 원고가 사실은 대부분 편지의 초고라는 사실이었다. 그 내용은 교수의 정신이 엉클어지고 복잡해짐에 따라 점점 더 불쾌하고 지리멸렬해졌다. 깁슨 씨는 이 원고에 흥미를 느끼는 체했다. 사실 그것은 아주 흥미로웠다. 단, 비극적으로 말이다. 보물은 아니었다.

그래도 깁슨 씨는 작업이 지연되는 것을 핑계로 계속 방문했다.

두말할 필요도 없이 그는 자신이 하고 있는 일을 알고 있었다. 자신이 하고 있는 일을 생각할 때 그는 결코 그것을 시인할 수 없었다. 그것은 그의 나약함이었다. 매번 되풀이되는 방문은 거미줄에 새로운 실을 섞어 짜는 일이었고, 그는 거기에 얽매여 움쭉달싹할 수 없게 되었다. 더구나 그는 알고 있었다. 이 정도에서 그럴듯하게 손을 떼야만 한다는 것을 그는 누구보다도 잘 알고 있었다. 그녀는 그가 짊어져야 할 짐은 아니었다.

손을 떼려면 뗄 수 있다. 현재 미국에서는 노상에서 굶어 죽는 일은 없다. 자선단체도 있고, 보호시설도 있다. 사회보호법도 있다. 게다가 그가 그녀에게서 도망친다 해도 로즈메리는 결코 그를 원망하지 않을 것이다. 지금까지 그가 해주었던 일, 그리고 하려고 노력한 것만으로도 그녀는 언제까지나 감사해 할 것이 틀림없다.

그러나 그는 이런 상식적인 사고를 할 수 없었다. 이제 그는 그녀를 확실히 미소짓게 할 수 있는 방법을 터득한 것이다. 이것은 어떤 큰 자선단체도 모를 일이다. 그가 이런 일을 얼마만큼 중대하게 여기는지 생각하면 조금 우스울 정도였다. 본인만이 아는 느낌이다. 그는 이 사건에 너무 깊이 빠져 버렸다. 자신을 너무나도 잘 알고 있는 판에 굳이 외면하려고만 한다. 로즈메리도 그렇게 보였다. 그리고 한 번은 그에게 경고까지 했다. 그러나 이젠 너무 늦었다. 그는 자진해서 이 당나귀의 코끝에 희망이라는 이름의 당근을 들이대고 만 것이다……이 당근이 없어지면 그녀는 그 자리에서 딱 서버릴지도 모른다. 어쩌면 죽을지도…….

그럭저럭하는 동안 장사치들이 몰려와서 가구를 만져 보고는 화가 날 정도로 헐값을 매겼다. 서고의 책들을 현금으로 치자 서글픈 액수밖에 되지 않았다. 어느 날 어떤 남자가 중고차를 50달러에 사겠다고 했다. 그때까지 로즈메리는 깁슨 씨와 상의한 뒤 그의 결정에 따르기로 했는데, 그는 이것 역시 일축해 버렸다. 결국 그녀의 소유물은 한푼의 가치도 없는 것들이었다.

그 동안 깁슨 씨는 로즈메리를 대신해서 직장을 알아보았다. 미경험자라도 상관없는 일이 있기는 있었다. 하지만, 그런 일은 건강과 인내가 절대조건이었다. 그 어떤 자격도 로즈메리에게는 없었다.

한편, 그녀의 앞날에 커다란 위기가 닥쳐오리라는 것을 깁슨 씨는 쉽게 짐작할 수 있었다. 그녀가 팔짱만 끼고 있었기 때문에 곁에서 보기에도 집은 점점 더 황폐해져 갔다. 그가 본 바로는 많은 노력을 기울이지 않으면, 즉 선천적인 자긍심을 굳게 인식시키지 않으면 그녀는 옷차림을 단정히 하는 것조차 불가능하게 될 것이다. 더시 말해서 그녀는 유체적 정신적 소모에 완전히 무력해져 있었다. 한 주에 세 번 방문해서 얘기하고 다소 표정을 부드럽게 해주는 것만으로는——이것은 필요불가결한 것이지만——불충분했다.

그녀는 앞으로 어떻게 하면 좋을까? 이 생각이 그를 따라다니기 시작했다. 재산도 없고 몸은 허약한 여자. 식욕은……그는 잘 모른다. 곧 식사를 하거나 잠을 잘 장소마저 잃게 될 것이다. 두려운 3월 1일이 다가오고 있었다.

2월 25일 갑자기 방문한 깁슨 씨는 느닷없이 지금 4월분 집세를 지불하고 오는 길이라고 설명했다. "당신에게는 생각할 시간이 필요해요. 무슨 일이 있어도 시간 여유를 만들어야 합니다. 그래요, 당신에게 돈을 빌려드린 겁니다. 그뿐이에요. 나도 옛날에는 꽤 돈을 빌려……."

그녀가 왈칵 울음을 터뜨리자 그는 당황했다.

"저, 제임스 양, 이제 울음을 그치고……." 그의 가슴은 마치 그녀의 가슴처럼 아팠다.

그러자 그녀는 요즈음 몸이 저리듯이 나른하고, 아버지처럼 머리가 이상해지는 것은 아닌지 걱정이라고 했다. 그는 깜짝 놀라 자신의 단골 의사를 데려와 진찰을 받도록 하겠다고 말했다.

의사는 빈정거렸다. 제임스 노교수의 병은 유전되는 것이 아니다. 이 여성은 지독히 건강이 나쁜 상태이다. 표준 이하의 체중. 영양실조. 빈혈. 신경이 극도로 날카로워져 있다. 이것을 어떻게 치료하면 좋을지 의사는 잘 알고 있었다. 내복약, 식이요법, 그리고 장기간의 요양. 의사는 모두 해결된 듯한 기분인 모양이었다.

깁슨 씨는 입술을 깨물었다.

“그건 그렇고, 깁슨 씨, 당신의 입장은?” 하고 의사가 부드럽게 물었다. “보호자인가요?”

“뭐 그런 셈이죠.” 하고 깁슨 씨는 말했다. 그는 약을 샀다. 그녀에게 여러 가지 지시를 했다. 그러나 그것만으로는 충분치 않다는 것을 그는 알고 있었다.

같은 날 저녁, 우연히 마주친 동료 한 사람이 비수로 그의 가슴을 찌르는 듯한 말을 했다. “자네, 보기와는 달리 교활한 사람이더군. 요즈음 제임스 씨의 딸을 유혹하고 있다면서? 그래, 결혼식은 언제야, 응?”

정말 까불고 있군!

제3장

4월 13일 오후 (그의 방문은 언제나 방과후, 그것도 밝은 때였다) 로즈메리는 거실에 있는 고풍스러운, 짙은 갈색 팔걸이 의자에 앉아 있었다. 팔걸이 의자의 판자 이음새에 쌓여 있는 솜먼지가 깁슨 씨의 눈에 띄었다. 이런 무서운 곳에서는 누구라도 병에 걸리는 것이 당연하다는 생각이 들었다. 이 사람을 이곳에서 데리고 나가지 않으면 안된다.

오늘 그녀는 머리를 실타래처럼 땋아서 색바랜 빨간 리본으로 묶고 있었다. 그것은 그녀를 소녀처럼 보이게 하지는 않았지만, 묘하게 더 야위어 보였다.

마치 암송이라도 하듯 딱딱한 어조로 그녀가 말했다. "몸은 아주 좋아졌어요. 아마 약의 효과를 본 모양이에요. 더구나 왜 그러는지 알기 때문에 안심이 돼요." 그녀는 무리하게 눈꺼풀을 치켜 떴다. "깁슨 씨, 이제 돌아가 주세요…… 그리고 앞으로는 오지 마세요."

"왜 그러십니까?" 그는 거칠게 숨을 내쉬었다.

"제가 깁슨 씨의 친척도 아니잖아요. 저 때문에 폐를 끼쳐서는 안되기 때문이죠. 제 친구도 아닌 분에게."

깁슨 씨는 오해하지 않았다. "지금은 친구가 아닌가요?" 하고 그는 부드럽게 꾸짖었다.

"물론 친구죠." 목이 마른 듯 괴로워하면서 그녀는 인정 했다. "더구나 유일한 친구……하지만, 도와 주시는 것을 이젠 그만하세요. 전 괜찮아요. 걱정하지 마세요. 부탁드립 니다."

그는 일어서서 방안을 왔다갔다했다. 그녀의 용기에 감탄 한 것이다. 그녀의 말이 옳다고 생각했다. 그러나 그는 불안 했다. "5월 1일이 되면 어떻게 하겠소?"

"아무런 가망성이 없으면 시골로 가겠어요."

"저런! 당신은 지금 나를 걱정하고 있는 건가요? 이젠 도움이 필요없다는 건가요?"

아무 말 없이 그녀는 고개를 끄덕였다. 마치 마지막 한 방 울의 에너지까지 모두 써버린 듯한 모습이었다.

"흔히 말하기를——." 더러운 벽지를 바라보면서 깁슨 씨는 자신의 생각을 말했다. "주는 것이 받는 것보다 더 좋 은 일이라고 합니다. 그러나 그것도 즐거이 받아주는 사람 이 있어야 가능하죠. 더구나 품위 있게 받아주는 사람이 말 이오." 그는 조금 엄숙한 어조로 말했다. 그녀는 한방 얻어 맞기라도 한 것처럼 움찔했다.

"아, 물론 그건 어려운 일이지요." 하고 그는 황급히 변명 했다.

그리고 그는 망설였다. 그러나 그 망설임은 오래 가지 않 았다. 그의 상상력이 활동을 시작한 것이다. 실현가능한 상 상을. 그는 로즈메리에게로 몸을 약간 기울이고 진지한 표 정을 지었다.

"로즈메리 양, 한 가지 당신에게 부탁하고 싶은 것이 있 이요."

"제가 할 수 있는 일이라면 어떤 것이라도……. 마땅히 그래야 하니까요."

"이젠 됐어요. 당신이 내게 고마워하고 있다는 건 벌써 알고 있으니까 더 이상 말하지 않아도 돼요. 듣기 거북하니까요. 내게도 그렇고 당신에게도 그렇고. 그리고 당신이 울면 난 별로 기분이 좋지 않아요. 안타까운 마음이 들어서."

그녀는 무겁게 눈을 감았다.

"난 55살이오." 하고 그는 말했다. 당장이라도 눈물을 떨굴 것 같았던 그녀의 눈꺼풀이 깜짝 놀라 열렸다. "그렇게 보이지 않습니까?" 이렇게 말하며 그는 웃었다. "그리고 전에도 말했지만, 나는 시를 가르치고 있습니다. 연수입은 7,000달러고. 이런……저……, 통계적인 것들을 얘기하고 나서 나는 당신에게 구혼하려고 합니다."

탁 하는 소리와 함께 그녀는 두 손으로 얼굴을 가렸다.

"자, 들어 봐요." 하고 그는 조용히 말을 계속했다. "난 결혼한 경험이 없어요. 여성이 만들어 주는 가정이라는 것을 지금까지 한 번도 가져본 적이 없어요. 내게는 무엇인가가 결여되어 있는 것 같아요……부족한 건 그것뿐이오. 로즈메리 양, 당신은 익숙해 있어요. 집안일에 익숙해 있다는 거예요. 이미 오랫동안 해왔으니까. 또 건강해지기만 하면 집안일을 계속 할 수 있어요. 아마 아주 잘할 수 있을 거요. 그래서 내가 생각하고 있는 것은……."

그녀는 꼼짝도 하지 않았고, 손가락 틈으로 엿보지도 않았다.

"이건 우리들 어느쪽에도 유리한 하나의 계약이라고 생각해도 좋습니다." 하고 그는 말했다. "당신이 뭐라고 하든

우리 두 사람은 현재 친구 사이요. 우리가 정말 성격이 안 맞는 것도 아니잖소? 이런 곤경에 처해 있으면서도 우리는 더할 나위 없이 즐거운 시간을 보냈어요. 따라서 서로에게 좋은 친구가 될 수 있으리라고 확신합니다. 한번 시험해 본다는 식으로 생각할 수 없습니까? 모험을 한다는 각오로? 영원히라는 말은 하지 않겠소. 함께 살더라도 잘 안되는 수가 있으니까. 요즘은 이혼도 아주 간단하잖아요? 특히……로즈메리 양, 당신은 신앙심이 깊은 편인가요?"

"모르겠어요." 하고 그녀는 손으로 얼굴을 가린 채 슬픔에 잠긴 목소리로 대답했다.

"내가 생각하고 있는 것은 그러니까——." 하고 그는 계속해서 얘기했다. "성경에 손을 얹고 맹세하는 대신 우리 두 사람이 계약을 하는 거요." 흥분으로 그의 목소리는 커지기 시작했다. "로즈메리 양, 난 당신을 사랑하지 않습니다." 그는 거리낌없이 말했다. "난 반했다는 얘기를 하려는 게 아니에요. 그런 얘기는 이 나이에 좀 우습기 때문이지요. 나는 로맨틱한 연애를 기대하고 있지도 않고, 당신에게 줄 수도 없어요. 내가 생각하고 있는 것은, 말하자면, 하나의 협정인 게요. 솔직하게 얘기할 생각이었는데, 내 마음을 이해하겠소? 무슨 얘기든 해봐요."

"이해해요." 하고 그녀는 더듬더듬 말했다. "무슨 얘길 하시려는지 잘 알아요. 하지만, 그런 계약이 있을 수 있나요, 깁슨 씨? 전 누구에게도 도움이 되지 않는……."

"그래요, 맞아요. 현재는 그렇죠." 하고 그는 쾌활하게 대답했다 "나도 당신이 다음 월요일부터 내 빨래를 해줄 수 있으리라고는 생각시 않아요. 그러나 내 마음은 지금 말한

그대로예요. 당신도 아무쪼록 진지하게 생각해 줬으면 해요
……그러나 지금 이 순간 한 가지 분명히 해두고 싶은 것이
있어요. 나는 당신을 속이고 싶진 않아요."

"저를 속여요?" 그녀는 잔뜩 쉰 목소리로 말했다.

"당신은 벌써 32살이에요. 솔직하게 당신의 생각을 말해
봐요."

그녀는 얼굴에서 두 손을 내렸다. "시골로 가다니, 왜 갑
자기 그런 말을 했는지 모르겠어요." 하고 밝은 표정으로
그녀는 말했다.

"아까는 정말 그렇게 할 생각이었겠지." 그는 싱긋 웃었
다. 방안의 분위기가 밝아졌다. 모든 것이 즐겁게 보이기 시
작했다. "로즈메리 양, 당신의 취미는 뭐죠?"

"취미? 예, 전에는……한두 번 정원 손질을 한 적이 있어
요. 그리고 잠깐……그림 그리는 데 열중했었어요." 그녀는
어지러운 듯 눈을 감았다.

"그럼, 내게 얘기해 봐요. 지금 내게 있어서 최대의 관심
거리는 당신의 건강을 회복시킬 수 있는 방법에 관한 거요.
당신을 일으켜 세우고 다시 당신 자신으로 돌아가도록 하
는 거요. 로즈메리, 그렇게 하는 것이 내가 하고 싶은 일인
것 같소. 아니, 확실해요. 정말 그렇게 생각해요." 그는 의
자 깊숙이 몸을 묻었다. "아, 얼마나 즐거울까!" 하고 그는
자극받은 듯이 말했다. "정말 즐거울 겁니다. 당신을 좀더
밝은 집으로 옮기고 맛있는 것을 준비해 주고, 당신이 살이
찌고 건강해지는 모습을 보고 싶소. 그것보다 재미있는 것
은──." 그는 한숨을 쉬었다. "다른 것은 생각할 수 없어
요."

그녀는 두 손으로 얼굴을 가리고 몸을 흔들었다.

"안됩니까?" 하고 그는 조용히 말했다. "만일 내 생각이 마음에 들지 않는다면 물론 실행하지 않겠습니다. 하지만, 당신은 어떻게 할 생각입니까? 로즈메리, 당신은 어떻게 되겠어요? 내가 걱정하는 게 너무도 당연하잖소? 내가 내 생각을 바꾸지 않으면서 당신에게만 바꾸라고 하는 건 무리일 거요. 그러면 당신에게 돈을 빌려주는 것은 허락해 주시겠소?"

"저, 요리는 할 수 있어요." 그녀가 작은 소리로 말했다.

그녀의 말이 끝나자마자 그가 말했다. "그럼, 앞으로는 나를 케네스라고 불러야 합니다."

그녀는 분명히 말했다. "예, 케네스. 그렇게 할게요."

4월 20일 두 사람은 치안판사 앞에서 결혼식을 올렸다.

증인 한 사람은 폴 타운젠드였다.

깁슨 씨가 5일 동안 법석대며 집을 보러다닐 때, 폴 타운젠드와 우연히 마주쳤다. 자세한 사정을 들은 폴이 멋지게 깁슨의 문제를 해결해 주었던 것이다.

"그렇습니까!" 그의 아름답고 온화한 얼굴이 확 밝아졌다. "마침 당신에게 꼭 맞는 집이 있어요. 이거 정말 완벽하군요. 그 집에 살던 사람이 1주일 전에 이사했거든요. 미장이 일도 내일이면 끝납니다. 정말 굉장한 우연이군요. 깁슨 씨, 당신의 새로운 거처가 결정된 거예요."

"어디요, 그게?"

"우리 집 옆에 있는 제 별장이에요. 신혼부부에게는 딱 알맞는 집이죠."

“가구는?”

“물론 가구도 모두 있습니다. 조금 멀기는 하지만.”

“멀다니, 어느 정도인데?”

“버스로 30분. 그렇지만 차가 있잖습니까?”

“글쎄, 로즈메리가 하나 갖고 있긴 한데, 지독한 구식이라오. 팔려고 해도 팔 수 없을 정도로.”

“그래요? 어쨌든 잘됐군요. 차고도 있답니다. 집의 구조를 잠깐 말씀드릴까요? 거실, 침실, 욕실, 그리고 넓은 서재 —— 그곳에는 책장이 많이 있습니다 —— 아담한 식당과 부엌. 그리고 난로와……..”

“책장?” 하고 깁슨이 되뇌었다. “난로?”

“게다가 정원도.”

“정원?” 하고 깁슨은 폴 타운젠드의 말을 되받으며 좋아 어쩔 줄을 몰라 했다.

“뭐 대단치 않아서 제가 직접 손질하고 있어요. 어쨌든 보러 가지 않겠습니까?”

깁슨 씨는 그곳을 보고 5분 만에 수락했다.

오후 3시에 아무런 장식도, 종교적인 분위기도 없는 살풍경한 사무실에서 결혼식이 거행되었다. 치안판사는 무뚝뚝한 사람으로, 귀찮은 듯이 웅얼웅얼거렸다. 필요한 증인 외에는 아무도 참석치 않았다. 이런 식으로 이렇게 창백한 얼굴의 여성과 결혼하는 모습을 동료들에게 보이지 않는 편이 나을 거라고 깁슨 씨는 생각했다. 낡은 투피스 차림의 그녀는 식이 진행되는 동안 가까스로 서 있었고, 가느다란 손가락은 그가 반지를 끼워 줄 때 뼈가 부러질 정도로 떨고 있었다.

로즈메리에게는 물론 일가친척 한 사람 없었다. 깁슨 씨의 유일한 혈육인 누이동생 에셀에게 예의상 기별은 했지만 오지는 않았다. 다만 그녀에게서 온 편지에——오빠 정도의 나이라면 무분별한 일은 하지 않으리라고 생각해요. 오빠가 행복해지면 나도 행복해요. 그리고 아마 여름에는 그곳에 들를 테니까 그때 신부를 보도록 하죠. 신부를 행복하게 해주세요——라고 씌어 있었다.

그것은 초라하고 쓸쓸한 결혼식이었다. 깁슨 씨는 마음마저 움츠러드는 느낌이었고, 식은 싱겁게 끝났다. 맛없는 알약을 삼키는 것처럼, 이건 어쩔 수 없는 일이라고 생각하며 그는 꾹 참았다.

제4장

폴 타운젠드가 10대의 소녀와, 늙은 의붓어머니를 모시고 셋이 살고 있는 집은 회색 칠이 된 커다란 단층집인데, 꽤 넓은 대지 위에 세워져 있었다. 그 집의 드라이브웨이(대문에서 현관에 이르는 자동차 길) 가까이에 드라이브웨이가 또 하나 있는데, 별장에 딸린 것이었다. 별장은 벽돌과 미국산 삼나무로 만들어진 집으로, 담에는 덩굴이 엉겨 있었다. 깁슨 씨가 신부를 택시에 태워 데리고 왔을 때, 깁슨 씨의 책과 원고(아직 짐을 풀지는 않았지만)와 아담한 소파는 이미 거실 안쪽의, 책장으로 둘러싸인 정사각형의 커다란 방에 깨끗이 정리되어 있었고, 제임스 교수가 오래 전에 산 털털거리는 자동자는 자그마한 차고 속에 들어가 있었다.

그는 현관문을 열고 신부를 안으로 들어가게 했지만, 출입문에서의 의식(신랑이 신부를 안고 문으로 들어가는 서구의 풍습)은 시도하지 않았다. 그리고 밝은 푸른색 안락의자에 신부를 앉혔다. 그녀는 숨이 막 끊어질 듯한 표정을 하고 있었다.

깁슨 씨는 신부의 건강 회복을 위해 모든 노력을 기울였다. 수단좋게 학교에서 얻어낸 1주일간의 휴가를 먼저 새 집을 정돈하는 데 쓸 예정이었다. 그런데 이 별장을 바라보는 집슨 씨의 가슴속에서는 태어나서 처음으로 어떤 본능 같은 것이 솟아났다. 즉, 그는 가정을 만들고 싶어진 것이다.

그래서 한 시간 동안 그는 대활약을 했다. 모든 용기를 총동원해서 우선 그녀에게 색깔을 고르게 했다. 연분홍색 커튼이 그녀의 마음에 들까? (햇빛이 잘 드는 이 방이 청결하고 신선한 색으로 꾸며진다면, 이미 그것만으로도 그녀의 건강에 좋을 것이라고 그는 생각했다.) "전축은 어디에 놓지?" 그는 일부러 소리내어 그렇게 질문하고는, 억지로 그녀에게 음악의 즐거움을 상기시키려 했다. 그리고 다음은 부엌에서 활약을 했다. 그는 요리하는 데 서툴지는 않았지만, 그녀에게 부탁해서 조언을 받았다. 그것은 어떻게 해서든지 신부의 흥미를 돋구려는 의도에서였다.

그러나 로즈메리는 저녁식사에 전혀 손을 대지 않았다. 그녀는 미래의 일에 자신이 없었던 것이다. 과거에서 도망쳐 나온 뒤의 허탈감에 빠져 있었다. 그녀가 여기에서 일종의 단절감을 느끼는 것은 당연했다. 혹시 그녀가 그것 때문에 죽지는 않을까 하고 그는 두려웠다.

그래서 그는 그녀에게 곧장 잠자리에 들라고 했다. 부드러운 색깔의 침실에 혼자 들어가 편안히 쉴 것. 그녀가 잠자리에 들었을 때쯤 해서 그는 약을 가지고 갔다. 그리고 지푸라기처럼 메마른 머리칼에 살짝 손을 대며, "자, 쉬어요." 하고 말했다. 그녀는 고개를 돌린 채 애처롭게 누워 있었다.

그날 저녁 그는 책 보따리를 정리하면서 조심스럽게 귀를 기울였다……이따금 침실 문 앞까지 가서 귀를 기울이기도 했다.

다음날 신부는 죽은 듯이 침대에 누워 있을 뿐 움직이지 않았다. 그 눈동자만이 동정과 인내를 바라고 있었다.

깁슨 씨는 차고 넘치는 인내심을 갖고 있었다. 단단히 마음먹고 간단한 식사를 준비해서 침실로 가지고 갈 때마다 그는 애써 서툰 익살을 생각해 내곤 했다. 그리고 전축을 틀어서 작은 집 전체에 음악이 흐르게 했다. 그는 유머나 아름다움이나 색깔이나 음악에 대한 믿음과 함께 마음속 깊이 하나의 신념을 갖고 있었던 것이다……틀림없이 그녀의 건강은 회복될 수 있다.

둘쨋날 아침, 식사를 쟁반에 담아 가지고 들어가자 그녀는 베개에 기댄 채 몸을 반쯤 일으키고 창문을 통해 밖을 바라보고 있었다. 아름다운 커튼의 흰 레이스 사이로 장미가 심겨진 땅이 아주 가깝게 보였다. 비로소 그녀의 얼굴에 깁슨 씨가 알고 있는 평화로운 표정이 떠올랐다.

"옛날에 아주 좋아했어요. 땅에 앉아서 흙 속으로 손을 집어넣는 것 말예요." 하고 그녀가 말했다. "어쩐지 땅에 직접 맞닿은 느낌이 들어서……."

"그래요. 그리고 햇빛과 직접 닿은 것 같기도 하고, 흐르는 물과도. 그렇게 생각지 않소?"

"그렇군요." 그녀는 감동해서 말했다.

그 '그렇군요'라는 한마디에는 아주 적극적인 여운이 담겨 있었다. 그는 조용히 방을 나왔다. 그녀를 귀찮게 하거나 번거롭게 하지 않기 위한 배려에서였다.

사흘째 되는 날 로즈메리는 침대에서 일어나 면으로 된 드레스를 입었다. 그리고 그 동안 미안했다는 듯이 먹을 것을 입에 넣는 기특한 노력을 하기 시작했다. 그날 밤, 그는 난로에 불을 피우고 (어쩐지 불과 직접 닿은 듯한 느낌이 들었기 때문이다) 그녀에게 책을 읽어 주었다. 그것은 어느 누군가의 시집이었다. 그는 그녀가 이제까지 가르친 학생 중에서 가장 우수한 제자가 될 거라고 생각하고 아주 즐거워했다. 그녀는 열심히 귀를 기울였다. 그 모습은 생기에 넘쳐 있었다. 이 생명의 불꽃에 생명의 기를 더 불어넣을 수 있으면 좋을 텐데.

역시 같은 날 밤 그녀는 고뇌에 찬 표정으로, "당신은 지극히 정상이에요." 하고 말했다. 정상적이지 않은 사람과 그녀가 8년 동안이나 얼굴을 맞대고 살아온 것을 생각하자 그의 마음이 무거워졌다. 그녀가 죽음 직전의 상태까지 간 것도 당연하다고 그는 생각했다.

깁슨 씨의 1주일간의 휴가는 이미 막바지에 다다라 있었다. 로즈메리는 그 동안 책에 좀이 슬지 않도록 햇볕에 말리는 작업을 도와 주었다. 물론 충분히 도와 주지는 못했다. 깁슨 씨는 월요일부터는 학교에 나가야 했기 때문에 금요일에 비올레 부인을 불렀다.

비올레를 소개한 사람은 폴 타운젠드였다. 비올레는 파출부로 매일 오후 타운젠드의 집으로 일하러 왔다. 그녀는 젊고 호리호리한 몸매에 발랄한 성격을 지녔고, 윤기가 흐르는 멋진 검은 머리와 엷은 복숭아빛 피부와 외국인 특유의 (비올레는 프랑스계의 이름) 조용하고 단정한 모습을 하고 있었다. 적어도 그녀의 모습은 어딘가 색다른, 보통의 미국인과는 다른 점이 있었다——서아시아풍이라고나 할까? 어쨌든 그녀는 뭐라고 딱 꼬집어 말하기 어려운 여성이었다.

비올레는 그저 새침하고 과묵하게 아주 열심히 일했다. 작지만 튼튼한 노란 한쪽 손만 사용하더라도 이 작은 집이 순식간에 깨끗이 정돈되리라는 것은 불을 보듯이 분명했다. 이 여자라면 나무랄 데가 없다고 깁슨 씨는 생각했다. 가난하고 울상인 게으른 가정부나, 수다스럽고 궁상맞아 보이는 할머니하고는 다르다. 이 여자는 젊고 자존심도 있다. 이 여자라면 괜찮을 것이다.

로즈메리도 찬성했지만, 돈이 너무 많이 들지 않겠느냐고 했다.

"당신의 건강이 완전히 좋아질 때까지요." 이렇게 그는 타일렀다. "비올레를 고용하는 건 돈을 절약하기 위해서요. 이게 분별력 있는 행동이지."

"그럴까요? 당신의 얘기가 어쩐지 분별력 있게 들리지 않는데요." 하고 로즈메리는 밝은 목소리로 조금 비꼬아 말했다.

이렇게 해서 깁슨 씨는 이제 로즈메리는 결코 죽지 않을 거라는 확신을 갖고 다음 월요일 강의에 들어간 것이다.

출퇴근길에는 버스를 이용했다. 그는 운전이 서툴렀던 것이다. 자동차야말로 그가 반생을 허비해서 그것 없이도 살 수 있는 방법을 터득한 것 중의 하나였다. 그래서 낡아빠진 차는 로즈메리가 사용할 수 있게 될 때까지 차고에 그대로 두기로 했다. 그녀도 그런 그의 기분을 이해하고 있었다. 이렇게 해서 왕복 30분 동안 그는 여러 가지 일을 계획하면서 혼자 싱글거렸다. 다시 말해서 그는 양육의 즐거움에 빠져버린 것이다. 그것은 창조의 깊은 즐거움과 비교할 수는 없지만, 그것과 아주 유사했다.

로즈메리의 식욕은 날이 갈수록 좋아졌다. 그녀는 집슨 씨를 기쁘게 하기 위해 먹을 정도였다. (그것은 정말 그를 기쁘게 했다.) 집슨 씨가 학교에서 돌아와 보면 비올레 부인의 손에 붙들린 작은 집은 온통 반짝반짝 빛이 났고, 로즈메리는 일과처럼 먹은 것을 열거했다. 달걀을 몇 개 먹었고, 우유를 몇 잔 마셨으며, 토스트를 몇 장……로즈메리의 보고를 들을 때 그는 항상 당신은 이제 곧 돼지처럼 살이 찔 거라고 말하면서 눈시울이 뜨거워지곤 했다.

어느 날 오후부터, 버스 정류장에서 그가 두 블록을 걸어 돌아오는데 정원 한쪽 구석의 장미가 심긴 곳에서 로즈메리가 웅크리고 있는 것이 보였다. 그는 늘 다니던 길이 아닌 잔디밭 위로 살금살금 걸어갔다. 그녀가 고개를 들자, 흙 묻은 손으로 문질렀는지 코끝이 더러워져 있었다. 그녀는 장미숲 주위의 흙을 맨손으로 만지작거리고 있었던 것이다.

그 흙은 축축하고 아주 검었다. 그것을 가리키며 밭을 만드는 아주 좋은 흙이라고 그녀는 설명했다. 집슨 씨도 그녀 옆에 쭈그리고 앉아 그 말에 동의하면서 마음속으로는 태어나서 처음으로 신선하게 들은 것 같은 그녀의 말을 음미하고 사랑하고 즐기고 있었다. 정말 멋진 말인걸! 밭을 만드는 흙. 그는 그 의미를 곧 이해하고 있었던 것이다.

"장미는 뿌리를 잘 보호해 주어야 해요." 하고 그녀는 이렇게 말하면서, 뿌리를 보호해 주는 방법을 이야기했다. 장미의 가지는 어떻게 조심스럽게 쳐야 하는지, 또 봉우리가 밖으로 뻗어나올 때는 어떻게 해야 하는지에 대해 그녀는 자세히 설명해 주었다. 마치 장미에게 필요한 것이라면 무엇이든 알고 있다는 만투였다. 로즈메리는 이 차ㅏ이 시문

──이것이 지금 그녀가 다룰 수 있는 유일한 것이다──
에 그가 로즈메리에게 의지하는 것과 같은 기대를 걸고 있구나라는 생각을 했지만 말하지는 않았다.

그녀가 자리에서 일어서는 것을 도와 주자 그녀는 아주 가볍게 날아오르듯이 일어섰다. 그는 무척 기뻤다.

어느 일요일 아침, 그는 비올레 부인이 부엌에서 일하는 소리를 어렴풋이 들었는데, 잠에서 깨어 보니 집안에는 아무도 없었다. 그래서 창이란 창을 모두 열어젖히고 내다보았더니 로즈메리는 머리빗을 들고 햇빛이 내리쬐는 뒤뜰 잔디밭에 앉아 있었다. 그녀는 아주 느린 동작으로 머리를 빗고 있었다. 그가 지켜보는 동안 로즈메리는 계속 머리를 빗었다. 그런데 그 행위의 그 무엇이 깁슨 씨를 깜짝 놀라게 했다. 감각적인 리듬, 일종의 의식 같은 행위, 그 진귀함……로즈메리는 여자였다. 하나의 비밀이었던 것이다. 머지않아 그녀의 건강이 완전히 회복되었을 때, 어쩌면 한 집에 살던 이 여성이 전혀 알지 못하는 타인처럼 느껴질지도 모른다! 분명히 그때의 로즈메리는 몰라볼 정도로 달라져 있을 것이다. 처음 느낀 그녀의 모습에 깁슨 씨는 조금 몸을 떨었다.

폴 타운젠드는 가까이 사귀어 보니 이상적인 집주인이었다. 친절하고 편안하며, 더구나 억지를 부리는 일은 결코 없었다. 그들이 이사오고 3주가 지나서 깁슨 부부가 겨우 안정되었다고 생각할 무렵 폴은 두 사람을 저녁식사에 초대했다.

그것은 두 사람에게 있어서 최초의 사교적인 만남이었다. 로즈메리는 가장 좋은 옷을 골라 입었다. 그녀의 모습에 깁슨 씨는 소리내어 감탄했다. 약간 어두운 푸른색을 띤 멋진 옷이었다. 하지만, 그는 약간 불안했다. 그래서 그는 그녀가 괜찮다면 빠른 시일 안에 두 벌……아니, 세 벌 정도의 새옷을 사자고 제안했다. 로즈메리는 얌전하게 그렇게 하겠다고 약속했다. 그녀는 이제 감사의 눈물로 훌쩍거리지 않고도 그가 말하는 것이라면 무엇이라도 받아들일 수 있게 되었다. 사실 로즈메리는 아주 품위 있는 태도로 받을 줄 알고 있었던 것이다.

두 사람은 양쪽 집의 드라이브웨이를 가로질러서 폴 타운젠드의 집으로 향했다.

그곳은 저택이라고 할 수는 없었지만, 돈에 궁색하지 않은 사람의 집인 것은 분명했다. 화학공학의 전문가인 폴 타운젠드는 학교 근처에 공장과 실험실을 갖고 있을 정도여서 막대한 재산은 아니지만 당분간 쾌적한 생활을 지낼 정도는 되었다.

폴은 현재 홀아비로 지내고 있었다. 깁슨 씨는 생전의 그의 아내를 본 적은 없지만, 그 사진만은 그 집 구석구석에서 발견할 수 있었다. 그들이 아주 젊었을 때의 사진을 보는 것은 왠지 쓸쓸했다. 사진 속의 외동딸이 지금 고등학교에 다니고 있는, 15살의 진이라고는 생각되지 않았다. 진은 명랑한 아이로, 짧게 자른 검은 머리를 마구 흐트러뜨린 채로 하얀 이를 드러내며 곱게 웃는데, 손님에 대한 예절은 언제나 만점이었다. 그리고 또 한 사람 폴의 계모인 파인 부인은 가엾게도 다리가 불편해서 휠체어를 떠날 수 없는 몸이었다.

저녁식사는 정식 만찬은 아니었지만 꼼꼼히 짜여진 식단

으로, 모두 꼿꼿이 앉아서 감사한 마음으로 예의바르게 식사했다. 깁슨 씨는 로즈메리를 지켜보았다. 그녀가 이 집 사람들에게 너무 신경을 쓰는 건 아닌지, 너무 피곤하지는 않은지, 몸은 괜찮은지.

노부인이 상냥하게 이것저것 묻고, 그리고 자신과 가족에 대한 애기를 들려주었다. 노부인은 다소 마르고 예민해 보이는 형으로, 불구가 된 자신의 몸이 화제에 오르지 않도록 하는 요령을 알고 있었다. 소녀는 어른들 틈에 앉아서 어른의 도움을 전혀 받지 않고 음식을 나르고 설거지를 한 뒤, 숙제가 있다면서 물러났다. 폴은 사려깊은 주인장처럼 친절하게 사소한 것까지 두루 신경을 써주었다.

그는 지나치게 상냥했다. 거기서 깁슨 씨는 로즈메리와 이웃과의 첫대면의 어색함을 없애기 위해 애썼다. 솔직한 대화는 로즈메리도 좋아할 거고 기분나빠할 리가 없을 것 같았다. 그래서 그는 잠시 떠들어댔다. 그리고 충분히 양쪽의 흥미를 돋구고 자극한 끝에, 드디어 폴이 정원 이야기를 꺼내도록 하는 데 성공했다. 로즈메리는 열심히 귀를 기울이고 직접 애기도 꺼내는 것이었다. 깁슨 씨는 열심히 질문했다. 애기 도중에 폴이 말장난 같은 질문을 했다……깁슨 씨에게 부식토(humus : humour와 비슷한 발음)에 대해 아느냐고 묻는 것이었다. 깁슨 씨는 순간적으로, "뿌리를 보호하는 거죠. ('그 정도쯤이야'라는 말과 비슷한 발음.)" 하고 되받아 공격했다. 그러자 로즈메리는 킥킥 웃었다. 노부인은 사랑스러운 듯이 웃으며 밝은 표정으로 모두의 대화에 귀를 기울였다. 대화는 갑자기 활기를 띠기 시작했다.

10시가 되자 두 사람은 작별인사를 했다. 깁슨 씨는 로즈메리를 피곤하게 하고 싶지 않았던 것이다. 정중히 인사를 나누고 두 사람은 현관을 나왔다. 그리고 나서 계단을 다섯 칸 내려가 한밤의 서늘한 공기를 마시면서 드라이브웨이를 가로질러갔다. 가정의 기능이 원활히 이루어지고 있는 것에 대한 상징이라도 된다는 듯 반짝거리는 쓰레기통을 흘끗 곁눈질하고 두 사람은 자신들의 집 뒷문을 향했다. 그리고 가지런히 정돈된 어두컴컴한 부엌을 지나 전등을 켜놓은 거실로 들어갔다. 이것이 바로 가정이구나 하는 감동이 깁슨 씨의 가슴에 밀물처럼 밀려들었다.

"정말 재미있었소." 하고 그는 말했다. "당신도 즐거워 보이던데."

로즈메리는 푸른 옷을 입은 채 천천히 짙은 색의 스웨터를 어깨까지 걷어올렸다. 뭔가를 열심히 생각하고 있는 표정이었다. "세상에 이렇게 재미있는 일이 있다니." 그녀는 떨리는 목소리로 말했다. "전혀 몰랐어요. 전혀, 전혀 몰랐어요……."

그는 왠지 모르게 오싹했다. 뭐라고 대답하면 좋을지 몰랐다. 그녀는 스웨터를 벗어 의자에 걸쳐 놓고서 그를 올려다보며 싱긋 웃었다. "책을 읽어 줘요, 케네스. 부탁해요." 하고 그의 비위라도 맞추듯이 그녀는 말했다. "10분만이라도 좋아요. 내 기분이 진정될 때까지."

"당신이 우유를 마시고 쿠키를 먹는다면 읽어 주지."

"예, 그렇게 할게요. 준비해 가지고 오세요."

그는 먹을 것을 준비했다. 그리고 책을 펼쳐서 그녀에게 읽어 주었다.

이윽고 그녀는 집게손가락에 묻은 쿠키 가루를 핥았다.

그리고는 졸린 얼굴로 미소를 지으며 고맙다고 했다……

　케네스 깁슨은 자신의 방으로 갔다. 그 방은 이미 그가 전에 살았던 방과 똑같은 상태로 정리되어 있었다. 부드러운 질서와 오붓한 홀아비의 안락. 약간 멍한 기분으로 그는 잠자리에 들었다. 그리고 로즈메리라는 사람을 이해할 수 없을 것 같았다.

제5장

5월 19일 로즈메리는 일찍 일어나서 아침식사를 준비하기 시작했다. 새 면 드레스를 입고 있었는데, 그것은 분홍색——어딘지 모르게 봄기운이 나는 듯한 분홍색으로 된 평상복이다. 그녀는 즐거운 듯 재잘거리고 있었다. 화단에 새로운 화학비료를 주고 싶다고. 효과는 폴 타운젠드가 보증했다. 하지만, 그런 일에 3달러 95센트나 허비하는 것은 좀 아깝지 않은가? 오늘 저녁식사는 군 양고기가 어떨까? 민트 소스를 곁들일까, 아니면 민트 젤리로? 돌담에 부서지는 아침 햇살은 정말 아름다워! 회색 땅에 엷은 금색을 드리우고 있다. 아침 햇살은 저렇게 찬란한데——오후가 되면 왜 어두컴컴해지는 걸까?

"그림자 때문인가?" 하고 그는 추리했다. "그 동안에 그런 것을 그리면 좋겠는데, 로즈메리."

그렇게 솜씨가 있지는 않지만 해보겠다고 그녀는 말했다……그리고 나서 경멸에 찬 표정으로 머리를 꼿꼿이 세우고 비올레 부인에게 부엌의 커튼을 세탁해서 풀을 먹여야 한다고 말했다. "그것이 아침 햇살과 잘 어울려 상쾌해요. 그렇게 생각지 않으세요?"

식탁을 사이에 두고 그녀의 모습을 보며 그 말을 듣고 있던 깁슨 씨는 갑자기 눈이 열리는 느낌을 받았다. 눈에서 비늘이 떨어진 것이다. 지금 그가 보고 있는 로즈메리는 이제까지의 그녀가 아니고, 지금까지 그가 생각하고 있던 그녀도 아니었다.

상큼한 면 드레스에 드러난 몸매는 날씬했지만, 이젠 야위었다고 할 수는 없었다. 오히려 보기 좋은 자세로 앉아 있는 가는 허리 위로는 황홀한 가슴이 솟아 있고, 어깨뼈는 부드러운 피부로 덮여 있었다. 그리고 머리칼! 아아, 풍성한 그 머리칼은 갈색으로 빛나고 있었다! 도대체 이건 어디에서 온 것일까? 얼굴은 창백하지도 않으며, 피부가 늘어져 애처롭게 주름이 지지도 않았다. 그것은 거의 팽팽하게 긴장되어 있었고, 알맞게 햇볕에 그을려 장밋빛을 띤 금색으로 변해 있었으며, 이마의 주름은 성숙을 나타내 줄 뿐이었다. (그건 소녀의 이마보다도 훨씬 재미있었다.) 그 푸른 눈은 오늘 할 일에 대한 생각으로 분주하게 움직이고 있었다. 눈꼬리의 기묘한 잔주름은 그녀의 기분이 좋은 것과 결부시켜 생각하면 어딘지 아주 의미깊은 듯이 보였다. 어쨌든 그녀의 얼굴은 온통 생기가 넘쳤고……뭐라고 하면 좋을까……로즈메리적이었다. 게다가 거품이 이는 듯한 함박웃음이 늘 목구멍 속에 맺혀 있었다.

그의 가슴은 터질 듯 부풀어 올랐다. 그녀가 건강해진 것이라고 그는 생각했다.

그런 생각을 그 자리에서는 가슴속에 묻어두고, 깁슨 씨는 그녀의 어깨를 다독거리며 커튼에 관한 그녀의 생각이 좋다고 격려해 주고는……다녀오겠다고 했다.

버스를 타고 가면서 깁슨 씨의 가슴은 환희로 고동치고

있었다. 그녀는 다시 건강해졌다. 로즈메리는 죽지 않았다. 건강해졌다. 그녀를 부활시킨 것은 그다. 죽은 사람을 살려낸 것이나 다름없다.

하루 종일 그 기적에 대한 감동이 가슴속에서 꿈틀거렸다. 그는 일을 하면서도 그 기적 같은 일과 연결지어 생각하면서 그 감흥이 가슴속에서 울려퍼지는 것을 느꼈다. 집으로 돌아와 그녀가 맛있게 요리된 양고기를 먹는 모습을 지켜보며 오늘 하루의 사건에 귀를 기울이고, 이렇게 해서 오늘이 벌써 내일의 밑바탕으로 완성되어 감을 느끼며 그는 조용히 말했다. "로즈메리, 내일 저녁에는 둘이서 축하 파티를 합시다."

"축하파티, 왜요?"

"당신, 10마일(약 16km) 정도 운전할 수 있겠소? 아크 호가 10마일 정도를 달릴 수 있을까?"

"예, 물론이죠." 하고 그녀는 쾌활하게 말했다. "그 정도라면 문제없어요."

"그럼, 내일은 밖에서 식사합시다——내가 알고 있는 레스토랑에서. 길을 따라 죽 가기만 하면 돼요. 당신도 틀림없이 마음에 들어 할 거야."

"그런데, 왜요?"

"축하." 그는 이유가 있다는 듯이 말했다.

"무슨 축하예요, 케네스."

"그건 비밀. 내일 가르쳐 주겠소."

"도대체 무슨 말씀을 하시는 거예요?"

"아무것도 아니오." 하고 그는 장난스럽게 말했다. 이 비밀은 입을 찢더라도 밝히고 싶지 않았다——비록 상대가 로즈메리일지라도.

　다음날 저녁 (그날은 금요일이었다) 낡아빠진 차는 굉장한 소음을 내며 시내의 서쪽 도로를 달려갔다. 원래 품질이 좋은 낡은 이 차는, 마치 뚱뚱하게 살은 쪘어도 기품을 잃지 않은 안주인처럼 위풍당당하게, 그러나 털털거리며 달렸다. 가슴 밑에 붉은 장미가 달린 새로 맞춘 드레스를 입고, 크고 부드러운 붉은색 울 스카프를 머리에 쓴 로즈메리는 각별히 신경써서 차를 운전하고 있었다. "이런 일을 할 수 있는 것도——." 하고 깁슨 씨는 자랑스럽게 생각했다. "건강해졌기 때문이야. 이제 건강해진 것이 틀림없어."

　깁슨 씨는 미리 좌석을 예약해 두었다. 맛있는 프랑스 요리와 독특한 분위기 때문에 이 레스토랑은 늘 붐볐다. 어두컴컴한 레스토랑 안은 자욱한 담배 연기와 여러 가지 소스의 향기로운 냄새로 가득했다. 물론 음식값이 싼 곳은 아니다. 하지만, 오늘은 특별히 축하해야 하는 날이다.

　두 사람은 포도주를 조금 마셨다. 근사한 요리를 계속 먹는 동안에도 깁슨 씨는 그녀가 조바심을 내도록 하기 위해 먼곳까지 나와 낭비하는 이유를 일부러 설명하지 않았다. 담배 냄새, 향긋한 요리 냄새, 주위 사람들의 조용한 대화, 그런 것들 속에서 단둘이 앉아 있는 것은 아주 즐거웠다. 깁슨 씨는 자신의 멋진 외모를 의식하고 있었다. 로즈메리가 치장한 모습도 의식하고 있었다. 두 사람은 연극 배우나, 아니면 가면무도회에 참가한 사람들 같았고, 자유롭고 보다 진실된 방법으로 자기 자신을 발견하려 했다. 깁슨 씨는 상냥하면서도 조금 익살스러운 태도를 취할 수밖에 없었다. 그는 그것을 즐기고 있었다. 로즈메리는 자신이 평소보다 아름답다고 생각하는 표정이었다. 깁슨 씨 역시 그녀가 정말 미인이라고 생각했다.

디저트로 나온 커피에 두 사람은 브랜디를 조금 떨어뜨렸다. 그리고 두 사람은 갑자기 어린아이처럼 발작적으로 떠들어대기 시작했다.

먼저 그가 평범한 말, 대수롭지 않은 말을 했다.

그러자 로즈메리가 반박했다.

그리고 그가 거기에 설명을 덧붙였다.

그 뒤는 계속 이상해져 갔다. 모든 것이 혼란스러워지기 시작했다. 모든 것이 점점 우스꽝스럽게 되어갔다. 두 사람의 행동은 미친 것 같았다. 깁슨 씨는 냅킨으로 얼굴을 가리고 껄껄 웃었다. 너무 웃어서 배가 아플 지경이었다. 로즈메리도 장미가 달린 가슴을 손으로 누르며 웃었다. 두 사람은 동시에 몸을 흔들며 머리를 쥐어뜯었다. 완전히 바보스러웠다. 얼굴은 새빨갛고 눈에는 눈물이 그렁그렁한 채 서로를 막으려고 하다가 다시 웃음을 터뜨리며 집적거렸다.

다른 사람들이 이상한 얼굴을 하고 조심스럽게 이쪽을 쳐다보았는데, 그것이 또 우스운 모양이었다. 그래서 다시 발작이 시작되었다. 이렇게 우스운 것은 어디에도 없을 것이다. 하지만 왜 우스운지는 도저히 설명할 수 없었다. 단지 그 자체가 우스울 뿐이었다.

다른 손님들도 전염된 듯 싱글싱글거리며 호기심어린 눈길로 이쪽을 보고 있었다. 그래서 두 사람은 웃음을 참느라 입술을 꼭 깨물고 브랜디를 핥았다. 하지만, 로즈메리가 다시 우스운 얘기를 해서 다시 발작이 시작되었다. 지구를 뛰쳐나가 어딘가로 가버릴 것 같은 웃음의 발작.

진정되기까지는 꽤 많은 시간이 걸렸다. 그런데 갑자기 우스워졌던 것처럼 그렇게 갑자기 슬픔이 밀려왔다. 이것으로 끝이다. 여기에서 다시 시작하려고 해서는 안된다. 맞아. 결코 무리해서는 안돼. 달콤한 만족을 목구멍에 남겨놓고 웃음의 뒷맛이 상쾌하게 피부에 젖어들도록 잠자코 앉아 있을 것.

"무엇을 축하하는 건지 언제 얘기해 줄 거예요?" 하고 로즈메리가 진지한 얼굴로 물었다.

"지금 얘기해 주지." 그는 조금 남은 브랜디 잔을 들어올렸다. "축하하오, 당신이 건강해진 것을."

순식간에 그녀의 눈에 눈물이 고였다. 그녀는 아무 말도 하지 않았다.

그는 조용히 말했다. "자, 너무 늦었어. 이제 돌아갑시다."

"예." 그녀는 빨간 울 스카프를 등뒤에서 집어들었다. 그 손은 떨고 있었다. 종업원이 테이블을 정리한 뒤에도 두 사람은 아직 꿈에서 깨어나지 않은 듯, 맛있는 요리와 못된 장난의 달콤한 기억에 잠겨 있는 듯이 천천히 일어섰다. 그는 크고 부드러운 스톨(좁고 긴 여성용 목도리)을 뒤돌아선 로즈메리에게 걸쳐 주었다. 그녀가 따뜻하도록 목에서부터 꼭 덮어 주어야지 하고 그는 생각했다. 자연히 그 손놀림은 부드러워졌다. 그러자 로즈메리는 고개를 옆으로 돌려 숄을 걸쳐 주고 있는 그의 손에 따스한 볼을 비볐다.

그것은 불과 한 순간이었다. 하지만 온 세상을 바꿔 놓은 것 같았다.

깁슨 씨는 그녀의 뒤를 따라 작은 로비로 가서 계산을 끝내고 레스토랑의 지배인이 열어 주는 문을 나섰다. (지배인은 안녕히 가시라고 인사하고, 안개가 끼어 있으니 조심하라고 일러 주었다.) 깁슨 씨는 거의 기계적으로 대답했다.

그때 그는 완전히 얼이 빠져 있었다.

지금 자신이 아내인 로즈메리를 사랑하고 있다는 사실을 발견한 것이다. 23살이나 아래인 아내——하지만, 그런 것은 문제가 되지 않았다. 그래, 그는 그녀에게 빠져 있다! 이제야말로 세상사람들이 말하는 '사랑'이라는 것이 어떤 것인지 분명히 알게 되었다. 사랑하고 있다……사랑……사랑!

두 사람은 불가사의한 아름다움의 세계를 향해 나갔다——마치 이 세상의 것이라고는 생각되지 않는 아름다움. 사방에 자욱한 안개. 아아, 얼마나 아름다운가!

"정말 아름답지 않소?" 하고 깁슨 씨가 다정하게 말했다.

로즈메리가 발길을 돌리려다가 잠시 그에게 기대었다. 두 사람의 몸은 낡은 세계가 사라진 뒤에 남겨진 모든 것이고, 유일하게 소중한 것이었다. 저 멀리까지 안개의 장막이 드리워져 있었다. 길 건너에 보이는 들판은 안개 속에서 꿈을 꾸고 있는 것 같았다. 평범한 포장도로는 신비한 나라로 통하는 한 줄기 리본이었다.

"내가 운전할까?" 하고 그가 물었다.

"아뇨, 괜찮아요." 하고 그녀가 대답했다. "아크 호는 이젠 할아버지라서 내가 아니면 안돼요. 아아, 케네스, 정말 아름다운 풍경이에요."

두 사람 사이에 전율이 흐르고, 그는 그것을 마음속으로 애처롭게 여겼다. 그것은 아주 정겹고 신선하고, 더구나 지나칠 정도로 아름다웠기 때문에 말로 표현할 수가 없었다.

두 사람은 차를 탔다. 로즈메리는 굉음을 발하는 엔진을 작동시키고 주차장 밖으로 차를 돌렸다. 깁슨 씨는 눈을 크게 뜨고 열심히 그녀의 운전을 지휘하려 했다. 그러나 그는 눈에 보이는 것들을 거의 보고 있지 않았다. 로즈메리는 아주 조심스럽게 천천히 차를 운전했다. 구식의 커다란 차는 착실히 달리고 있었다. 눈에 보이지 않는 세계는 두 사람 앞에서 나타나서는 순식간에 두 사람의 뒤로 사라졌다. 두 사람은 어디 다른 곳에 있는 것이 아니고 분명 이곳에 있는 것이다. 집에서 불과 10마일 떨어진 지점에 단둘이.

깁슨 씨는 과거와 미래에 대해 그다지 깊이 생각지 않았다. 그는 단지 지금 자신이 사랑하고 있는 것만을 알고 있을 뿐이다. 오직 그것만으로도 모든 것이——모든 것이 완전히 달라지고 아름답게 보이는 것이었다.

앞에서 헤드라이트 불빛이 불쑥 튀어나왔다. 그것은 마치 갓 태어난 생명체처럼 신선했다. 차 한 대가 정면에서 마주 달려오고 있었다. 로즈메리가 당황해서 급히 핸들을 꺾었다. 깁슨 씨가 알고 있는 것은 그것뿐, 그 뒤에는 공포의 소리, 한 순간의 고통, 그리고 온세상이 그의 감각에서 한꺼번에 사라졌다.

제6장

그는 두 팔이 몸뚱이에 붙어서 개집 속의 개처럼 쇠사슬에 매여 있었다. 설령 탈출의 야심을 품고 있다 하더라도 이 침대에서의 탈출은 불가능하며, 그를 감금하고 있는 기묘한 장치에서도 도저히 도망칠 수 없을 것 같았다.

"그럼, 아내는 정말 무사한 거죠?" 하고 깁슨 씨가 물었다. "당신이 정말 만나봤소?" 그는 눈을 내리뜨고 아가씨의 얼굴을 찾으려 했지만, 메모판을 안은 아가씨는 의자에 앉아 있었기 때문에 너무 낮아서 볼 수 없었다. 머리 꼭대기만 보일 뿐 아가씨의 눈을 보고 얘기할 수가 없었다.

"정말이에요." 아가씨의 목소리가 들렸다. "직접 만날 순 없었지만 부인도 같은 층에 있어서——운이 좋아……즉……소식을 들은 거죠. 부인은 무사해요, 깁슨 씨. 사실이에요. 다른 사람에게서 들었어요."

"'무사'하다니, 무슨 뜻이오?" 그는 초조해서 물었다. 이렇게 한쪽 다리는 아주 비참한 상태로 들어올려지고, 몸통은 꽉 조여 있고, 의식은 가물가물, 부상의 쇼크와 불명예에 눌린 듯한 느낌……이런 깁슨 씨도 병원 용어로는 '무사한' 것이다. 생명에 지장이 없는 상태라는 것 외에 아무런 의미도 갖고 있지 않은 말이 아닌가? '아아, 그녀가 설마?'

"잠시 정신을 잃고 신경을 조금 다쳤다고 하더군요." 하고 품위 없는 목소리가 말했다. "그뿐이에요. 그럼, 깁슨 씨, 미안하지만……."

그는 고개를 옆으로 돌렸다. 그것만이 그에게 남겨진 유일한 행동의 자유인 모양이다. 그렇지만 도대체 누가——하고 끓어오르는 고뇌를 느끼면서 그는 생각했다——누가 앞으로 로즈메리를 즐겁게 해주지……?

"아프세요?" 하고 아가씨가 안타까운 듯이 말했다. "힘드시면 나중에 해도 돼요."

"정말 아프군요." 하고 그가 말했다. "이 안쪽이 말이오. 마치 몸 전체가 누에고치가 된 것 같소. 실오라기 같은 게 안개처럼 어른어른해서……."(안개? 그는 오싹했다.) 모르는 사이에 무슨 약을 먹인 것이 틀림없다. 혓바닥은 둔탁해지고, 더구나 축 늘어져 있다. "아픔을 느낄 수 없소. 알겠소? 그러나 몸 전체가 욱신거리고 있어요. 그건 분명히 알수 있소. 난 그것이 아픔이라는 것을 알아요. 오늘이 며칠이지? 지금 몇 시요? 이곳은 어디죠?" 겁에 질린 입술로 그는 중얼거렸다.

"5월 20일 토요일이에요." 하고 아가씨는 천천히 참을성 있게 대답했다. "시간은 오전 9시 20분. 이곳은 앤드루스 메모리얼 병원. 당신은 어제 저녁 실려왔어요. 그래서, 깁슨 씨, 대단히 죄송하지만 이 서류를 작성해서 제출해야 해요……."

"알겠소." 하고 그는 진지하게 말했다. "그런 일은 어디나 마찬가지니까."

모두 거짓말을 하고 있는 것은 아닐까 하는 생각이 들자 그는 떨릴 만큼 걱정되었다. 그것은 결코 생각할 수 없는 일이 아니다. 이렇게 엉망이 된 그를 보고 병원 사람들이 약삭빠르게 서로 짜고 그에게 불행을 털어놓지 않는 것일 지도 모른다. 그는 가능한 한 눈을 크게 뜨고 힘껏 고개를 쳐들고서, 흐릿한 시계(視界) 속에서 아가씨의 표정을 살피려 했다. "좀더 의자를 높여 주시겠소? 당신의 얼굴이 안 보이는군요." 하고 그는 부탁했다.

아가씨는 의자를 높여 주었다. 아가씨는 생각했다. 어머, 이 사람 참 예쁜 눈을 가졌네. 여자의 눈이었더라면 좋았을 것 같은 멋진 눈. 그러나 나와 여동생은 모두 곧은 머리인데, 오빠와 남동생은 고수머리인 것을 생각하면 여자로 태어났어도 그렇지 않을……이런 것을 생각하면서 아가씨는 눈길을 돌렸다.

"아내는 어떤 치료를 받고 있소?" 하고 깁슨 씨는 물었다.

"진정제를 주사하는 정도예요. 제가 직접 보지 않아서 잘 알 순 없지만, 아마 2~3일 안정하면……."

"그거 다행이군." 그는 흥분해서 말했다. "그래요. 꼭 그렇게 돼야 할 텐데. 안정을 취해야 할 거요. 아내는 몸이 약한 편이거든. 오랜 시간이 걸려서 가까스로 건강해졌는데, 이제 다시 병이 난다면……."

아가씨는 한숨을 쉬며 펜을 쥐었다. "이름과 주소는 이제 됐고. 저,……생년월일은요, 깁슨 씨? 귀찮게 해드려서 죄송하지만, 이곳에 기입하는 것만은……."

"미안합니다." 하고 그가 대답했다. "1900년 1월 5일생이오. 그러니까 나이 계산은 아주 산난할 서요. 뺄셈을 할 필요도 없어요.”

아가씨는 ‘혼인’란에 ‘기혼’이라고 써넣고는, “결혼하신 지 얼마나 됐죠?” 하고 물었다.

“다섯 주 됐소.”

“어머, 그러세요?” 아가씨의 목소리는 호기심으로 갑자기 커졌다. 다음의 기재사항은 ‘자녀’였다. 아가씨는 ‘없음’이라고 써넣고 나서 갑자기 생각이 났는지 이렇게 물었다. “부인이 첫부인인가요?”

“처음이자 유일한 아내요……저, 한 가지만 가르쳐 주시요.” 그는 아가씨의 모습을 똑똑히 보려고 노력했다. “심하지 않은 거지요, 아내의 상처는?”

“정신차리세요.” 하고 이번에는 단호한 말투로 아가씨가 말했다. “깁슨 씨, 저보고 더 뭘 말하라는 거죠? 아무도 당신을 속이지 않아요. 하나님께 맹세해요. 부인은 뇌진탕도 일으키지 않았을 거예요. 심한 상처라면 저 역시 알게 될 테니까……그런 일이 있다면 꼭 알려 드릴게요.”

드디어 아가씨의 얼굴이 보였다. 친절하고 밝고 열정적인 표정이었다.

“알았소.” 하고 그는 작은 소리로 말했다. “정말 고맙소.”

이곳은 병실이다. 전화는 없다. 그는 로즈메리에게서 격리되어 있다. 1,000마일 이상 떨어져 있는 기분이다. 변덕스럽고 힘없는 목소리로 그가 말했다. “아내에게 엽서를 보내도 괜찮겠소?”

아가씨가 물었다. “엽서라뇨? 아마 부인이 이곳이 들르실 거예요……늦어도 내일쯤에는.”

“나보다 먼저 퇴원시킬 겁니까?” 깁슨 씨는 놀라서 물었다.

"예, 아마 그렇게 될 거예요. 그러니까 조금만 참으시면
……."

"퇴원시켜서는 안돼요." 빈집에 혼자 덩그러니 있는 로즈
메리, 생각만 해도 무서웠다. 비올레 부인에게 함께 지내 달
라고 부탁할 수도 있지만, 비올레 부인은 자기와는 상관없
다는 식의 냉정한 여자고……폴 타운젠드는 친절하지만, 그
녀와 함께 지내 달라고 할 수는 없다. 아무도 없다고 생각
되자 그는 당황했다——아냐, 아냐, 있어! 로즈메리에게는
친척이 없지만 그에게는 있다. 누이동생이 있다.

"전보를 쳐 주시겠소?" 그가 불쑥 물었다.

"제가 쳐도 될까요? 아니면, 간호사가……."

"당신이 쳐 주시오. 받는 사람은 에셀 깁슨 양이오." 그는
주소를 가르쳐 주었다. "받아써 주시겠소? 이렇게 쳐 주세
요. '자동차 사고로 병원에 입원.걱정할 것 없음. 로즈메리
는 무사. 사람이 필요, 와주기 바람.'"

"부탁?" 하고 바쁘게 받아적으면서 아가씨가 물었다.

"부탁해, 켄."

"스무자예요."

"좋아요. 부탁드립니다. 요금은 대신 치러 주시겠소? 돈
이 어디에 얼마나 있는지 몰라서……."

"그렇게 해드릴게요." 아가씨는 위로하듯이 말했다. "나
중에 청구서에 포함시키면 되거든요. 이젠, 기분이 좋아지
셨어요? 이 서류의 질문에 대답해 주실 수 있겠습니까?"

그는 하나하나 질문에 대답했다.

"예, 됐습니다." 이윽고 아가씨가 말했다. "이제 당신의

신상에 관한 모든 것을 기록했어요. 깁슨 씨, 걱정 마세요. 전보는 정확히 쳐드릴 테니까."

"폐를 끼쳐서……."

"그럼, 몸조리 잘하세요." 아가씨는 싱긋 웃었다. 아가씨는 깁슨 씨에게 호의를 갖고 있었다. 이 사람, 정말 사랑스러워. 도저히 55살로 보이지 않아. 피부가 저렇게——깨끗하고 광대뼈 주위에 군살이 없어서 여자도 무색할 정도야. 결혼한 지 다섯 주, 게다가 초혼이라니. 그 사실이 아가씨에게는 사랑스럽고 재미있게 느껴진 것이다.

"신부 걱정은 하지 마세요." 하고 아가씨가 상냥하게 말했다.

"될수록 신경쓰지 않도록 하겠소." 그는 약속했다. 그러나 그는 이 아가씨가 재미있어하는 것을 깨닫고는, 이제 다른 사람들에게 본심을 내보여서 재밋거리가 되지 말아야겠다고 결심했다.

아가씨가 나가자 그는 생각에 빠졌다. 내 신상에 관한 것이 이것뿐인가? 그 아가씨는 내 신상에 관해 손톱만큼도 아는 바가 없다……그러자 그의 반생은 어수선하게 마음속을 빠져 나가고, 허무함이 그의 심장을 세차게 때리는 것이었다.

하지만, 그는 곧 자제력을 되찾고 인내심을 회복했다. 어떤 고통이 있더라도 시간이 지나면 몸은 나을 것이다. 고통은 아무것도 아니다. 그건 참을 수 있다. 시간 낭비가 마음에 걸리지만 즐거운 생각을 하도록 노력하자.

다만 로즈메리의 상처가 심하지 않기를 바랄 뿐이다! 에셀이——유일하게 의지할 수 있는 에셀이——빨리 와서

……집안일을 돌봐주면 좋을 텐데! 누이동생은 자신이 그런 전보를 받아들었을 때와 같은 반응을 나타낼 것이 틀림없다고 깁슨 씨는 믿고 있었다. 에셀은 어쩌면 비행기로 올지도 모른다. 이런 상황이 되자 같은 병원의 같은 층에 있는 로즈메리보다도 누이동생 에셀이 훨씬 가까이 있는 느낌이 들었다. 드디어 모든 일이 원만하게 수습되고 있었다.

깁슨 씨가 정신을 차리고 주위를 둘러보자 오른편에 있는 환자 하나가 한쪽 콧구멍에 대롱을 꽂은 채 축 늘어져 누워 있는 것이 보였다. 왼쪽 남자는 베개에 귀를 꼭 대고 있었는데, 베개 밑의 트랜지스터 라디오에서는 연속극이 흘러나오고 있었다. 이 병실은 환자로 가득했다. 환자들은 무엇인가에 대비하기 위해 힘껏 노력중이고……대개는 고통을 참고 있었다. 그중에는 깁슨 씨처럼 사랑을 하고 있는 사람이 있을 거라는 생각이 들었다.

깁슨 씨는 누운 채 시를 생각하려고 골몰했다. 시는 고통——그 폭력적인 무언의 것——을 잊게 하고 시간을 보내는 데도 유리하다.

……늘 움직이지 않는 하나의 표적
그것은 폭풍을 내려다보며 미동도 하지 않는다.
그것이야말로 유랑하는 거룻배들의 별
별의 값어치는
헤아릴 수 없다.
헤아릴 수 없는……
헤아릴 수 없는……

그는 자고 있는 것처럼 보였다.

그 혼란스러운 하루의 막바지에 다다라서 전보가 도착했다. 비행기로 곧 출발함. 에셀.

깁슨 씨는 가슴이 아플 정도로 깊은 한숨을 내쉬었다.

"아, 깜박 잊었어요. 부인이 안부 전해 달라고 하더군요." 하고 간호사가 밝은 목소리로 말했다.

"그렇습니까?" 그는 매트리스 속으로 1피트(약 30*cm*) 정도 가라앉는 듯한 기분이었다.

"당신의 건강을 염려하시더군요. 그 베개를 옆으로 좀 당겨 드릴까요? 아니면, 그대로 두시겠어요?"

"지금 이대로가 좋습니다." 그는 이상한 말투로 대답했다. "아내에게 안부 전해 주시겠습니까?"

"전해 드리고말고요." 간호사가 쾌활하게 말했다. "병원 안에 대대적으로 방송해 드릴까요?"

모두 친절한 사람들이라고 남은 힘이 모두 빠져 버린 상태로 깁슨 씨는 생각했다. 모두 아주 친절한 사람들이다. 친절한 간호사. 친절한 누이동생 에셀. 이런 비참한 상태도 곧 끝나겠지.

제7장

"······잘 와주었어." 하고 다음날 아침 그는 말했다. "정말 잘 와주었어. 반갑구나, 네 얼굴을 보니까."

"그런 얘기하지 마세요." 하고 에셀이 말했다. 대부분의 사람들처럼 한쪽 발로 체중을 지탱하고 다른 한쪽 발로 균형을 잡는 것이 아니고, 전에 해왔던 대로 분명히 두 발로 우뚝 서 있는 느낌이다. 에셀은 꽤 체격이 컸다. 뚱뚱보라고 할 수는 없지만, 허리는 굵고 다리는 튼튼하고 어깨도 넓었다. 수수한 스타일의 트위드 스커트와, 양장점에서 맞춰 입은 듯한 블라우스 차림에, 새치가 드문드문 섞인 짧은 머리에는 모자를 쓰지 않았고, 반지도 끼지 않은 거친 손은 장갑도 끼고 있지 않았다.

"어쨌든 큰일이군요." 하고 그녀는 활달한 목소리로 말했다. 갈색 눈동자가 어떤 남자도 얼씬 못하게 하는 얼굴 중앙에서 빛나고 있었다. (에셀의 눈매는 아버지를 꼭 닮았다고 그는 생각했다. 그건 당연하지. 에셀은 이제 47살이다.) "상태는 어때요?" 하고 그녀가 물었다.

"그런 건 묻지 마, 자세히 얘기해도 어쩔 도리가 없잖아. 그보다 로즈메리에게 가서······."

“로즈메리에게는 벌써 다녀왔어요.”

“정말이냐?” 그는 깜짝 놀랐다.

“오빠, 지금 10시예요.” 에셀이 말했다. “한밤중에 비행기에서 내려 우유수송열차인지 하는 걸 타고 이곳에 내린 것이 새벽 5시. 집주인을 만났어요. 오빠 집에도 들렀고요. 욕실을 사용했죠. 그리고 곧장 로즈메리의 병실로 갔던 거예요. 그녀의 병실은 독방에 가까운데, 오빠 병실은 몹시 혼잡하다고 병원측에서 얘기하더군요.” 에셀은 콧구멍에 대롱을 꽂고 있는 남자를 쳐다보았지만, 조금도 놀라는 기색이 없었다.

집슨 씨는 기어들어가는 목소리로, “그래.” 하고 말했다. 에셀의 기세에 눌려서 조금 얼이 빠진 모습이었다.

“타운젠드 씨는 자고 있었던 모양이에요. 그런데도 아주 친절하더군요. 내가 이름을 대자 곧 들어오라고 했어요. 조금도 싫은 내색하지 않고.”

“그래, 폴은 좋은 사람이야⋯⋯.”

“대단한 미남이고요.” 하고 에셀은 쌀쌀맞게 말했다. “약간 멍해 보이기는 하지만 말이에요. 재산도 많은 것 같고, 홀아비라더군요. 그건 그렇고, 깜짝 놀랐어요! 아주 작은 집에 살고 있더군요, 켄.”

“그렇게 보이든?”

“로즈메리의 방이라고 생각되는 곳에 짐을 놓고 왔어요.” 에셀의 빈틈없는 시선은 모든 것을 파악하고 있었다.

“그래.” 하고 그는 힘없이 대답했다. 너무 갑작스러운 일이어서 이 활발하고 현실적이고 정열적인 에셀이 작은 집에 사는 그림을 도저히 상상할 수 없었다. 침착함을 잃은 투로——에셀의 출현은 가지런히 정돈된 그의 사고를 휘저어놓는 한바탕의 질풍과도 같은 효과가 있었다——그는 말했다. "그래서, 에셀, 로즈메리의 상처는 어떻던?"

"긁힌 자국 하나 없더군요." 하고 에셀은 곧바로 대답했다. "약간 충격을 받기는 한 모양이지만. '그런 사고가 나서 미안해요. 그분이 걱정이에요.' 하고 말하더군요. 그녀가 운전했다면서요?"

"그래, 그건 원래 로즈메리의 차여서……."

"그 차는 굉장한 고물인 것 같다고 타운젠드 씨가 말하더군요. 잘은 모르겠지만……." 에셀은 얼굴을 찡그렸다. "대개는 운전하던 사람이 가장 심한 상처를 입는데. 상대방의 차가 오빠가 앉아 있었던 쪽으로 돌진해 온 모양이지요?"

"상대방의 차는……." 깁슨 씨는 잔뜩 움츠러들었다.

"두 사람이 타고 있었대요. 그 두 사람 다 아주 살짝 긁혔을 뿐이라는군요. 결국 가장 혼이 난 사람은 오빠예요. 몇 군데의 골절? 살아서 말할 수는 있지만 결코 다행이라고는 볼 수 없죠."

"애기할 수도 없어." 그는 퉁명스럽게 내뱉었다. "사고 당시의 일을 난 하나도 기억 못해."

"그게 차라리 나아요." 에셀이 대꾸했다. "이것저것 귀찮게 질문할 거예요. 이 사건은 흔히 있는 미궁에 빠졌거든요. 누가 누구를 고소할 수도 없어요."

"고소해?" 그는 깜짝 놀랐다.

"그렇게 안개가 짙은 밤, 상대방은 왼쪽에서 나타났어요. 교통법규위반이죠. 하지만, 로즈메리가 왼쪽으로 핸들을 튼 것은 이쪽의 과실이에요. 더구나 오빠와 로즈메리에서 일

코올 냄새가 난 것이 경찰조사에서 드러났어요.”

“브랜디를 아주 조금……” 하고 깁슨 씨는 괴로운 듯 중얼거렸다.

“경찰에서는 그것조차 용납하지 않아요.”

“로즈메리.” 깁슨 씨는 그 말밖에 하지 않았다. 결국 그녀의 이름을 부르는 것만이 유일한 희망이라고 생각한 것이다.

“참 좋은 여자더군요, 켄.” 하고 누이동생이 말했다.

“응.” 하고 안심하며 그가 대답했다.

에셀은 싱긋 웃었다. 그 눈매는 똑똑하고 친절하고 관대해 보였다. “오빤 꽤 아름다운 행동을 한 것 같더군요.”

“아냐……”

“로즈메리는 그 얘기하기를 꺼리는 것 같아서 별로 하지 않았어요. 그녀의 말에 의하면, 돈은 없고 병에 걸려 모든 것이 엉망진창이었다더군요. 그게 오빠의 마음을 움직였겠죠?”

에셀은 놀리고 있었지만, 깁슨 씨는 진지했다.

“몸과 마음이 모두 지쳤어. 그래서 네게 부탁해서……”

“상당히 과감한 조치로군요.” 에셀은 한쪽 눈썹을 치켜올렸다.

“뭐가?”

“그녀와 결혼한 것 말예요.”

“그렇게 보일지도 모르지……” 하고 그는 강경하게 버텼지만, 이미 수세에 몰려 있는 것을 스스로도 느끼고 있었다.

“그 여자, 너무 젊지 않아요?” 누이동생이 물었다. “저, 오빠는 55살이에요. 그래요, 그녀는 아마 그렇게 생각하고 있을 거예요, 오빠는 이 세상의 성자라고——어쩌면 진짜 성자일지도 모르지만.” 에셸은 애교스러운 미소를 지었다.

“나는 말이야,” 하고 깁슨 씨는 화가 나는 듯이 말했다. “이 세상의 성자가 되겠다든가 그런 생각은 추호도…….”

에셸은 웃어넘겼다. “여전히 마음 약한 우리 오빠. 오빠에 대해 더 이상 걱정할 필요가 없겠군요. 금발의 아가씨와 문제를 일으키는 일은 절대로 없을 테니까. 변함없이 고지식한 그 취미…….”

“그런 것은 난…….” 하고 그는 말을 꺼냈다.

“그 사람은 온통 감사하다는 생각에 사로잡혀 있더군요.” 하고 에셸은 이번에는 조금 얼굴을 찡그리며 말했다. “오빠에게 몸도 마음도 몽땅 바쳤어요. 물론…….” 다시 침착한 말투로, “그래, 그 사람은 몇 년 동안이나 아버지의 시중을 든 거죠?” 하고 말했다.

“글쎄, 몇 년인지는 모르지만 훌륭히 돌봐 주었어.”

“그럼, 역시 마음속으로 아버지를 사모했겠죠?” 하고 에셸이 말했다. “그곳에 오빠가 나타났어요. 그 사람은 결국 바꿔탄 거예요…….”

깁슨 씨는 고개를 저었다.

“부친 콤플렉스예요.” 하고 에셸이 말했다.

그는 눈을 감았다.

“오빠로 인해서 목숨이고 뭐고 모두 얻게 됐다고 믿고 있어요.” 하고 에셸은 계속했다. “난 별로 놀라지도 않았지만 말이에요. 오빠다운 행동이었으니까요.”

“보호자란 의미냐?” 하고 재빨리 깁슨 씨가 말했다.

“그럼, 이제 분명히 하세요.” 하고 에셸은 대수롭지 않은 듯이 말했다. "심리학의 ABC 정도만 터득한 사람이라면 누구라도 알 수 있잖아요. 뭐, 어쨌든 두 분 사이좋게 지내세요."

"로즈메리는 사랑스러운 여자야." 깁슨 씨는 작은 소리로 말했다.

"물론 그렇겠죠." 하고 에셀은 독특한 억양으로 말했다. "그리고 오빠도 사랑스러운 사람이죠. 어쨌든 난 여기 이렇게 와 있어요. 한 달 동안 휴가를 얻었으니까. 무엇이든 맡기세요."

"고맙다." 하고 왠지 나른해져서 그는 중얼거렸다.

"오빠 집은 작은 게 아담하기는 한데, 버스를 오래 타야 하는 것이 흠이에요. 비록 3,000마일을 달리더라도 비행기가 훨씬 쾌적하고 안전해요. 버스 운전사들은 왜 그렇게 거친지. 아무 죄도 없는 길에 2톤이나 되는 자가노트(인도의 신 크리슈나의 상(像). 이 상을 실은 수레에 끌려가면 극락으로 간다고 믿고 있음)를 내팽개쳐 놓다니, 너무 무신경해요. 오싹했어요."

"네가 오싹할 때가 다 있다니!" 그는 반은 농담으로 반은 아부조로 말했다. "이거 놀랍군. 에셀이라는 강한 여자가! 도대체 어떻게 된 거냐?"

"정말 지긋지긋해요." 하고 그녀는 솔직히 말했다. "이젠 지하철에도 질렸어요. 사실은 말이죠, 켄, 이곳은 기후도 좋고 해서 마음에 들어요." 그녀는 야무지게 생긴 턱을 들어 올렸다.

"그거 다행이구나." 하고 그가 대꾸했다. "여섯 주만 지나면 이곳도 고향처럼 느껴질 거다."

“저, 그건 그렇고, 뭘 할까요? 뭘 갖다 드릴까요? 난 뭘 하면 좋죠?”

살짝 조여 있던 그의 가슴이 갑자기 부풀어 올랐다. “여기 있어 줘.” 하고 그는 부탁했다. “함께 생활하면서 로즈메리를 돌봐 줘.”

“좋아요.” 그는 에셀의 강한 성격을 지나치게 의식해서 생긴 긴장감이 한 순간에 탁 풀어지는 것을 느꼈다. “오빠가 불쌍해요.” 하고 그녀는 가엾다는 듯이 말했다. “하긴 나도 오빠도——그렇죠?——이젠 젊지 않아요……하지만, 오빠는 현명해요.”

“내가?”

“지금 오빠는 어수선한 세상과 완전히 손을 끊고 유유자적하는 생활을 하고 있는 것이 아닌가요? 나도 이제 복잡한 경쟁사회에서 발을 빼겠어요. 그리고 순수함을 몸에 익히려고 해요.”

“순수함?”

“여전하군요, 켄.” 하고 그녀가 말했다. “오빠와 오빠의 시.”

그날 오후가 다 지나서야 병원에서는 로즈메리의 퇴원을 허가했다.

“어쨌든——,” 하고 에셀은 쾌활하게 말했다. “침대수는 너무 적고, 환자수는 너무 많아요. 로즈메리를 돌봐 주러 나까지 달려왔으니. 이럴 줄 알았으면 로즈메리가 갈아입을 옷이라도 가지고 오는 건데……그렇지만 괜찮아요. 택시를 타고 가니까.”

이 말은 깁슨 씨에게는 아주 놀랍도록 빠른 말투로……
지금까지 들어본 적이 없을 만큼 빠른 말투로 들렸다. 그의
신경은 오로지 아내 로즈메리의 육체적, 정신적 건강상태에
쏠려 있었다.

로즈메리는 어느 사이에 그의 침대 끝에 서 있었다. 빨간
꽃 장식이 달린 흰 드레스는 여기저기 때가 묻고 구겨져 있
었다. 어깨에는 빨간 스톨을 걸치고 있었다. 그 강렬한 빨간
색에 비해서 얼굴은 너무 창백했다.

"이젠 괜찮소?" 하고 그는 물었다. 그가 보기에는 그녀
가 퇴원할 만큼 상태가 좋은 것 같지 않았다.

"정말 미안해요." 하고 로즈메리는 폭발하듯이 말을 꺼냈
다. "정말 미안해요! 아아, 케네스, 차라리 내가 다쳤더라면
좋았을 텐데. 당신에게 상처를 입히지 않기 위해서라면 난
어떤 짓이라도……." 그녀는 죄책감에 떨고 있었다.

"기운을 내요." 깁슨 씨는 조금 놀라서 말했다. "사고였
잖소. 자, 로즈메리……걱정할 거 하나도 없어." 아아, 역시
그녀의 마음은 어수선해 있구나 하고 그는 생각했다. "에셀
이 멀리서 와주었다오." 하고 그는 위로했다. "당신의 언니
나 다름없소, 로즈메리." (그녀에게는 무엇인가를 주지 않으
면 안된다. 그래서 에셀을 준 것이다.) "둘이서 즐겁게 지내
요." 그는 한껏 태연한 체하면서 밝은 미소를 지었다. "난
이렇게 누워서 월요일의 빨래처럼 다리를 쳐들고 있기만
하면 되니까──다리 쪽에서 낫고 싶어질 때까지 말이오.
반드시 그렇게 될 거야."

그러나 그는 미소를 짓는 것만은 실패했다. 로즈메리가
말했다. "전 왼쪽으로 핸들을 꺾었어요. 제 생각에는……."

“당신은 전혀 잘못한 게 없어요.” 하고 에셀이 조금 큰소리로 분명하게 말했다. “비난받을 이유는 하나도 없어요.”

“물론이지.” 하고 아주 놀란 듯이 깁슨 씨가 외쳤다. “물론 당신이 비난받을 이유는 없소! 왜 그런 생각을 하는 거요! 이젠 됐소, 로즈메리. 끙끙 앓지 마요, 부탁이오. 그 일은 깨끗이 잊어버리는 거요. 나를 봐요. 난 아무것도 기억하고 있지 않잖소. 게다가……이렇게 무사하잖소, 난.” 그는 로즈메리에게 싱긋 웃었다.

“그래요.” 그녀는 조금 처량하게 대답하고는 입술을 깨물었다. “기분은 어떠세요?”

“어이없을 뿐이오.” 하고 그는 우물쭈물하지 않고 말했다. “정말 면목이 없다고 말할 참이었소.” 하지만, 물끄러미 바라보는 창백한 얼굴의 깊은 곳까지 도달하는 것은 불가능했다. 그는 생각했다. 로즈메리는 쇼크로 다시 일어서지 못하는 건 아닐까? 혹시 자동차 사고라는 사실을 인정하지 못하고, 그것이 꿈이기를 바라고 있는 건 아닐까? “로즈메리를 데리고 집으로 돌아가, 에셀.” 하고 그는 말했다. “로즈메리, 에셀을 따라가요. 당신에게는 충분한 휴식이 필요해.”

“예, 그렇게 할게요, 케네스. 그렇지만 전 조금도 다치지 않았어요.”

“그럼, 편히 쉬어요.” 하고 그는 상냥하게 말했다. “에셀, 이 사람을 부탁해.” (그는 생각했다. 아냐, 아냐, 로즈메리는 상처를 입었어. 마음의 상처를 입은 거야. 아아, 그러면 안 되는데!) 그는 말했다. “난 당신에게 건강을 주었소, 로즈메리. 기억하오?”

"예." 하고 그녀는 대답했다. "당신 때문에 건강해졌어요." 마치 깁슨 씨를 기쁘게 하기 위해 건강해진 것처럼.

로즈메리는 병실을 나갔다.

에셀은 그녀를 부축해서 택시에 태웠다. 처음 만난 이 여자, 자신의 올케가 불쌍해서 견딜 수 없었다. (올케일 뿐이라고 에셀은 생각했다.) 그런데 이 불쌍한 아가씨가 이런 모습으로 다소 우스꽝스런 입장에 놓여 있는 것은 도대체 무슨 이유에서일까? 오빠인 켄은 타고난 공상가이고 비현실적인 정신의 소유자이다. 즉, 전체적인 상황이 너무 비참했다. 에셀은 로즈메리를 위로하기 시작했다.

"안 좋은 상황이 벌어졌다고 생각할 필요는 없어요." 하고 에셀은 천천히 말했다. "당신이 잘못한 건 하나도 없는 걸요."

"내 마음은 그렇지 못해요……." 하고 애조 띤 목소리로 로즈메리가 말했다. "난 너무 미안하다는 생각뿐이에요. 그 사람 얼굴을 보는 것이 너무 죄스러워서……."

"그건 그렇겠죠." 에셀은 위로했다. "당신을 위해 아주 많은 것을 해준 사람이니까. 알고 있어요. 오빠가 어떻게 했을지."

"케네스는——." 하고 조금 날카롭고 단호한 목소리로 로즈메리가 말했다.

하지만, 에셀은 재빨리 로즈메리의 말을 가로막았다. "오빠는 고지식한 사람이에요. 그래서 쉽게 상처를 받기도 해요. 그런 사람이 있어요. 다른 사람에게 동정을 베푸는 것이 동시에 자기 자신을 위한 것이 되기도 하는……무엇인가를 필요로 하고 그 부족한 것을 채우려고 하는 거죠."

로즈메리는 당장이라도 숨이 끊어질 듯한 표정으로 말했다. "난 당신의 오빠를 진심으로 사랑하고 있어요. 훌륭한 분이라고 생각해요. 내가 싫어하는 것은——."

에셀은 가련하다는 듯이 그녀를 쳐다보았다. "물론이에요. 사랑하는 사람이 아니라면 싫어할 수도 없는 거니까."

"아뇨, 그분을 싫어하는 게 아니에요." 로즈메리가 말했다. "그럴 순 없어요, 도저히."

"물론 그럴 수 없겠죠." 에셀이 대꾸했다. "그건 안되죠. 당신은 '도저히 미워할 수 없을' 거예요. 그러나 당신은 아직 젊어요, 로즈메리. 자동차사고는 단순한 사실일 뿐, 당신의 죄는 아니에요. 따라서 나쁜 일을 저질렀다고 생각할 필요는 없어요."

"그래도……."

"잘 알았어요." 하고 에셀은 이상한 가락을 붙여서 말했다. "잘 알겠어요, 그 마음. 자, 이젠 괜찮으니까 마음 편히 가져요. 더 이상 그 사고는 생각지 말고. 어머, 저기 잔뜩 피어 있는 것이 무슨 꽃일까? 제라늄이군요! 처음 봤어요, 저렇게 많은 건. 어쨌든 내가 이곳에서 당신을 돌봐줄 테니, 이제 당신의 건강은 문제없어요. 사실은 나도 즐거워요. 오랫동안 휴식을 취하고 싶었지만 방법이 없었거든요. 어머, 나 이기주의자죠, 로즈메리? 하긴 누구나 이기적인 마음은 있지만."

"그럴지도 모르죠." 로즈메리는 맥없이 대꾸했다.

"당신은 이제 곧 건강해지고 자신감도 생길 거예요."

"예."

에셀은 자신감에 넘쳐서 손 안의 핸들의 감촉을 즐기고

있었다.

깁슨 씨는 누워서 로즈메리를 생각하고 있었다. 조금 전에는 단조롭고 어처구니없다고 해도 될 만한 대화가 오갔다. 보잘것없는 대화. 더구나 판에 박힌 형식이다. 그가 바라던 얘기와는 거리가 멀었다. 그러나 다른 사람들의 이목이 집중되는 병실에서 다른 얘기를 할 수 있었을까? 콧구멍에 대롱을 꽂은 남자의 나른한 눈이나, 맞은편 침대의 호기심에 찬 눈이 로즈메리를 쳐다보고 있는데. 게다가 에셀도 있었고.

깁슨 씨는 기분을 새로이 했다. 기다려야지. 이런 대중 앞에서 사랑을 고백할 수는 없으니까. 게다가, 오늘보다 좀더 기분이 나아진 때가 아니면 안된다. 사람에 대해서 그는 어느 정도 알고 있는 걸까? 아버지로서의 즐거움을 다른 것과 혼동하는 경우도 있을 수 있다. 그것에 대해서는 아는 것이 전혀 없다. 예전의 그는 독신이었으니까. 순진했던 걸까? 따라서, 말할 필요도 없이 단 한 가지 실수라도 심각하게 느껴지는 것이었다. 그러나 그의 생각이 어떻든지, 에셀은 로즈메리에 대해서 공정할 것이다. 에셀은 똑똑하고 세상물정에 환한 여자니까 그녀의 판단이 어떤지 들어볼 만한 가치가 있는 것이다. 그렇다면 사랑이 담긴 감사의 제스처를 그가 전혀 다른 것으로 잘못 알아들은 것은 아닐까? 물론 로즈메리는 그에게 감사하고 있다. 그런 생각이 들자 그의 몸은 위축되었다. 그는 로즈메리에게 그것에 대해 말하라고 명령했다. 그러나 그런 명령 자체가 한층 더——에셀의 말을 빌리면——그녀를 자포자기에 빠뜨리는 결과를 낳을지도 모른다. 그래, 그런 것은 잊어버려야 한다——그런 것이 그녀의 마음을 비뚤어지게 하거나, 그녀의 마음에 응어리가 생기게 해서는 안된다는 것을 분명히 인식하지 않으면 안된다.

그의 심장은 완만한 리듬으로 움직이기 시작했다. 그것은 일종의 장송곡과도 같았다.

처음 당신을 만났을 때
내 목소리는 금세 가라앉는 것을……

상처난 자기 자신을, 병원이라는 냉정한 현실을, 살갗 위에 단단히 대어진 판자를, 불쾌한 전등빛을 그는 분명히 의식하고 있었다. 그 레스토랑의 광경은 머나먼 옛날……안개 속으로……멀리 저편으로——꿈처럼 사라져 갔다.

분명히 지금 그가 가장 하고 싶지 않은 일을 든다면, 그것은 로즈메리를 현재 이상으로 혼란스럽게 만드는 일이다. 그녀의 마음을 혼란하게 하는 것은 어떤 경우에도 바라지 않고 있다. 양아버지를 갖는 기분은……(이 생각이 굳어지기도 전에 집슨 씨의 마음은 도망치기 시작했다. 그건 너무나도 무서워!) 그보다도 그의 어리석음에 지나지 않는 무언가를 재빨리 삼켜 버렸다……적어도 현재의 경우에는. 아아, 가엾은 로즈메리——그때 우연히 운전하고 있었다는 사실만으로 그렇게 자신을 책망하다니. 그러나 에셀에게는 분별력이 있다. 에셀의 건전한 상식은 로즈메리를 그런 생각에서 벗어나게 해줄 것이다. 그로서는 도저히 불가능하다. 그는 그곳에 있을 수 없기 때문에.

깁슨 씨가 한숨을 쉬자 갈비뼈가 욱신거렸다. 가끔 그는 우습다기보다도 오히려 한심한 생각이 들었다. 이렇게 가죽 끈으로 온몸이 묶여 있다니. 이런 식으로 정지되어 버리다니……차근차근 완성을 향해서 한창 일을 진행하고 있던 중에. 그러나 참고 견디지 않으면 안된다. 왜냐하면 누이동생 에셀이 와주지 않았는가……정말 고마운 일이다!

제8장

매일 매일의 생활이 분명히 자리를 잡아가며 차례로 지나갔다.

처음 며칠 동안은 에셀과 로즈메리가 매일 오후에 나란히 면회를 왔다.

드디어 그는 그 면회시간을 별로 기다리지 않게 되었다. 두 사람은 형식적인 격려의 말을 할 뿐이었다. 항상 두 사람은 그의 침대 옆에 서 있었는데, 주위를 둘러보니 병실 안의 다른 면회인들도 같은 자세로 비슷한 얘기를 하고 있었다. 깁슨 씨는 마치 자신이 동물원에 들어와 있는 기분이 들었다. 사람들이 다가와서 동물을 향해 여러 가지 얘기를 한다. 그 소리는 단순한 격려 외에는 아무것도 아니다. 환자들은 모두 이성도 상상력도 잃어버린 것 같았다. 모두 치료를 받고 있는 육체일 뿐, 그밖엔 아무것도 아닌 것이다.

두 주가 지나고 석 주가 지나자 로즈메리는 자고 있다면서 대개는 에셀 혼자서 면회를 왔다. 그리고 에셀은 환자의 기운을 북돋아 주기 위해 자질구레한 뉴스를 전하는 것이었다. 비올레 부인이 돈을 너무 헤프게 쓴다고 생각하는데, 그래도 오빠가 꼭 필요하다고 생각하면 그냥 두도록 하쇼 뭐. 바깥 날씨는 좋아요. 로즈메리? 아, 로즈메리는 아주 말을 잘 들어서 식욕도 좋아지고 건강해졌어요. 깁슨 씨는 두 여자가 자기 없이도 아무 탈 없이 사이좋게 지내는 것을 보고 질투를 느꼈다. 이곳에서 나가고 싶어졌다. 그러나 말하지 않았다. 오히려 자기도 건강하게 하루하루를 보내고 있다고 그는 말했던 것이다.

폴 타운젠드는 한 번인가 두 번 면회를 와서 겉치레 인사를 했다. 정말 끔찍한 일이군요. 우리는 모두 건강합니다. 덕분에.

동료 교수 한두 사람이 와서 그의 기억 속에 남아 있던 여러 가지 책 애기를 했을 때에야 비로소 깁슨 씨는 면회시간을 즐길 수 있었다.

어느 날 로즈메리 혼자서 면회를 왔다. 에셀은 이 마을에 눌러살기로 결정함에 따라 점점 더 이곳이 마음에 든다고 했다고 한다. 그러면서 오늘은 직장을 구하러 나갔다는 것이다. 깁슨 씨가 깜짝 놀란 것은 로즈메리가 자신도 직장을 알아봐야겠다고 말해서였다.

"아무래도——." 하고 에셀처럼 두 다리에 체중을 싣고 그녀는 말했다. "당신 대신 근무하고 있는 교수는 이번 학기는 내내 계속할 거예요. 그리고 머지않아 여름방학이고. 당신은 세계 제일의 갑부도 아니고……또 이렇게 다쳤잖아요. 올 여름에 일하는 건 절대 불가능해요……게다가 아무리 보험에 가입했다고는 해도 병원비가 큰 부담이 돼요." 그녀는 아주 엄격하게 보였다. "저도 돕겠어요. 이제 건강도 좋아졌고……."

확실히 그녀는 건강해졌다. 겉으로는 완전히 건강하게 보였다. 그러나 깁슨 씨는 어쩐지 침착할 수 없었다. 로즈메리의 목소리에는 에셀처럼 세상물정에 밝아서 자신만만한 태도가 엿보이는 것이었다……오른쪽 침대에 새로 입원한 환자는 노골적으로 두 사람의 대화를 엿듣고 있었으므로, 깁슨 씨는 그쪽을 의식하지 않을 수 없었다.

"여자는 반드시 놀고 먹어야 한다고 생각하는 건 아니겠죠?" 로즈메리가 계속 말해 나갔다. "남편이 대기업의 사장이어서 여자가 집에서 놀아도 상관없는 사람이라면 또 모르지만……."

"또는, 여자를 놀게 하고 싶은 사람 말이지?" 하고 그는 중얼거렸다. "남자들은 대개가 고지식하니까." 그는 딱딱하게 자신의 말을 고쳤다. "일을 해보고 싶다면 그렇게 해요, 로즈메리. 그건 그렇고……정원은 어떻게 되었소?"

"깨끗이 정돈했어요."

"그 작은 울타리를 그림으로 그려 보았소?" 그는 안개낀 건너편을 바라보며 물었다.

"아뇨." 하고 그녀는 대답했다. "그리지 못했어요. 내 그림은 엉터리인걸요, 케네스. 장난에 불과해요. 에셀의 얘기로는 그런 것이 바로 현실도피라는군요. 그래요, 확실히 난 잘 몰라요……그런 경제에 관한 일이라든가……세일즈맨들의 세계……세상 돌아가는 일들을."

(깁슨 씨는 생각했다. 그래, 에셀 때문이야. 그렇지만 이건 로즈메리 자신을 위한 일이기도 해.)

"난 너무 오랫동안 세상과 단절되어 살아온 규중처녀였어요." 하고 로즈메리가 말했다.

"그거야 뭐……." 이렇게 말하면서 그는 골똘히 생각했다. "감옥에 갇혀 있너라도 규중처녀라고 할 수 있겠지. 어떤 의미에서는……"

 "이제야 깨닫게 되었는데요——." 하고 그녀는 생기 있게 말했다. "사물에 대한 내 견해는 너무 공상적이고 끈기가 없어요. 내게 좀더 상식이 있었더라면……좀더 대담하게 대처했더라면……그런 상태에 빠지지는 않았을 텐데……."

 "그런 상태라니——?" 하고 그는 감탄해서 말했다. "지금 당신의 말투는 마치 젊은 여자가 어떤 결심을 했을 때 하는 말처럼 들리는군."

 "네, 결심했어요." 그녀는 빙긋 웃었다. 칭찬을 받아서 기분이 좋아진 모양이다. "내가 할 수 있는 일이 있겠죠."

 "그래." 그는 알고 있었다. 건강한 육체를 위한 작업. 노동의 경험을 얻기 위한 첫 도약대. "어떻게 되겠지." 하고 말하면서 그는 한숨을 쉬었다. "당신을 영국인의 이른바 '호사스러운 생활'에……언제까지고 머무르게 할 생각은 털끝만큼도 없소." 그는 밉살스러운 천장을 쳐다보았다.

 둥글게 머리를 말아올린 여자여,
 둥글게 머리를 말아올린 여자여,
 나와 결혼해 주오.

하고 그는 가락을 붙여서 암송했다.

 당신에게는 접시를 닦는 일도 시키지 않고
 돼지 먹이도 만지지 않도록 하겠소.
 당신은 푸근한 쿠션에 기대어
 예쁜 옷을 바느질하는 거요.

　　식사는 언제나 딸기에 사탕,
　　그리고 크림을 듬뿍.

　로즈메리는 드디어 소리내어 웃기 시작했다. (그 웃음은 조금 꾸민 듯하면서도 자연스러웠다. 그건 아마도 옆 침대에서 수염이 텁수룩한 남자가 어이없는 표정을 짓고 있었기 때문일 것이다.)

　"상당히 영양이 결핍된 식사로군요!" 하고 일부러 쾌활하게 로즈메리가 말했다.

　"영양은 충분해. 틀림없이 뚱뚱해질 거야." 하고 깁슨 씨는 졸린 듯이 말했다. 사실은 가만히 그녀의 명랑한 태도를 관찰하고 있었던 것이다. 이게 현실일까? 이 여자가 정말 로즈메리일까? 이런 것을 그가 싫어하는 건 잘못된 일이 아닐까?

　"책이 더 필요하세요?" 하고 그녀가 불쑥 말했다. "난 잘 몰라서……."

　그는 고개를 저었다. "책을 들고 있는 것도 힘들어서." 하고 그는 처량하게 말했다. "나는 시라는 영양이 부족한 식사를 너무 많이 먹었는지도 몰라. '진실된 인생이 곧 성실한 인생'이라고 하니까 나도 한번 그리로 가볼까?" 이번에는 그의 미소가 어쩐지 부자연스러웠다.

　"에셀이 당신에 관해서 여러 가지 얘기를 해주었어요." 하고 로즈메리가 말했다. "당신이 여러 사람을 위해 애쓴 얘기——."

　"아, 그런 얘기는 이제 됐소……." 하고 그는 투덜거렸다. 그런 종교적인 관점은 이유없이 싫었다. 그는 단지 세상 사람들처럼 남들과 잘 사귀려고 했을 뿐이다.

"어쨌든——." 하고 로즈메리는 단호한 어조로 말했다. "에셀과 나는 그 보답으로 당신의 시중을 들기로 했어요."

그 말은 깁슨 씨의 감정을 건드렸다. (하지만, 로즈메리가 그런 식으로라도 감사의 짐을 덜 생각이라면, 이쪽에서도 참지 않으면 안되겠지.) 그래서 그는 일부러 눈을 깜박이면서 그것은 바라지도 않은 행운이라고 말했다.

그녀가 돌아간 뒤 그는 신기해서 흘끗거리는 옆사람을 외면하고 로즈메리와의 대화에 대해 이것저것 생각했다. 로즈메리의 좋아진 건강과 단호한 태도에는, 그의 관찰에 의하면 조금 무리가 있었다. 그녀는 무리를 해서라도 지금까지의 자신과는 전혀 다른 사람이 되려 하는 것이다. 지금 그렇게 될 필요가 있을까? 어쨌든 그녀가 그런 식으로 깁슨 씨에게 도움을 주고 싶어한다면 물론 그는 그것을 감사히 받아들여야 한다. 무엇이 어떻든간에.

전에는 그가 계속 베풀었었는데, 이젠 바야흐로 무엇인가 고귀한 것을 잃게 되었다는 비윤리적인 생각, 그 혼란스러운 기분을 깨끗이 버린 것이다. 로즈메리가 의무라고 느끼고 있다면 그도 역시 그것을 이해해야 한다. 그 자신이 의무라고 느낀 것을 실행하는 즐거움을 지금까지 충분히 맛보아 왔던 것처럼. 로즈메리 속의 무언가가……감춰진 무언가가……잘못되고 있다는 사실무근의 감정은 없애버려야만 한다. 결국 그는 동정에서 비롯된 기분으로 생각했다. 남자가 빵만으로 살아갈 수 없다면, 여자도 크림과 딸기만으로 만족할 순 없겠지.

걸핏하면 마음속으로 시를 인용하려 하는 해묵은 습관이

발동하려는 것을 그는 참았다. 사랑을 노래한 시는 너무 많이 있다. 어쩌면 모든 시가 사랑을 노래하고 있는 것은 아닐까?

　어느 날 심하게 부러진 대퇴골의 일부가 구부러져 유착되었다는 소리를 듣고 집슨 씨는 조금 충격을 받았다. 그 뼈를 다시 한 번 꺾거나 연결하는 여러 가지 수술을 받지 않는 한 (그것은 비용도 엄청난데다가 결과를 보증할 수 없는 수술이었다) 그는 절름발이가 된다는 것이다.
　그런 건 중요치 않다고 그는 에셀과 로즈메리에게 말했다. 약간만 절룩거리는 거라면 아무래도 상관없다고 생각했던 것이다.
　그러나 그가 걷는 연습을 시작하면서 그가 이제는 절룩거리지 않으면 안된다는 사실을 실감했을 때……그것은 결코 아무렇지 않은 일이 아니었다.

제9장

드디어 그는 퇴원했다. 에셀이 택시로 데리러 왔다. 로즈메리는 별장의 문 앞에서 그를 맞이했다. 목발을 짚은 집슨 씨는 덜그럭거리며 거실로 들어가 방안의 공기를 맘껏 들이마시려고 했다.

그러나 그것은 불가능했다. 어쩐지 벽지색이 조금 유치하게 보였다. 가구는 틀림없이 '붙박이'가구였다. 그가 그렇게 정겹게 기억하고 있던 것들이 사실은 아주 주관적인 것이었음을 비로소 깨달았다. 더구나 미묘한 변화가 있었음이 분명하다. 의자는 다른 각도로 놓여 있었다. 그는 고통을 느끼면서 그곳에 주저앉았다.

그 순간 지니 타운젠드가 꽃다발을 들고 문병을 왔기 때문에 모두들 그 작은 집이 아직 꽃으로 가득 차지 않은 체해야 했다. 그렇지만 그 소녀는 환영을 받았다. 예의바른 진이 나타나서 이 긴장된 순간이 순조롭게 넘어간 것이다.

뒤이어 편안한 평상복 차림의 지니의 아버지가 느긋하게 들어왔다. 근사한 근육질의 몸에 꼭 맞는 T셔츠는 검게 탄 팔과 목을 돋보이게 했다. 병실에서 지낸 뒤라 그런지 화가 날 정도로 이 남자가 건강하고 튼튼하게 보였다.

"정말 끔찍한 일이군요." 하고 그는 이미 병원에서 두 번이나 한 말을 되풀이했다. "이런 일이 생기다니. 한치 앞도 내다보기 어렵다니까요. 아, 로지——."

로즈메리가 떨리는 손으로 차를 따르고 있었다.

"이제부터는 아마 많이 도와 줄 수 있을 거예요, 나처럼." 하고 폴은 웃었다. "여군들이 준비를 마치고 기다리고 있거든요." 초라한 찻잔과 받침접시에 비해 그의 갈색 손은 놀라우리만큼 컸다.

"포크질까지 도와준답디까?" 깁슨 씨는 이렇게 말하고는, 에셀이 내민 얇은 파운드 케이크 한 조각을 희고 야윈 손가락으로 집었다. (에셀은 전부터 이것이 아주 고급스러운 것이라고 생각하는 모양이지만, 깁슨 씨는 오히려 사탕으로 옷을 입힌 과자가 좋았다. 물론 그런 과자를 먹는 것은 무분별한 행동이지만.)

"그래서 생각해 봤는데——." 하고 에셀이 말했다. "시중을 드는 것은……비올레 부인의 일이에요. 그런데 그녀는 그만한 급료를 받을 가치가 없어요."

"두 사람 모두 일하러 나가면——." 하고 깁슨 씨는 침착하게 말했다. "도대체 누가 부지런히 시중을 들어 주지? 꼭 알고 싶은데."

"직장에 나가려면 아직 멀었어요." 하고 로즈메리가 빠른 어조로 말했다. "당신의 몸이 완전히 좋아지기 전까지는 직장에 나가지 않을 거예요." 의자 끝에 걸터앉은 그녀의 모습은 마치 새로 들어온 가정부처럼 아직 집안의 분위기에 어울리지 못하면서도 주인의 마음에 들려고 애쓰고 있는 것처럼 보였다. 깁슨 씨는, "좀너 편히 앉아, 로스메리. 이곳은 당신 집이야." 라고 말하고 싶었다.

에셀이 얘기했다. "그렇다고, 켄, 우리가 직장에 나가더라도 생판 모르는 남에게 집을 맡기는 건 싫어요. 그런 사람에게는 감독이 필요해요. 그런 사람들은 칠칠치 못한 행동만 한다니까. 냉장고에 넣어둔 것이 없어지지를 않나." 에셀의 투덜대는 얼굴은 인간의 약점을 오히려 즐기고 있는 것처럼 보였다.

지니가 끼여들면서 말했다. "비올레 부인은 벌써 1년 이상 우리 집에 오고 있는데, 청소도 아주 잘하고……."

"그래." 하고 에셀이 대답했다. "그건 어지르는 사람이 너밖에 없기 때문이야. 게다가 할머니도 계시고──. 그런데 이곳은……. 이런 작은 집의 일이라는 게 뻔하잖아요? 난 오랫동안 직장에 다니면서도 아파트를 깨끗이 해놓고 살았어요. 그런데 여기서는 여자가 둘이에요. 일을 분담한다면……두 사람 다 어른이고 건강하니까. 걱정 말아요."

폴이 말했다. "로지는 확실히 건강해졌어요."

지니의 눈이 반짝 빛났다. "난 비올레 부인이 좋아요." 하고 소녀는 말했다.

"쓸데없는 낭비야." 하고 에셀이 대꾸했다. "난 내가 직접하는 게 좋아."

깁슨 씨는 파운드 케이크를 우물우물 씹으면서 누이동생 에셀이 앞으로 언제까지 이 집에 머물 작정인지 그런 것조차 묻지 못하는 자신을 답답하게 생각하고 있었다. 그러나 그녀는 지금까지 하던 일을 모두 내팽개치고 그와 로즈메리를 위해서 불평 한마디 없이 허겁지겁 달려와 주었는데. 그는 도저히 에셀에게 나가 달라고 넌지시라도 말할 수 없었다. 그렇다면 비올레 부인이 나가게 되겠지.

그렇게 되면 의자는 언제까지나 그가 불쾌하게 여기는 각도로 놓여 있을 것이다. 먹을 것도 파운드 케이크와 다른 요리들이 포함될 것이고. 로즈메리는 자기 집의 진정한 주부가 되지 못할 것이다. 그리고 에셀은 로즈메리의 방에서 로즈메리의 옆 침대에서 자게 되겠지.

그는 부끄러워졌다. 이런 생각에 몸부림쳤다. 너무 초라해! 너무 보잘것없는 이기주의야! (게다가 얼마나 어리석은지. 쉰다섯 빼기 서른둘은 스물셋이고, 그것을 몇 번이고 계산을 되풀이해도 더 이상 좋은 답은 나오지 않는다.) 그에게는 집이 있고, 자신을 위한 침대가 있고, 쾌적한 침대 주위에는 책이 가득하다. 그가 있어야 할 곳은 바로 그곳이 아닐까?

배은망덕한 놈 같으니! 이런 살기 편한 집에서 살면서 그의 '시중'을 들려고 하는 두 명의 헌신적인 여자 곁에서 자신의 행복을 헤아리고 영원히 거기에 잠기는 것이 왜 불가능하단 말이지? 왜 어리석은 생각을 깨끗이 털어버리지 못하는 거야? 케네스 깁슨은 한 여성과 사랑할 운명이지만, 그것이 지금과 같은 인간관계는 아닐 거라는 어처구니없는 생각. '현재의 인간관계는 멋진 거야'……하고 그는 머릿속으로 자신을 향해 외쳤다. 훌륭해! 동정과 선의와 서로에 대해 감사하는 마음으로 그의 생애는 반짝반짝 빛나고 있는 것이다.

폴 타운젠드가 일어서서 기지개를 켰다. 건강이 넘쳐서 그것이 자연스럽게 흘러나오는 것을 도저히 주체할 수 없는 모양이다. 담쟁이덩굴을 손봐야 하기 때문에 먼저 실례한다고 그는 말했다. "그래서, 로지——." 하고 그는 다정한 미소를 지으며 말했다. "꽃꽂이를 하고 싶으면 재료는 얼마든지 있으니까."

로즈메리가 대답했다. "고마워요, 폴. 하지만, 바빠서 시간이……."

"물론 시간은 있어!" 하고 깁슨 씨는 충격을 받은 듯이 외쳤다. "내가 방해가 되면 안돼……."

로즈메리는 아무 말도 하지 않고 웃기만 했으며, 폴은 20~30개를 물에 담가 두겠다고 했다. 아까부터 거의 말을 하지 않던 지니는 일어서서 상냥한 목소리로, "아저씨가 돌아오셔서 아주 기뻐요." 하고 말했다.

깁슨 씨는 에셀의 얼굴에 그가 잘 알고 있는 표정이 나타난 것을 곁눈질로 포착했다. 그것은 에셀이 생각하고 있는 것을 말하지 않을 때의 표정이다. 그것은 순간적이기는 하지만 사람을 불안하게 만드는 표정이다. 실제로 그 순간 깁슨 씨는 절망적인 기분이 들었다.

"아, 그래 그래." 하고 출입구에서 폴이 말했다. "어머니가 몸조심하라고 하시더군요. 가까우니까 다리가 다 낫기 전까지만이라도 놀러 와서 어머니의 얘기 상대가 되어 주시지 않겠습니까, 깁슨 씨? 어머니도 틀림없이 좋아하실 겁니다."

"그렇게 하죠. 가까운 시일 안에." 깁슨 씨는 정중히 대답하고, 로즈메리는 타운젠드 부녀를 배웅하기 위해 나갔다.

"저 사람들 아주 친절해요." 하고 배웅에서 돌아온 로즈메리가 말했다. "차 한잔 더 하실래요, 케네스?"

"아니, 됐소." 깁슨 씨는 그렇게 말하고 머릿속으로 무리 없는 화제를 찾기 시작했다. "지니는 아주 얌전하군. 상당히 귀여운 아이야."

"그 나이 또래의 다른 아이들에 비해 특별히 얌전하다고 할 수는 없어요." 하고 에셀이 말했다. "잠자코 앉아 있는 모습이 마치 쥐를 노리고 있는 고양이 같던데요……그래서 아버지를 졸졸 따라다니는 거라고요. 자신은 의식하지 못하겠지만, 아버지의 재혼을 죽음만큼이나 두려워하고 있어요."

"그런 걸 어떻게 알지?" 하고 호기심에 사로잡혀서 집슨 씨가 물었다.

"그건 당연하잖아요." 에셀이 대답했다. "그러나 역시 그 사람은 재혼할 거예요. 그건 필연적이에요. 홀아비인데다가 매력적이잖아요. 어때요? 게다가 부자고요. 어느 정도 자제심이 있을지는 의문이지만. 그런 사람이 어딘가에서 금발의 아가씨에게 붙잡히는 거예요." 에셀은 파운드 케이크의 마지막 한 조각을 집어들었다. "하지만, 지금으로서는 그 할머니가 죽기를 기다릴 뿐이겠죠. 그런데 지니가 상급학교에 진학하거나 연애로 문제를 일으키기라도 한다면 정말 귀찮은 존재는 그 아이라는 사실을 깨닫게 될 거예요."

"귀찮다뇨?" 하고 로즈메리가 조심스러운 눈으로 끼여들었다.

"질투란 필연적인 감정이에요." 하고 에셀이 대답했다. "10대들은 계모에게 특별히 가혹한 법이거든요."

"지니의 경우는 알 수 없어요." 하고 로즈메리는 조금 슬픈 듯이 중얼거렸다.

"알고 싶지도 않아요, 10대들에 대해서는." 하고 에셀이 말했다. "자신을 아주 깊이 생각하고 싶어하는 나이죠." 후유 하고 그녀는 한숨을 쉬었다. 자기가 보기에는 그리 깊이 생각하는 것도 아니라는 의미인 것 같았다.

깁슨 씨는 그의 교실을 거쳐 간 많은 청년들을 알고 있다. 하지만, 교실에서의 인간관계는 지금 생각해 보면 대단히 일방적인 것이다. 토론하는 자리를 마련해서 그들의 왕성한 지식이 공중회전과 재주넘기, 그리고 여러 가지 곡예를 하는 것에 귀를 기울인 적은 있다. 하지만, 그들은 교수에게 자신들의 지식을 자랑스럽게 보이고 있을 뿐이었다. 그들의 개인생활과 사회적 능력 등을 깁슨 씨는 알 리가 없었다. 그럼에도 불구하고 그는 반항하듯이 말했다. "그들의 감수성은 상당히 심오한 거야."

"그 말씀에는 누구라도 그렇지 않다고 반박할 거예요." 하고 에셀은 그녀의 버릇인 그 교활한 표정을 지었다. "내가 정말 불쌍하게 생각하는 사람이 누군지 아세요?" 하고 그녀는 계속해서 말했다. "그 할머니예요, 가엾은 파인 부인."

"나는 그 할머니를 잘 모르기 때문에 불쌍하다는 마음은 전혀 들지 않아." 하고 겨우 적당한 화제를 발견해 낸 듯이 깁슨 씨가 끼어들었다.

"그럴까요?" 에셀이 대답했다. "그 나이에 인생의 종점에서 의지할 수 있는 사람이라야 고르고 골라도 의붓자식뿐이잖아요. 이게 불행이 아닌가요? 매일 휠체어를 타고 현관에 나와 꼼짝 않고 햇볕만 쬐고 있어요. 가엾게도. 자신이 귀찮은 존재라는 걸 의식하지 않으려고 애쓰지만 본인도 느끼고 있는 거예요. 자신이 죽으면 주위 사람들이 안심한다는 걸 잘 알고 있어요. 나는 늙어서 활동할 수 없게 되면——." 하고 에셀은 힘을 주어서 말했다. "반드시 양로원으로 갈 거예요. 기억해 두세요."

"노트에 기록해 둘까?" 하고 깁슨 씨는 조금 무뚝뚝하게 말했다. 그러나 그도 마음속으로는 고통스러운 계산을 하고 있었던 것이다. 20년 뒤를 가정해 보자. 로즈메리는 52살, 지금의 에셀보다도 더 나이가 많게 된다. 그런데 지금의 에셀은 정력적이지 않은가. 하지만, 케네스 깁슨 자신은 75살이 된다……늙고, 휘청휘청하고, 아마 병이 들어……아마 ——아, 두려워!——제2의 제임스 교수가 될 수도 있겠지. 그럴 경우 로즈메리는 그가 빨리 죽었으면 좋겠다고 생각할까?

그는 피곤한 목소리로 말했다. "방에 가서 눕고 싶어. 이만 실례……."

두 여자는 벌떡 일어서서 그가 자기 방으로 돌아가는 것을 도와 주었다. 그가 소파에 누워서 장서——오랜 세월의 연인——에 둘러싸인 채 쉬려고 노력하는 동안 그는 어느샌가 로즈메리의 얼굴에 떠오른 슬픔과 연민의 표정을 머릿속에 그리고 있었다.

그의 한쪽 다리는 다른 하나와 길이가 달랐다. 이 작은 육체 결함을 도저히 극복할 수 없었다. 그는 절름발이가 된 것이다. 늙다리. 쓸모없는 남자. 그는 그것과 다름없는 것이다. 그것과 다를 바가 없었다.

제10장

별장의 생활은 순식간에 자리를 잡아갔다. 몇 주일이 지나도록 깁슨 씨는 그 일을 생각하고 있었다. 어떤 제도든간에 그것을 시작하기 전에 재빨리 소처럼 걷어차지 않으면 안된다고 (소가 정말로 걷어찬다고 한다면) 그는 생각했다. 습관은 아주 손쉽게 정착해 버리고, 돌이킬 수 없는 순간은 의외로 빨리 오는 법이다.

두말할 필요도 없이 에셀은 특별히 이 집을 지배할 생각을 하고 있진 않을 것이다. 공정하고 분별력이 있는 사람이기 때문에 그런 생각을 했을 리가 없다. 에셀은 오랫동안 혼자 생활해 왔기 때문에 혼자서 결정을 내리는 일에 익숙해 있었다. 자기는 육체적으로 허약하고 (게다가 정신적으로도 울적해 있기 때문에) 거기까지 생각이 미치지 않았던 거라고 그는 생각했다. 로즈메리야 물론 자기 주장을 하는 것이 어울리지 않는 일이라고 생각하고 있을 테고. 그건 로즈메리에게 감사하는 마음이 가득하기 때문이리라. 그에 대한 감사의 마음. 에셀에 대한 감사의 마음.

그렇더라도 결과적으로는 깁슨 부부의 시간이 몽땅 에셀의 시간이 되어버린 것이다. 아침과 점심식사를 빨리 먹게 됨에 따라 오전은 이상하게 짧아지고 잡일이 많아졌다. 오후에는 거의 낮잠을 자고, 그 다음에는 곧바로 저녁식사 준비를 한다. 메뉴에는 에셀의 기호가 그대로 반영되어 있었다. 그건 에셀이 메뉴를 관리하는데다가, 깁슨 부부가 좋고 너무 고분고분하기 때문이었다.

저녁식사 뒤에는 늘 셋이서 함께 지냈다. 그 시간은 매우 길게 느껴졌는데, 대부분 음악감상을 하며 보냈다. 곡목은 에셀이 선택하는데——모두 차분한 클래식이고 가끔은 억지로 진지한 얼굴을 하고 귀를 기울이지 않으면 안된다. 그렇지 않으면 음악에 관한 대화를 나누는데, 이것 또한 에셀이 리드한다. 그녀가 어떤 주장을 하면 거기에 찬성하고 만다. 깁슨 씨는 토론하는 것이 귀찮았다.

그리고 에셀은 체스를 좋아하는데, 로즈메리는 전혀 못했다. 어느 날 깁슨 씨는 용기를 내서 30분 정도 시를 낭송했는데, 에셀이 그 낭송을 가로막으며 자신이 잘 알고 있다는 투로 브라우닝(1812~1889, 영국의 시인)을 빅토리아 시대의 전형적인 난봉꾼처럼 얘기하기 시작했다. 그녀가 얘기하는 것은 거의 지당해서 반박할 수 없었지만, 너무나도 어이없는 표현에 항복한 깁슨 씨는 책을 책장에 다시 꽂고는 마음속으로 옛 친구에게 사죄했다.

실제로 지금 깁슨 씨는 누이동생 에셀과 동거하고 있는 느낌이었다.

에셀은 뉴욕에서 독신으로 지내는 동안 다른 사람을 초대하는 습관을 잊어버렸다. 에셀은 기꺼이 세 사람 중의 한 사람으로 있으려고 했다. 결국 그녀에게는 이것만으로도 대가족인 셈이었다. 따라서 방문하는 사람의 수가 적어졌다. 폴 타운젠드나 지니가 가끔 얼굴을 내미는 정도였다. 그렇다고 이 두 사람의 방문이 특별히 자극이 되는 것은 아니었다. 폴은 지나치게 무관심했다. 그리고 지니는 너무 예의가 발랐다.

깁슨 씨의 옛 친구들은 찾아오지 않았다. 이 변두리 별장에 은거한 그는 학교로부터 완전히 분리되었고, 수업은 깁슨 씨의 손을 빌리지 않고도 지장 없이 진행되었다.

이렇게 그는 에셀과 로즈메리와 함께 한 집에 살게 된 것이다. 간단히 말하면 깁슨 씨의 시중을 드는 것은 로즈메리가 아니고 누이동생 에셀이라는 것이 지극히 당연한 일로 되어 있었다. 왜냐하면 육체에 관계되는 좀 힘든 일은 에셀이 더 잘 하기 때문에…….

깁슨 씨는 감촉은 부드럽지만 탈출이 불가능한 올가미에 걸려 있는 느낌이 들기 시작했다. 그러나 탈출하기 위해 싸울 수도 없다. 그는 해보려고도 하지 않았다. 로즈메리는 무슨 일이든지 에셀이 하라는 대로 했다. 로즈메리는 그와 단둘이 있고 싶어하지 않는 것처럼 보이기조차 했다. 로즈메리라는 여자는 어딘지 좀 이상한 사람이 아닌가 하고 그는 때때로 고개를 갸우뚱거렸다. 물론 에셀은 건강하고 부지런히 일하며 적극적이고 쾌활하다……하지만, 깁슨 부부는 마치 서로의 교류를 저지당하고 있는 것 같았다. 더구나 그는 끊임없이 생겨나는 의혹을 감추고 여전히 예의범절이라는 완벽한 갑옷을 입고 있는 것이다.

어느 날 아침 깁슨 씨는 언제나처럼 햇볕이 잘 드는 거실에 앉아 있었다. 그는 바깥에 앉아 있는 적이 별로 없었다. 밖으로 나가면 타운젠드 가(家)의 현관에 휠체어를 탄 파인 부인의 쓸쓸한 모습이 보인다. 그건 아무래도 그다지 즐거운 광경은 아니었다. 하늘에서 내리꽂히는 햇볕이 조금 따갑기 때문일까? 아니면, 그가 은둔생활에 익숙해져 몸도 그것을 좋아하게 된 것일까? 아무튼 그날 아침 그는 방안에 앉아서 혼자 생각하고 있었다. 이렇게 서로에게 관대한 어른스러운 분위기와 정말 무의미한 조화, 게다가 잔혹하기는 하지만 사람을 발광시키지는 않는 불쾌한 일들이 정말 조금밖에 눈에 띄지 않는 것이다.

막연하지만 끊임없이 아픈 마음을 부둥켜안고, 그러나 절반쯤은 건성으로 그가 반역의 방법을 이리저리 궁리하고 있는 지금 비올레 부인이 청소를 시작했다. (에셀과 로즈메리가 청소를 해도 상관없느냐고 물었고, 그는 물론 상관없다고 대답했다.) 비올레 부인의 재빠르고 질서정연한 움직임을 그는 멍하니, 조금은 즐거운 기분으로 바라보고 있었다. 비올레 부인에게서는 이렇다 할 위로의 모습조차 보이지 않았다. 이쪽이 무슨 행동을 해도 상관없다는 듯이 냉정하게 잠자코 일만 할 뿐이다. 그 모습은 오히려 그의 마음을 신선하게 해주었다. 그녀는 맨틀피스(벽난로 장식선반) 위의 장식품을 닦고 있었는데, 그때 갑자기 등뒤에서 무슨 이상한 낌새를 눈치챈 모양이었다. 그래서 당황하여 뒤돌아다보다가 손에 들고 있던 걸레로 작은 화병을 건드려 떨어뜨렸다. 화병은 깨졌다.

"어머, 어머." 하고 어느샌가 소리없이 들어온 에셀이 소리쳤다. "그건 타운젠드 씨의 화병인데."

"다른 것을 사다주지 뭐." 하고 깁슨 씨가 즉각 대답했다.

비올레 부인은 쭈그리고 앉아서 병 조각을 줍기 시작했다. 그 무릎이 쉽게 구부러지고 등이 늘씬한 것을 그는 그때 처음 알았다.

에셀이 말했다. "이렇게 예쁜 파란색 꽃병을! 어제 주의를 줬을 텐데."

"일부러 그런 건 아니에요." 비올레 부인은 깜짝 놀랄 만큼 갑자기 화를 내며 토해내듯이 말했다.

"물론 일부러 그런 것은 아니겠지." 하고 에셀이 말했다. "어쩔 수 없는 일이지만……."

비올레 부인의 얼굴을 지켜보고 있던 깁슨 씨는 눈이 따끔따끔해지는 듯한 느낌이었다. 그녀가 왜 저렇게 화를 내는 걸까?

이 소동으로 로즈메리가 침실에서 나왔다. "어머……저런! 비싼 건 아니겠죠?"

에셀이 대답했다. "그래요, 잡화점에서 팔아요. 그렇게 비싸진 않을 거예요."

"걱정하지 않아도 돼요, 비올레 부인." 하고 곧 로즈메리는 말했다. "손을 다치진 않았어요?"

"아뇨." 하고 일어서면서 비올레 부인은 말했다. 그리고 잠깐 에셀을 정면으로 뚫어지게 쳐다보았다. "내가 변상하겠어요." 그녀는 고압적으로 이렇게 말하고는 도자기 조각을 들고 부엌으로 모습을 감췄다.

"저 사람에게 변상시켜서는 안돼." 하고 깁슨 씨가 말했다. "단순한 실수였잖아."

에셀은 야릇한 미소를 지었다. "실수가 아니라는 걸 스스로 알고 있는 것 같지 않아요?" 하고 그녀는 뭔가 있다는 듯이 말했다. "정말 이상하네요!"

"무슨 말이야, 실수가 아니라니?" 하고 깁슨 씨가 놀라서 물었다.

"저 사람은 내가 싫어서 일부러 그런 일을 저지른 거예요. 틀림없어요."

"에셀……!"

"싫어해요, 나를. 더구나 내가 어제 그 사람이 듣는 자리에서 그 꽃병의 색깔이 예쁘다고 했거든요. 왜 나를 싫어하느냐 하면, 그 여자가 한 일을 점검하고 다니는 것이 두 분이 아니고 바로 나이기 때문이죠."

"하지만……, 무슨 소용이 있다고……?"

"무슨 소용? 정말 딱한 사람들이군요!" 하고 에셀은 한숨을 쉬면서 앉았다. "가정부가 쇠창살을 훔쳐가도 두 사람은 태연히 있을 것 같네요."

깁슨 씨는 숲속에서 길을 잃은 어린아이와 같은 심정이었다. 이런 기분은 태어나서 처음이다.

"그 부인이 도둑질을 한다고 생각하지는 않는데요." 하고 로즈메리가 주저하듯이 작은 소리로 말했다. "한다고 생각해요, 케네스?"

"물론 하지 않지." 그는 울화가 치밀어서 말했다.

"물론 하지 않죠." 하고 에셀은 앵무새처럼 따라서 말했다. "이런 경우 '물론 하지 않아'라는 말을 써서는 안돼요. 저런 외국인은 우리와는 도덕관념이 달라요. 저쪽에서는 전혀 도둑질이 아니라고 해도……두 사람이 보면 완벽한 도둑질인 거예요. 내가 봐도 도둑질인걸요."

"저 사람이 뭘 훔쳤어요?" 로즈메리는 조금 얼굴을 붉히면서 물었다.

"음식을 몰래 집어먹어요." 하고 에셀은 야릇한 표정으로 말했다. "외국인 가정부는 반드시 음식을 집어먹죠. 음식을 하다 먹으면 알 수 없거든요."

"그 부인은 식사를 한 거예요." 하고 로즈메리가 말했다.

두 여자의 충돌이다. 깁슨 씨는 기쁨으로 숨소리가 거칠어지는 것을 가만히 억제했다.

"게다가 내버려두는 자질구레한 물건들을 태연히 훔친단 말예요." 하고 에셀은 집요하게 말했다. "두 사람은 정말 세상물정에 어두워요. 조심할 줄을 몰라요. 가정부가 물건을 훔친다는 것을 상상도 못하는 거죠. 이곳이 이렇게 무사태평한 곳이 아니었더라면 도대체 어떻게 됐을지 생각만 해도 오싹해요. 세상에는 나쁜 것이 얼마든지 있어요."

"솔직히 말해서——." 하고 깁슨 씨는 불쾌해져서 말했다. "비올레 부인이 물건을 훔쳤다는 것이나, 일부러 꽃병을 깼다는 것을 난 도저히 믿을 수 없어. 난 줄곧 이곳에 있었어, 에셀. 처음부터 끝까지 모두 봤단 말이야."

"오빠는 봤다고 생각하는군요." 하고 에셀은 마치 어린아이를 타이르듯이 말했다.

그는 오싹했다.

"물건을 깨뜨린 것은 이번이 처음이에요." 하고 로즈메리가 말했다. "그 부인은 언제나 아주 침착하게……."

"그래요." 하고 에셀은 만족스럽게 말했다. "물론 이번이 처음이죠. 그래서 아까 말했잖아요. 그 사람은 나를 원망하고 있는 거라고. 내가 이곳에 온 날부터 계속해서 내가 좋아하는 것을 깨뜨린 거예요. 난 그 사람을 탓할 생각은 없어요. 단지 그 사람이 생각하고 있는 것을 알 뿐이죠."

깁슨 씨는 시계(視界)의 끝에서 무언가가 순식간에 없어진 기분이었다. "이제 그만둬, 에셀." 하고 그는 중얼거렸다. "누구에게든지 실수는 있는 법이니까."

"실수가 아니었어요." 하고 에셀은 냉정하게 말했다. "켄, 솔직히 말하겠는데, 오빠 전공 밖의 것에 대해서는 확실히 무지해요. 그 여자는 의식적으로 나를 모욕하려고 했던 거예요. 그 사람이 좋아하는 건 오빠처럼 무계획적인 태도를 보이는 사람이에요. 하지만, 난 그렇게 무르지 않단 말예요."

"너, 대체 무슨 말을 하는 거냐?" 하고 깁슨 씨는 어처구니없다는 표정으로 말했다. "실수라는 건 반드시 있어. 그 사람은 너 때문에 놀라서 뒤돌아보았어……그때 손이……."

"터무니없는 말이에요." 하고 에셀이 말했다.

"잠깐 기다려." 깁슨 씨는 로즈메리의 표정을 살피려고 뒤돌아보았지만, 로즈메리는 이미 방에 없었다. 나간 것이다. 사라져 버렸어! 조금 이상하다.

깁슨 씨는 할 수 없이 돌아서서 카랑카랑한 목소리로 말했다. "어쨌든 엉뚱한 의심을 하는 것은 좋지 않아, 에셀."

"엉뚱한 의심?" 하고 에셀은 한숨을 쉬며, "아니면, 조심하는 수준일까? 어쨌든 말이에요, 오빠──." 하고 그녀는 애정이 담긴 목소리로 말했다. "우리들은 누구라도 낭만적이고 시적이고 훈훈한 세상에서만 살 수는 없어요. 우리 중의 누군가는 있는 그대로의 현실을 직시해야만 해요." 그녀의 반짝이는 눈동자는 솔직하고 성실하고, 그리고 현명하다고 그는 생각했다. "좀더 현실을 직시해야 돼요." 하고 에셀은 끝을 맺었다.

"어떤 현실을?" 하고 그는 되받아 말했다.

"있는 그대로의 현실을요." 에셀도 낮받았다. "악낭이라든가 원망, 이기주의——자아가 필요로 하는 것——라든가, 즉 모든 사람의 행위 뒤에 남아서 그것을 몰아세우는 진짜 힘 말이에요. 의식적인 마음의 움직임이라는 건, 오빠, 정말 빙산의 일각에 불과해요. 오빠는 깔끔한 겉모습을 쉽게 믿기 때문에…….”

“그래, 물론 난 믿어.”

“그래요, 오빠는.” 하고 에셀은 상냥하게 말했다. “현실의 10분의 1도 몰라요, 켄. 구름 속으로 머리를 집어넣고 있기 때문이죠. 옛날부터 그랬어요. 그래서 난 오빠를 좋아하지만……그러나 머리를 구름 속으로 집어넣고 있는 성자에게는——.” 하고 에셀은 한숨을 섞어가며 말했다. “아무래도 현실의 문제와 싸워 줄 대리인이 필요하지 않을까요?”

“어쨌든 비올레 부인을 의심하는 이유를——.” 하고 깁슨 씨는 고집스럽게 말했다. “난 도저히 이해할 수 없다.”

“오빠에게는 누굴 의심할 이유도 없겠죠.” 하고 응석을 부리듯이 에셀은 말했다. “상대방의 행동이 탁 터져서 오빠의 신경질적인 코에 부딪칠 때까지는 말이에요. 오빠는 대부분 이 세상의 불쾌한 현실을 피해 다녔어요. 오빠에게 필요한 건 강한 의지예요.”

그는 꼼짝 않고 에셀을 바라보았다.

“어머, 미안해요.” 그녀는 정말 미안해 하는 것처럼 보였다. “이런 얘길해서는 안되는 건데.”

“괜찮아.” 하고 그는 말했다. “정말 그렇게 생각하고 있다면…….”

그런데 에셀이 몸을 홱 돌리며 말했다. “오빤 엄마를 닮았어요. 오빠가 여자로 태어나고, 내가 남자로 태어났더라면 좋았을 텐데."

"그건 왜?" 하고 그는 물었다. "무슨 뜻이야? 무슨 얘길 하려는 거지?"

"오빠는 하찮은 것에 신경을 써서는 안되는 사람이에요. 오빠의 시의 세계, 돈키호테적인 선의와 신념의 세계는 너무 태평스럽기 때문에……."

"그럼, 너의 세계는?" 하고 그가 물었다. "너의 세계야말로 현실이라고 말하고 싶겠지?" 그는 화가 치밀어올랐다.

에셀은 그 분노에 반응을 나타냈다. "내 세계요?" 그의 눈을 똑바로 쳐다보며 말했다. "그것은요, 감쪽같이 사람을 속인다거나 인간의 교활함이 가득 차 있는 세계예요. 그밖의 세계는 있을 수 없거든요. 인간은 분명히 동물이에요.. 오빠의 마음에 들든 들지 않든간에."

"그래서 넌——." 하고 에셀에게 도전할 구체적인 단서를 찾으면서 그는 말했다. "비올레 부인이 일부러 파란 꽃병을 깼다고 하는 거냐?"

"물론 의식적으로 계획했을 리는 없죠." 하고 에셀은 대답했다. "오빠는 몰라요. 그 사람은 나를 화나게 하기 위해 깨뜨린 거예요. 그 사실은 변치 않아요."

"난 믿지 않아." 하고 집슨 씨는 말했다.

"예, 믿지 마세요. 늘 친절한 마음을 갖고 있다면……그런 시비가 생길 리 없죠." 그녀는 싱긋 웃었다. 에셀에게는 이런 식으로 놀리는 것이 사죄의 한 형식이다. "오빠 상냥한 어린 양이에요. 어린 양은 모두에게 사랑받죠. 하지만, 내가 어린 양이 아닌 건 어쩔 수 없는 일이죠. 기분나쁘게 생각신 마세요, 오빠."

이렇게 기분나쁜 것은 태어나서 처음이라고 그는 생각했다. 이유는 알 수 없지만, 그는 갑자기 로즈메리가 걱정되었다. 그래서 간신히 일어나 목발을 짚고 다리를 절룩거리면서 부엌으로 갔다.

비올레 부인은 힘차게 싱크대를 닦고 있었다. 로즈메리도 그곳에 있었는데, 멍하니 창밖을 보고 있었다. 왠지 쓸쓸하게 보였다.

"저, 비올레 부인." 하고 그는 말했다. "화병은 내가 변상할 테니까 그리 아세요. 그건 당신의 잘못이 아니었소."

비올레 부인은 어깨를 으쓱할 뿐 아무 말도 하지 않았다.

로즈메리가 쾌활한 목소리로 말했다. "비올레 부인이 그만두고 싶다는군요, 케네스. 내주에 남편과 함께 이사간대요."

"그래요." 하고 대답한 그는 순간 맥이 탁 풀렸다.

"예, 산으로 가요." 비올레 부인이 말했다. "지금 남편이 둘이서 할 수 있는 일을 찾으러 갔어요. 일이 있으면 바로 그곳으로 떠날 거예요."

"목장이라는군요." 하고 로즈메리가 말했다. "정말 멋질 거예요!" 그 목소리에는 억지로 재잘거리는 점이 있었다. "그러나 당신이 떠나면 섭섭할 거예요, 비올레 부인."

비올레 부인은 대답하지 않았다. 섭섭해 하든 하지 않든 전혀 무관심하다는 표정이었다. 깁슨 씨가 느끼기에는 이젠 에셀에게 화를 내지 않을 것 같았다.

"그럼, 또 다른 사람을 구해야 할 텐데." 하고 그는 걱정이 되어 로즈메리에게 말했다.

"아뇨." 하고 그녀가 대답했다. "괜찮아요. 난 할 수 있어요. 에셀과 내가 충분히 해낼 수 있어요." 로즈메리의 눈에 나타난 표정을 그는 전혀 이해할 수 없었다.

"하지만, 그 사이에 에셀이 돌아가기라도 한다면……."

"어머, 그래서는 안돼요!" 하고 로즈메리가 말했다. "그건 곤란해요! 하나밖에 없는 당신의 누이동생이에요, 케네스. 게다가 모처럼 왔는데……." 그녀의 손은 부엌 의자의 둥근 나무 부분을 쥐고 있었다. 손가락의 관절은 핏기를 잃어 새하얗게 변했다. "정말 멋진 분인데." 그녀는 이렇게 말했다. "정말 똑똑하고 친절한 분이에요."

집슨 씨는 어리둥절했다. 로즈메리는 분명 어딘지 이상했다. 생판 모르는 여자가 되어 아득히 먼 저쪽으로 가버린 것이다. 현재의 사태에 대해서 서로 이야기하는 것은 도저히 불가능하다. 완전히 마음을 닫고 있다……시선이 마주치면……겁먹은 표정을 짓는다. 에셀의 말이 옳다고 생각하고 그는 자신의 주장을 굽혔다. 세상에는 그가 모르는 일이 많이 있음이 틀림없다. 그는 허탈감에 빠졌다. 어떤 공포가, 어떤 불안이, 어떤 압력이 로즈메리의 시선 속에 자리잡고 있는 것일까? "그래." 하고 그는 힘없이 말했다. "물론 에셀은 좋은 사람이지."

한편 비올레 부인은 맹렬한 기세로 설거지대를 쓱쓱 문지르고 있었다. 에셀이 들어와서 의기양양한 목소리로 말했다. "자, 점심식사를 할까요? 야채부터 시작해서."

정원에서는 폴 타운젠드가 작은 돌담 옆에서 화초를 손질하고 있었다. 그는 지금 휴가중이다. 학방학이라 지니도 그 옆에서 놀고 있었다. 파인 부인은 현관에 진을 치고 있었다. 특별히 다른 사람의 눈을 의식하는 것 같지 않았다.

제11장

깁슨 씨가 다른 사람의 눈을 피해서 틀어박혀 있는 곳은 자신의 머릿속이다. 그는 거기서 계획을 세웠다.

로즈메리의 불가해한 고뇌를 내버려둬서는 안된다.

따라서 무엇보다도 우선 그녀의 번뇌의 원인을 찾아내야만 한다. 그리고 다음으로는 그 원인이 무엇이든간에 그녀가 더 이상 괴로워하지 않도록 조치를 취해야 한다. 이 순서가 분명히 정해지자 그의 기분은 아주 상쾌해졌다.

그러나 에셀에게 이유를 물어볼 수는 없다. 에셀이 지금의 사정을 잘 알고 있으리라고 그는 확신했다. 결국은 에셀이 그보다도 영리하고 빈틈이 없노라 스스로 인정한 셈이다. 하지만, 안된다. 로즈메리의 마음을 어지럽히는 정체를 그는 가장 단순한 방법으로 찾아낼 수 있다. 즉, 로즈메리에게 직접 물어보는 것이다. 그러나 그 일은 은밀히 행해져야만 한다.

그럼, 좋아. 오늘밤 당장 굳게 결심하고 일상의 최면상태에서 탈출하는 것이다. 오늘도 에셀은 언제나처럼 (어두워지고, 아무도 찾아오지 않고, 주위가 고요히 잠들었다고 하면서) 취침을 선언한 뒤 그를 침실로 '끌고 들어갈까'? 그는 이미 오래 전부터 누구의 도움을 받지 않고도 잠자리에

들 수 있을 만큼 좋아졌는데, 에셀은 그 습관을 고치지 않는 것이다. 그는 에셀에게 먼저 쉬라고 하고 로즈메리에게는 할 얘기가 있으니 잠깐 기다리라고 했다. "에셀, 난 로즈메리와 둘이서 할 얘기가 있는데, 괜찮겠지?"

안된다고 말하지는 않을 것이다. 에셀이 안된다고 할 리가 없다. 간단한 일이니까. 깁슨 씨에게는 벌써 그 광경이 또렷이 눈에 보이는 듯했다. 에셀의 미소가 보인다……관대하고 야무진, 조금은 재미있다는 표정으로 고개를 끄덕이며, "물론 괜찮아요." 라고 말하겠지. 이런 생각을 하는 동안 그의 몸은 움츠러들었다.

에셀은 그 병원의 아가씨와 같은 표정을 짓겠지. 그가 자신의 아내를 좋아하는 것이 왜 그렇게 '사랑스러운' 일이고 우스운 일일까? 적당히 절제하는 것은 좋겠지만, 이렇게 신경질적이 되어서는 좀 우습지 않을까?

어쨌든 그는 행동하기로 했다. 막상 둘만이 남게 되었을 때 어떻게 하면 로즈메리의 마음을 움직일 수 있을까? 어떤 식으로 그녀의 신뢰를 회복하지?

점심식사 뒤 그는 다리를 절룩거리며 거실로 돌아와 마음속으로 자기가 할말을 바쁘게 음미하고 있었다. 그 말은 상냥하면서도 아주 단호하게 할 것. 마침 낮잠 잘 시간이었지만, 지금 그는 곧바로 서재 겸 침실로 들어가 블라인드를 내리고서 정해진 시간 동안 잠자코 침대에 누워 있을 수는 없었다. 그는 동쪽 창에 기대어서서 잠자코 밖을 내다보았다. 폴 타운젠드의 거의 벗은 몸뚱이가 정원 손질을 하는 듯, 뒤뜰의 잔디밭에 웅크리고 앉아 느릿느릿 움직이고 있는 것이 눈에 들어왔지만 보려고 하지 않았다. 폴은 휴가중 내내 정원 손질에 열중해 있었다.

부엌에서 여자들의 목소리가 들려왔지만, 그는 거기에도 주의를 기울이지 않았다. 어차피 누구나 매일의 일과대로 움직이고 있는 것이다. 비올레 부인은 다리미질을 하고, 로즈메리와 에셀은 접시를 닦고 있다.

이 일과에 둘러싸인 그가 그것을 어떻게 깨뜨릴까 계획을 세우고 있는 그때, 로즈메리의 목소리가 갑자기 커지더니 흥분해서 뭐라고 항의하는 소리가 들렸다. 그는 그 격앙된 목소리를 들을 수는 있었지만, 무슨 뜻인지는 알 수 없었다.

그러자 부엌 문이 탁 하고 열렸다. 폴 타운젠드가 허리를 펴고 서서히 머리를 드는 것이 보였다. 로즈메리가 이성을 잃은 듯이 비틀비틀 그에게로 다가갔다.

그에게는 보였다. 폴이 크기가 엄청난 제초기를 내던지고 빠른 걸음으로 로즈메리 쪽으로 걸어가는 것이.

그에게는 보였다. 폴이 염려스러운 듯이 그녀에게 몸을 기울이는 것이.

그에게는 보였다. 로즈메리가 서글프게 흐느껴 우는 것이.

그에게는 보였다. 폴이 두 팔을 드는 것이.

그에게는 보였다. 로즈메리가 그렇게 하지 않을 수 없다는 듯이 그에게 쓰러지고, 두 사람이 그대로 서로 포옹하는 것이.

깁슨 씨는 고개를 돌려 외면했다. 그에게는 아무것도 보이지 않았다. 거실은 컴컴했다. 오래도록 빛에 길들여진 눈에는 그곳이 밤처럼 컴컴했다. 그는 비명을 지른 것이 틀림없다. "무슨 일이에요." 하는 에셀의 목소리가 들렸기 때문이다. 에셀이 방으로 들어와 창을 통해 밖을 흘끗 보았을 것이라고 생각하기도 전에 그 튼튼한 손이 그의 팔꿈치를 떠받치고 있었다.

에셀에게 이끌려서 그는 자기 방으로 들어갔다. 짓눌린 듯한 상태였기 때문에 누군가에게 의지하지 않고는 걸을 수 없었던 것이다. 하지만, 이윽고 시력이 회복되자 깁슨 씨는 아주 냉정하고 놀라우리만큼 자유스러운 기분이 되었다. 그는 가죽 의자에 앉아서 목발을 가만히 침대 위에 놓았다. "저 사람이 왜 저렇게 우는 거지?" 하고 그는 조용히 물었다.

순간 에셀은 입을 꼭 다물었다. "아무것도 아니에요, 오빠. 아무것도 아니에요." 하고 부드러운 목소리로 에셀이 말했다. "내가 아무 생각 없이 한 말을 로즈메리가 완전히 오해했나 봐요. 아마 내게 욕을 먹었다고 생각한 모양이에요……마치 내가 다른 사람을 욕하고 싶어하는 것처럼 보였겠죠. 어쨌든 저 사람은 요즘……." 에셀은 그의 무릎을 가만히 어루만졌다. "아주 신경이 날카로워져 있어서 말이죠. 아아, 켄, 미안해요. 저런 장면을 보여 줘서. 그렇지만 그다지 걱정할 일은 아니라고 생각해요. 아직은."

"아직은?" 그는 날카롭게 말했다.

누이동생은 염려스러운 듯이 깊은 한숨을 쉬었다. "켄, 이런 얘기하면 안되겠지만, 오빠 정말 무모하고 어리석어요……."

"그래. 그러나 내가 생각했던 건 단지……." 그는 괴로운 표정으로 생각을 정리한 뒤, ('무엇보다도 우선'이라는 말을 그는 쓰지 않는다) "로즈메리를 건강하게 해주고 싶었어."

라고 끝맺었다.

"그건 그렇죠." 하고 에셀은 상냥한 표정으로 말했다. "그러나 그 뒤의 일을 생각해 본 적 있으세요? 건강해진 로즈메리는 그전의 로즈메리와는 달라요. 그걸 깨닫지 못했나요?"

"알고 있어."

"로즈메리는 젊어요. 비교해 보면 적어도……."

"알아. 그것도 알아."

"몸이 아팠을 때는——." 하고 에셀이 말했다. "기분에는 늙은 것 같았겠죠. 그러나 지금의 로즈메리는 늙지 않았어요. 이젠 기분으로도 늙지 않았고요."

이런 어린아이와 같은 단순한 표현에 깁슨 씨는 화가 났다. "알고 있어." 하고 그는 되풀이했다.

"가장 어리석었던 것은, 켄, 로즈메리를 이곳으로 데리고 온 것—— 저런 남자가 사는 이웃으로 말예요. 취미까지 똑같은 남자잖아요! 이건 오빠가 일부러 준비했다가 이런 문제를 일으킨 것 같은걸요."

깁슨 씨는 이런 새로운 생각을 도저히 납득할 수 없었다. 이런 생각이 그의 마음속에 접근한 적은 지금까지 한 번도 없었던 것이다. 로즈메리와 폴! 그는 말했다. "그럼, 저 두 사람은……저 두 사람은……."

"두 사람은 사이가 좋아요. 켄, 로즈메리는 좋은 여자고, 오빠에게 몸도 마음도 모두 바쳤어요. 그렇지만 로즈메리는 아직 젊어서……."

(알고 있어! 깁슨 씨는 마음속으로 외마디 소리를 질렀다.)

"게다가 그 사람은 로즈메리와 어울리는 나이이고, 아주 매력적이잖아요. 장담할 수 있을 정도인걸요." 에셀은 슬픈 듯이 말했다.

집슨 씨는 앉아서 '바보 같은 짓'에 대해 깊이 생각하고 있었다. 이 작은 집을 빌린 것도 바보 같은 일이었을까? 그는 도저히 이해할 수 없었다. 이런 생각은 마음속에 품어 본 적도 없었던 것이다.

"미남은 누구라도 그렇지만——." 하고 에셀은 말했다. "그는 응석받이에요. 불성실하고. 수양을 쌓지 않았기 때문에 자신을 과시하려고 하죠. 육체적인 매력을 발산하지 않을 수 없는 거예요. 불쌍한 로즈메리. 하지만, 로즈메리를 탓해서는 안돼요. 탓할 이유는 하나도 없어요. 자신이 마음을 빼앗기고 있다는 사실을 알 리가 없기 때문이죠. 육체가 지휘하는 거예요. 이건 정말 스스로는 억제할 수 없어요. 오빠, 당장 이사하는 것이 좋을 텐데."

그러나 집슨 씨는 자신의 죄과에 대해서 골똘히 생각하고 있었다.

결국 그는 로즈메리를 속인 것은 아니었을까? 지금 같은 사태를 예감했으면서도 입에 발린 말뿐인 호의를 보였던 것은 아닐까? (그래, 분명히 예상하고 있었어! 지금에서야 그렇다는 생각이 든다……그런데도 그는 안이하고 이기적인 기분으로, 더구나 어리석은 즐거움에 빠진 나머지 그것을 완전히 잊고 있었던 것이다.) 물론 로즈메리를 나무랄 수는 없다.

"그 사람을 탓하지는 않아." 하고 그는 말했다.

"탓할 이유가 전혀 없으니까." 하고 에셀은 상냥하게 말했다. "오빠가 그 사람의 기분을 이해해 준다면, 로즈메리는 자신을 억제할 수 없을 거예요."

"추측컨대……." 그는 로즈메리의 고통을 상상할 수 있었다. "하지만, 도대체 폴은……."

"사실대로 말하면 말이죠——." 에셀은 자진해서 자신도 한 가지 역할을 맡을 듯한 태도로 말했다. "그 사람이 얼마만큼 로즈메리에게 빠져 있는지는 몰라요. 로즈메리가 굉장한 미인은 아니지만, 얌전하잖아요. 게다가 거리가 너무 가까워서 말이죠. 거리가 가깝다는 건 꽤 중요한 문제거든요."

모두 맞는 말이라고 생각하면서 깁슨 씨는 어쩐지 쓸쓸해졌다. 폴이 로즈메리에게 마음이 끌리고 있다는 것은 거의 명백한 사실이다.

"폴의 입장으로는——." 하고 에셀은 야무지게 말했다. "뭐라고 할까. 제일 큰 난관은 역시 지니죠. 로즈메리를 보고 있을 때의 지니의 표정이란 참——."

에셀의 말을 듣고 깁슨 씨도 곧 알아차렸다. 지니는 이 방에서도 거의 아무 말도 하지 않은 채 눈을 똑바로 뜨고 모두를 쳐다보곤 했었다.

"게다가 그 할머니가 있어요." 하고 에셀은 계속해서 말했다. "따라서, 폴의 입장으로는 아주 태평스럽게 있을 수만은 없죠……로맨스라는 건 말예요……이사하세요, 켄. 로즈메리는 본래는 정숙한 여자예요. 그러니 아직 늦지 않았어요."

"그래, 늦지 않았어." 하고 그는 말했다. 그러면서 그는 어떤 일을 생각해 냈다. 당시에는 그것이 무슨 말인지 몰랐었다. 거실 한가운데에 우두커니 선 채로 로즈메리는 몹시 힘을 주며 말했었다. "……세상에 이렇게 즐거운 일이 있다니, 전혀 몰랐어요……." 그때는——그것이 그녀와 폴 타운 젠드가 자리를 함께한 첫날 저녁이 아니었던가? 그때부터 이미 두 사람 사이에는 서로를 끌어당기는 실이 짜여지기 시작한 것이다. 아아, 이건 피할 수 없는 운명이야! 그에게는 자신의 모습이 똑똑히 보였다——늙고——이젠 절름발이가 되어버린 자신의 모습이.

"만일 로즈메리를 놓아 주고 싶지 않다면——." 하고 에셀이 말했다. "하긴, 오빠는 그 사람을 아주 좋아하죠. 게다가 로즈메리도 마음속으로는……."

"난 로즈메리를 싫어하지 않아. 고맙게 여기고 있어." 그는 덧붙여 말했다. "그렇다고 특별히……뭐라고 하면 좋을까……옛날에 베푼 친절을 돌려받을 생각은 없어."

"그게 현명해요." 하고 에셀이 말했다.

"게다가 우리들은——." 하고 그는 조금 점잖을 빼며 말했다. "우리들은 결혼 전에 이혼의 가능성에 대해서도 서로 얘기했기 때문에 더욱 그래."

"뭐, 그렇다면……." 에셀은 한숨을 쉬었지만 그 얼굴은 순식간에 밝아졌다. "난 아주 기뻐요. 헤어지는 것이 최선의 방법이라면 언제든지 헤어질 수 있다는 걸 로즈메리는 알고 있을 거예요. 그래요……그럼, 얘기가 전혀 달라져요. 오빠와 난 둘이서 어떻게든 살아갈 수 있을 거예요." 하고 그녀는 생각에 잠기며 말했다.

"그래." 하고 그는 대답했다.

"아주 멋진 생활일 거예요. 둘 다 일을 하면서 어수선하지 않게 조용히 살 수 있어요. 역시 늙었다는 걸 기억해야 해요, 켄. 게다가 둘 다 딸린 식구가 없잖아요. 함께 살면 재미있을지도 몰라요.”

“그럴지도 모르지.” 하고 그는 맞장구를 쳤다.

“물론 이 집이 아닌 다른 곳에서 말이에요.”

“그래.”

“만일, 로즈메리와 폴 타운젠드가 결혼할 생각이 있다면…….”

“글쎄.” 하고 몸서리로 자세가 흔들리는 것을 애써 참으면서 그는 말했다. “물론 이 집에서는 안돼.”

“난 별로 급하지 않아요.” 하고 에셀은 용의주도하게 말했다. “그런데 만일 폴이 사실은……즉, 이 문제가 일방적이었다고 한다면 로즈메리에게 우리의 도움이 필요할지도 몰라요.”

“로즈메리에게 필요한 건 의무감에서 해방되는 일이야.” 하고 무뚝뚝하게 대꾸했다. “그렇지 않으면 현재 사태를 직시하거나 확실히 아는 것이 도저히…….”

“정말 그래요.” 하고 에셀은 다정히 말했다. “오빠가 너그럽게 대해 주고 또 로즈메리가 부끄러움을 알고 있다면, 물론 알고 있겠지만, 문제는 없다고 생각해요.”

(자신만이 알고 있는 작은 문제가 한 가지 남아 있는 것을 그는 깨달았다. 하지만, 그것은 어디까지나 스스로 해결해야 할 문제이다.)

“로즈메리가 그 사이에 얘기를 꺼내겠죠.” 라고 에셀이 계속해서 말했다. “모든 것을 고백할 마음이 생길 때 말이에요. 오빠, 난 정말 안심했어요, 오빠가 이 사태에 의식적으로 뛰어든 것이 말예요. 솔직히 말해서, 오빠가 조금 걱정됐었어요. 때늦게 핀 로맨스는 오랫동안 독신으로 살아온 사람에게는 치명적이거든요. 자, 조금 쉬시는 것이 좋겠어요?"

"응, 그래." 깁슨 씨는 용감하게 거짓말을 했다.

그는 침대에 누웠다. 로즈메리의 입장에서 로즈메리의 딜레마를 상상하는 것은 견디기 힘든 고통이었다. 그는 자신의 노년에 대해서 조용히 생각하려고 애썼다.

그러나 머리 한쪽에서는 그 계획이 심장을 때리고 있었다. 우선 로즈메리의 번민의 원인을 찾아낼 것. 다음으로 그녀가 더 이상 괴로워하지 않고 살아갈 수 있도록 도와 줄 것.

사랑이란 무엇일까? 확신이 소리내어 추락하는 것을 느끼면서 겨우 그는 생각했다. 나에 대한 그녀의 사랑은 무엇일까? 설마 나의 육체적 매력은 아닐 것이다. 절름발이에다 늙은이. 절룩거리는 한쪽 다리. 현실은 이렇다. 내가 손에 넣으려고 노력하는 한 내게는 로즈메리의 사랑이 있다. 그녀는 나를 싫어하지 않는다. 하지만, 로즈메리에 대한 나의 사랑은 그녀를 자유롭게 해주는 것이어야 한다.

30분 정도 침대에 누워 있는 동안 문득 폴 타운젠드가 카톨릭 신자인 것을 생각해 내자, 그는 머릿속이 혼란스러워지기 시작했다. 깁슨 씨의 이혼만으로 문제가 해결되는 것은 아니었다.

제12장

사흘이 지났다.

로즈메리는 얘기를 꺼내지 않았다. 정신상태는 안정된 것 같았다. 평상시와 다름없는 태도다.

깁슨 씨는 그녀에게 무슨 볼일이 없느냐든가, 얘기 좀 할까라는 식의 재촉하는 듯한 말은 일체 하지 않았다. 그는 점점 더 걱정이 되었다. 로즈메리가 끝까지 얘기를 꺼내지 않는 것은 아닐까?

이웃에서는 폴 타운젠드가 변함없이 건강하고 태평스럽게 정원 손질을 하는 모습이 보였다. 파인 부인은 여전히 현관문 앞에서 진을 치고 있고, 소녀 지니는 집안을 들락날락거리며 놀고 있었다. 별장의 생활은 세속의 변화와는 무관하게 그 외형만의 조화를 유지해 가고 있었다.

깁슨 씨는 대부분의 시간을 혼자 독서를 하며 보냈다. 자신의 무지에 대해서 그는 깊이 생각하고 있었다.

에셀이 말한 대로다. 그는 현실의 10분의 1도 모른다. 자신의 전공 이외의 학문에 대해서도 거의 무지하다. 근대심리학의 이론은 그에게 있어서는 단지 이론, 감상하기 위한 이론에 불과했다. 그는 시를 믿고 있었던 것이다. 명예, 용기, 희생, 이 모두 진부한 말이다. 아무 쓸모없는 레테르는 아닐까? 그래, 꽤 오랫동안 그는 책과 말의 그늘에 숨어 살아왔다. 그것은 황량한 현실의 얘기는 아니었다. 시! 왜 하필 시였을까? 그것은 그의 선이 너무 가늘어서 도저히 현실을 견딜 만한 용기가 없었기 때문이다. 그는 현실과 직면한 적이 한 번도 없었다. 현실이 무엇인지조차 모른다. 따라서, 좀더 많은 것을 배워서 알 때까지는 오로지 에셀을 의지해야만 한다.

이제야 비로소 깨달았지만, 그는 이상하리만큼 무지했다 ……사회에 대해 무지했던 것이다. 학생들이나 동료 교수들이 학교 교정에서, 또는 복도에서, 때로는 시내의 거리에서 자기에게 말을 걸어 준다는 사실에 그는 아주 순수한 즐거움을 느꼈었다. 눈짓이나 인사가, 또는 그의 이름을 속삭여 주는 것이 말하자면 그의 신원을 보증하고 있는 것이다. (나는 영원 속을 헤매고 있는 것은 아니다. 나는 국문과의 깁슨 교수이고, 그것을 알고 있는 사람들이 분명히 존재하고 있다.)

그렇지만 하루 종일 너무 많은 사람들이 등장한다. 그에게 붙들린 청중, 즉 그의 수업은 목소리의 단련에는 더할 나위 없이 좋은 기회이다. 그것이 끝나면 사무를 보고, 학생들과 얘기를 나누는데, 그는 친절하고 낙관적인데다가 학생들의 교활함과 아부와 허세에는 최소한의 경계밖에 하지 않는다. 따라서, 그는 그런 날에 황홀함을 느꼈고, 주위의 작은 세계에는 수줍은 신뢰를 보냈다. 그의 사생활이라고도 할 수 있고 고독이라고도 할 수 있는 모든 것이 자연스럽고 즐겁게 보였던 것이다.

사실상 그것은 아주 좁고 고립된, 대단히 무지한 생활이었다. 그는 '현실'을 거의 몰랐던 것이다.

그래서 55살이 되어서도 이런 어리석은 일을 저지른 것이겠지. 그의 결혼 상대는 병든 몸에 무방비 상태이고, 다른 사람에게 의지하지 않고서는 살아갈 수 없는, 완전히 내맡겨진 로즈메리였다. 더구나 그의 결혼은 '계약'이라는 어리석은 전제하에 행해진 것이다. 너무나도 큰 기쁨에 가슴설레이던 처음 몇 달 동안을 뒤돌아보면서 자신의 태도에 연민을 느꼈다. 육체라는 현실. 거리가 가깝다는 현실. 무의미하고 낭만적인 구름 속에서 그는 현실을 완전히 무시하고 있었던 것이다. 그래, 상대의 병을 고쳐 주겠다는 낭만적이고 센티멘털하고 어리석은 그의 생각 때문에! 얼마나 놀라운 이기주의인가? 게다가 더욱 좋지 않은 것은 비록 한 순간이나마 이 돈키호테적인 결혼이 진짜 연애결혼으로 바뀔지도 모른다고 생각했던 것이다. 그런 것은 처음부터 불가능했다. 수학적으로도 분명하다. 쉰다섯 빼기 서른둘은 스물셋이고, 이것은 앞으로도 영원히 변치 않을 것이다.

감정면에서는 그는 로즈메리의 아버지다. 도와 줄 힘이 있고, 상냥함도 있으며, 보호의 손이며, 게다가 로즈메리는 그를 사랑하고 있다. 지금 염려하는 것은 그가 더 늙을 때까지 로즈메리가 이 관계를 유지하면서 남편이 빨리 죽었으면 좋겠다고 생각하지 않을까 하는 것이다. 로즈메리는 참자고 마음속으로 맹세했는지도 모른다. 지금까지, 노교수와의 생활을 8년 동안이나 참아오지 않았는가.

그녀는 그가 상처를 입도록 내버려두지는 않을 것이다. 병원에서 그의 뼈가 부러진 것을 자신의 탓이라고 말했을 때에도 정말 슬퍼서 정신이 나간 것처럼 보였다.

따라서, 그의 마음에 상처를 입히거나 자신의 의무를 포기하지는 않을 것이다. 정숙이라는 관념 속에 얽매여서 계속 자신을 속일 것이다. 자신이 왜 그렇게 자연스럽게 폴의 품속으로 뛰어들었는지를 로즈메리는 아마 모를 것이다. (알려고 하지도 않을 테지.)

폴의 수많은 장점들을 생각하면 할수록 깁슨 씨는 에셀의 말이 옳다는 생각이 들었다. 로즈메리는 폴에게 반했거나, 지금 빠져들고 있을 것이다. 폴은 그녀의 아버지와는 친하지 않았는지 모르지만, 그녀와 비슷한 나이이고 홀아비이며, 매력적이고 친절하다. 그녀의 입장에서 본다면 어쩔 수 없는 일일 것이다.

로즈메리는 내 어리석음에 대해서는 아무것도 모르는 편이 나을 거라고 그는 생각했다. 안다 해도 무슨 소용이 있을까? 깁슨 씨는 동정에는 전혀 흥미가 없다. 동정은 바라지도 않는다. 따라서, 그는 자신의 애정을 내쫓고 영원히 그것을 자신의 마음에서 추방하는 것이다. 그 일은 이제 생각하지 않을 것이다.

그는 슬슬 몸을 일으켜 세웠다. 독서나 글을 쓰는 데 열중해 있는 것처럼 보이기 위해서였다. 로즈메리가 어디에서 무엇을 하고 있는지 걱정하지 말기로 하자……그러면 조금은 잊을 수 있을지 모른다……노력했다. 그가 우울한 것은 누구의 탓도 아닌 바로 그 자신 때문이다. 이제 곧 편안해지겠지 하고 그는 생각했다.

어느 날 이런 시 한 구절이 눈에 띄었다.

부드러운 말은 관대한 마음

무릇 사람이 할 수 있는 것 모두
그녀를 즐겁게 해주기 위해 나는 아낌없이 준다.
하지만 마음에 닿지도 못하고 그녀가 외면할 때

그는 책을 덮었다. 카탈루스(기원전 1세기경 로마의 서정시인)도 역시 바보였다. 이 시의 의미는 그것뿐이잖은가? 게다가 울보다. 깁슨 씨는 울보는 되지 않겠다고 굳게 결심했다. 그는 더 이상 시를 읽지 않았다.

그러나 우울한 기분은 가시지 않는다. 오히려 점점 더 심해졌다. 밤이나 낮이나 이 기분에 사로잡힌 깁슨 씨는 이제 그외의 기분은 잃어버렸다. 어른이라면 누구든지 그것에 익숙해져야 한다고 그는 생각하게 되었다.

그러나 변화는 다가오고 있었다. 언젠가 깁슨 씨가 한 말을 빌리자면, 여자들이 직장에 나가야 할 날이 가까워오고 있었던 것이다. 두 사람은 같은 날 아침에 나란히 출근하게 되었는데, 완전히 비참한 기분에 빠져 있던 깁슨 씨는 이 우연을 슬퍼하지도 않았다. 로즈메리와 둘만이 있고 싶다는 생각도 이젠 사라져 버린 것이다.

에셀은 일류 비서로서 오후 4시에 끝나는 꽤 괜찮은 일을 찾아냈다. 따라서, 저녁식사 준비는 자기가 할 수 있다고 그녀는 만족스럽게 설명했다.

로즈메리의 근무시간은 좀더 길었다. 자그마한 양장점의 조수인데, 처음에는 단지 구입한 물건만을 취급하지만 나중에는 정규 점원이 될 수 있다고 했다. 첫 직장으로서는 아주 만족스러운 것이었다.

또 하나의 우연이 겹쳤는데, 두 사람이 출근하는 첫날 비올레 부인과도 작별하게 된 것이다. 그래서 깁슨 씨는 정말 혼자가 되었다.

그 전날 밤 세 사람은 여느때처럼 거실에 모여 있었다. 라디오에서 흘러나오는 낮은 음악이 문화적인 분위기를 만들어 주고 있었다. 로즈메리는 내일 입고 갈 짙은 감색옷에 흰 칼라와 소맷부리를 달고 있었다. 에셀은 뜨개질을 하고 있었는데, 그녀의 기술은 기분나쁠 정도로 정교했다. (에셀은 라디오 앞에서 뜨개질을 하면서 몇 시간 동안이나 음악과 뉴스, 교육 프로그램에 귀를 기울였다. 그녀는 레코드보다 라디오를 좋아하는 것 같았다. 하긴 레코드 플레이어가 없기 때문이겠지만.) 깁슨 씨는 책장을 넘기고 있었는데, 가끔 두 장을 한꺼번에 넘기기도 했다. 그 얼굴의 표정은 조용하고 평온했다.

가정적이고 화목해 보이는 풍경이지만, 깁슨 씨는 그것을 다른 식으로 생각하고 있었다……왜냐하면 그날 저녁은 그의 실험이 끝나는 날이었던 것이다. 이제 모든 것이 물거품으로 돌아갔다. 로즈메리는 건강해졌을 뿐만 아니라 밖으로 나가서 돈을 벌게 된 것이다. 그녀에게는 깁슨 씨가 주는 것은 전혀 필요없는 대신에, 깁슨 씨가 줄 수 없는 것이 대단히 필요한 것이다. 따라서, 그는 로즈메리를 놓아줄 것이다……그는 마음속으로 동의하고 있었다……그건 빠르면 빠를수록 좋다.

그의 상상력은 눈앞에 자신의 미래를 그리고 있었다. 학교 근처의 작은 아파트에서 그와 누이동생 에셀이 서로 돕고 헌신하며 사는 모습이 눈에 보이는 것 같았다. 일할 수 있는 한 두 사람은 낮에는 일하겠지. 밤이 되면 에셀은 라디오의 스위치를 켜고 뜨개질을 하겠지. 그러나 어떻게든 잘 지낼 수 있을 것이라고 그는 생각했다. 곁에 헌신적인 누이동생이 있다는 것보다 더욱 심각한 상태와도 그는 이미 타협할 수 있었던 것이다. 따라서, 그런 일로 왜 그렇게 실망해야 하는지 사실은 이해할 수 없었다.

"이제 모두 잘될 것 같아요." 하고 에셀이 말했다. "그런데 탐탁지 않은 것은 버스를 타지 않으면 안된다는 사실이에요. 왕복 30분씩이나 그런 버스를 이용해야 하다니. 정말 낭비예요. 좀더 시내와 가까운 곳으로 이사하는 것이 좋지 않을까요?"

로즈메리의 손과 머리가 움찔했다. "이사?" 하고 그녀는 외쳤다.

"그래요." 하고 에셀이 말했다. "이곳은 정말 마음에 들지만 직장에 나가게 되면, 로즈메리, 당신은 집에 있을 시간이 없어요……어머, 바늘에 손가락을 찔렸어."

로즈메리는 조용히 대답했다. "아니에요, 에셀. 괜찮아요."

"글쎄……그리고——." 하고 에셀은 관대한 미소를 지었다. "켄의 사정도 고려해야 하는 건 물론이에요. 벌써 가을인데, 버스를 타는 것이 어떨지……그 다리로."

"내가 전부터 생각했던 것은 특별히……." 하고 로즈메리가 얼굴을 들고 빠른 어조로 말했다.

"버스는 탈 수 있어." 하고 깁슨 씨가 끼여들었다. "특수한 지팡이를……." 그의 목소리는 끊어졌다. 로즈메리의 피가 새빨간 반점이 되어 바느질하던 흰 칼라에 물들어 있는 것이 분명히 보인 것이다.

"어머, 피가 나잖아." 하고·에셀은 꾸짖듯이 말했다. "얼룩이 생겼어. 직장에 입고 갈 거 아니……."

"빨아서 입고 가면 되죠." 하고 로즈메리는 작은 소리로 말하며 일어섰다. 그리고 어색한 걸음걸이로 꿰매다 만 옷을 들고 부엌으로 갔다.

깁슨 씨는 문득 여기에는 무슨 의미가 있을지도 모른다고 생각했다. "어쩌면——." 하고 차가운 난로를 바라보고 오싹 한기를 느끼면서 그는 말했다. "손가락을 찔러서 칼라에 피를 묻힌 것은 내일 직장에 나가고 싶지 않다는 뜻일지도 몰라."

그는 숨을 죽이고 에셀이 동의해 주기를 조심스럽게 기다렸다.

하지만, 에셀은 웃을 뿐이었다. "글쎄요." 하고 그녀는 입을 열었다. "그럼, 거짓말을 할 필요는 없었겠죠." (깁슨 씨는 정말 그렇다고 생각했다. 로즈메리는 거짓말을 한 것이다.) "그런데 손을 찌른 것은——." 하고 에셀은 목소리를 죽이며 말했다. "내가 이 집에서 떠나자고 했을 때였어요."

"떠나——?"

"즉, 그에게서 떠나는 거죠." 하고 에셀은 작은 소리로 말했다. "공교롭게도 본심을 드러낸 거예요."

그녀의 한숨소리가 들렸지만, 깁슨 씨의 마음은 혐오감으로 움츠러드는 것 같았다. 본심을 드러낸 것으로 보이지는 않았다. 설령 그렇더라도 무슨 뜻이 있는지 그는 알 수 없었다. 옛 시에 보면 사람은 그 정신의 주인이라고 쓰여 있다. 옛 시에 그렇게 열중해 있던 깁슨 씨가 다른 사람의 마음을 이해할 수 없어 하는 것은 무엇 때문일까? 아니, 이해할 리가 없다. 그는 노인이 아닌가! 깁슨 씨는 맥이 탁 풀렸다. 자신이 더럽혀진, 배반당한 듯한 느낌이 들고——할 수 없는 일이지만——게다가, 그 상태가 꺼림칙했다. 그래서 다시 책으로 눈을 돌리고는, 자리로 돌아온 로즈메리를 쳐다보지도 않았다.

"물에 빨았어요?" 하고 에셀이 조금 야단스럽게 물었다.

"예." 하고 로즈메리는 얌전히 대답했다. "금방 빠졌어요." 깁슨 씨는 고개를 돌리고 있었지만, 그녀가 다시 바늘을 집어드는 것이 관자놀이 너머로 보였다. 로즈메리는 왜 스스로 자신을 찔렀는지 알고 있을까? 틀림없이 의식하지 못하고 있을 거라는 생각이 들자, 그는 안타까웠다.

"그런데, 켄, 내일 괜찮겠어요?" 하고 누이동생이 다급한 태도로 물었다. "비올레 부인이 오빠의 셔츠를 마무리해 주러 올 테니까, 부탁하면 점심 정도는 준비해 줄 거예요."

"아냐, 됐어." 하고 그는 말했다. 비올레 부인은 오지 않아도 된다. 혼자 있고 싶었다.

"기분은 괜찮아요?" 하고 로즈메리가 머뭇머뭇 걱정스러운 듯이 물었다. "무슨 걱정거리가 있는 거 아니에요, 케네스? 당신, 어쩐지 기운이 없어 보여요. 네, 케네스?"

"일이 그리워서 그런 것 같아." 하고 어깨를 움츠리며 그가 말했다. "매일 일하는 데 익숙해 있었기 때문에……."

로즈메리는 고개를 숙이고 바느질감을 잡아당겼다. 그는 그 머리칼에서 억지로 시선을 돌렸다.

"내 걱정은 하지 않아도 돼." 하고 그는 계속했다. "난 거의 반백 년을 혼자 살아온 경험자니까 말이야……게다가 이웃집에는 폴도 있고." 폴의 이름을 들먹이는 자신을 그는 경멸했다.

"그래요." 하고 에셀이 맞장구쳤다. "옆집에서 새로 고용한 세탁하는 아주머니는 금요일에나 올 테고, 비올레 부인도 오지 않겠죠. 지니가 모든 일을 떠맡지 않는 한 폴은 당분간 파인 부인과 함께 있어야 해요." 이렇게 말하면서 에셀은 조금 심술궂은 만족을 느끼고 있는 모양이었다.

"폴은 할머니에게 다정하니까." 하고 깁슨 씨가 대꾸했다. (질투 때문에 스스로 비굴해지지는 않을 것이다. 그는 관대해지고 싶었다.) "그건 아주 좋은 일이야."

로즈메리는 활짝 웃었다. "나도 그렇게 생각해요." 그녀는 다정하게 말했다.

깁슨 씨는 책장을 넘기고 있었는데, 이 행동은 아주 우습게 보였다. 지금 책을 읽지 않고 있다는 것은 누구의 눈에도 분명했을 테니까.

"저——." 하고 에셀은 조금 딱딱한 표정으로 입술을 떼었다. "이웃집과 그 땅은 모두 파인 부인의 재산이라는군요. 폴은 그럼 상속자인 셈인가요?"

로즈메리는 미소를 지으며 말했다. "가끔 아주 타산적인 얘기를 하는군요, 에셀."

"그렇지 않아요. 난 단지 현실주의자일 뿐이에요." 하고 에셀이 점잔을 빼며 말했다. "스스로 현실을 직시할 수 있다고 믿고 있는 거죠."

"이해에 대한 아무 생각 없이 그냥 상냥하고 친절해질 수는 없는 걸까요?" 하고 로즈메리가 물었다.

"그런 건 있을 수 없어요."

깁슨 씨는 정신이 아찔해지는 것 같았다.

 "또 하나, 아름다움에 대해선?" 에셀은 싱긋 웃었다. "그건 있을 수 있겠네요. 폴은 잘생겼고 상냥하니까." 그녀는 머리를 흔들며 뜨개질의 콧수를 헤아렸다.

 "폴이 하는 일은 벌이가 괜찮지 않나요, 케네스?" 하고 로즈메리는 동의를 구하듯이 말했다. "돈에 옹색하지는 않겠죠?"

 "그는 화학공학의 전문가이니까." 하고 깁슨 씨는 말했다. "글쎄……." (갑자기 폴의 실험실이, 약품 진열장 안에 나란히 진열된 작은 병이 환상처럼 떠올랐다. 환상은 흔들거리다 곧 사라졌다.)

 "그럼, 파인 부인의 재산이 그 사람에게는 필요없겠네요 ──파인 부인이 부자라고 해도." 하고 로즈메리가 말했다. "돈이 목적이라니, 도저히 생각할 수 없어요."

 "나도 그렇게 생각해." 하고 깁슨 씨는 활기차게 말했다.

 에셀이 대꾸했다. "물론 그는 그런 사람은 아니지요, 의식적으로는. 대부분의 사람들은 근본적인 사실을 인정하지 않아요. 하지만, 누구라도 거의 예외 없이 물질적인 이익을 위해 움직이고 있어요……그런데도 우리들은 자주 스스로 자신을 속여요. 무슨 다른 이유가 있는 체하는 거죠. 하지만, 매일 밥을 먹을 수 있는지 없는지, 또는 생활이 즐겁고 안정되어 있는지 아닌지라는 건 근본적인 문제가 아니에요. 언제나."

 "사실은 그것이 근본문제죠." 하고 로즈메리는 얼굴이 새빨개져서 말했다. 그녀는 엎어질 듯이 바느질감 위에 고개를 떨구고 있었다. 완전히 패배자의 모습이다.

 로즈메리는 지금 무슨 생각을 하고 있는 것일까 하고 깁슨 씨는 자신도 모르게 괴로워했다. 로즈메리는 물질적인 안락과 안정된 생활을 위해 그에게로 온 것일까……아냐, 그녀는 다른 방법이 없었어──그 사실만은 로즈메리도 알고 있다. 깁슨 씨도 알고 있다. 물론 알고 있다. 처음부터 그가 권유한 것이다. 마음속으로 그렇게 되기를 바란 것은 그였다.

"물론 그것이 문제지." 하고 그는 부드럽게 말했다. "그건 당연한 이치야……." 그는 책장을 넘겼다.

에셀이 조금 경멸하듯이 말했다. "갓난아이가 우는 건 무엇 때문이죠? 따뜻하게 해줘요, 젖을 줘요, 하고 우는 거예요. 그게 전부예요. 일기예보를 들어야겠어요. 내일 더울지 어떨지 모르니까."

깁슨 씨는 생각했다. 따뜻하게 해줘요, 젖을 줘요, 내게 안정된 생활을 제공해 줘요……그것이 빙산의 숨겨진 부분일까? 우리들의 빙산의 전부일까? 우리들 모두가 행위의 이유를 모르는 것일까? 자신이 동물인 것을 우리가 인정하려고 하지 않기 때문에? 아아, 그럼, 우리는 무엇을 위해 존재하는 걸까? 우리의 일생은 영원히 어쩔 수 없는 일의 연속일까? 이 변하기 쉬운 조급함 속에서 우리 모두에게 각각의 운명이 있는 것일까?

지겨운 생각이다. 그는 그것을 직시하려 했다. 에셀은 직시하고 있다. 에셀은 그것에 강하다. 그도 현실에서 도피해서는 안된다……더 이상은. 그를 이렇게 침울한 기분에 빠뜨린 것이 이 사실일까? 그는 그것을 붙잡고 있다.

라디오에서는 원폭 실험에 대해 얘기하고 있었다. 그 무서운 힘이 결코 동포를 멸망시키기 위해 사용되는 것만은 아니라는 종교적인 의견이다.

잠자코 듣고 있던 에셀이 불쑥 내뱉었다. "그런 얘길 하다니, 사용할 생각이면서."

"원자폭탄을?" 로즈메리는 깜짝 놀란 모양이다.

"사용하지 않을 거라고 생각해요?"

"난……사용하지 않았으면 좋겠어요." 하고 눈을 크게 뜨고 로즈메리가 말했다.

드문드문 새치가 섞인 머리를 에셀이 흔들었다. "틀림없이 사용할 거예요."

"그걸 어떻게……." 로즈메리는 괴로워했다.

"인정하느냐와 인정하지 않느냐의 문제죠." 하고 에셀이 대꾸했다. "지금의 인류 모습 그대로를 말이에요. 손에 무기를 갖고 있으면 이미 그걸 사용한 거나 다름없어요. 두 사람은 몰라요——사실을 냉정히 바라보면——어떤 것이라도 원폭을 떨어뜨릴 이유가 될 수 있어요. 인간이라는 것은 아주 야만적인 것——본질적으로는 말이죠. 물론 의식적으로는 야만인이 아니겠죠. 그것이 인간의 결점이라고 할 수는 없어요. 그건 인간 본성이죠. 따라서 우리들 중 누군가가 나쁜 건 아니에요. 하지만, 인간은 화를 낼 수 있어요. 화를 내면 상대를 괴물이라고 불러요. 괴물을 죽이는 건 아름답고 훌륭하고 용감하고 좋은 행위가 되는 거죠. 그 점의 차이를 천천히 서로 의논하고 이해하려 들지를 않아요. 그렇게 하질 않죠. 비록 서로 의논하는 상황에서——인간의 이성은 실로 진부한 것이기 때문에 정말 자그마한 오해라도……어쨌든 인간은 언제까지나 자신들의 피와 동물적인 요소에 의해서 행동해요."

"그런 사실에 너는 어떤 식으로 대처할 거냐?" 하고 깁슨 씨는 조용히 물었다.

"원폭이 떨어졌을 때 말이에요?" 하고 에셀은 잘못 이해하고 말했다. "글쎄요, 다른 사람은 어떨지 모르지만, 나는 조용히 이 세상과 함께 날아가 버릴 거예요. 살아남고 싶은 생각은 없어요. 설마 살아남고 싶다고 생각하는 건 아니겠죠!" 왜 그런 어린아이 같은 생각을 하고 있느냐고 묻고 있는 것 같았다.

"글쎄." 하고 깁슨 씨는 곰곰이 생각했다. "그래, 특별히 살고 싶은 생각은 없다. 난 늙었으니까."

운명이라고 그는 생각했다. 우리들은 운명지어져 있는 것이다. 그는 원자 폭탄을 생각하고 있었던 것은 아니다.

"난 잘 모르겠어요." 하고 로즈메리가 에셀에게 말했다. "당신에겐 그런 식으로 생각할 용기가 있었군요."

"용기가 유일한 장점 같은 거예요. 요컨대 자신의 정신을 의지해서 이해하려고 노력하는 것이 최고죠."

무엇이건 이해가 되겠지 하고 그는 생각했다. 아무튼 우리들은 운명지어져 있는 것이다.

"그럼, 우리들의 자그마한 지적인 장난감은……." 하고 지금까지 생활의 기둥이었던 많은 시가 림보(천국과 지옥의 사이에 있어, 기독교에 접할 기회가 없었던 이나 성세를 받지 못한 어린이·이교도·백치들의 영혼이 사는 곳)로 무너져 가는 것을 배웅하면서 그는 말했다.

"'장난감'은 괜찮아요." 하고 에셀은 칭찬하듯이 말했다. "시를 즐길 수 있는 동안은 즐기세요, 켄. 만일, 누군가가 살아남는다 하더라도 ──." 그녀는 어깨를 으쓱하고는 밀했다. "그럴 경우 시를 즐길 여유는 없어질 거예요. 그건 그렇고, 원자폭탄은 다시는 떨어지지 않아요." 하고 두 사람을 안심시키려는 듯이 고개를 끄덕였다. "따라서, 나도 주어진 시간을 당신들처럼 넉넉히 살고 싶어요. 바라건대 살아남고 싶어요. 파멸의 저쪽에서." 그녀는 싱긋 웃었다. "그러니 희망을 갖는 거죠."

"당신에게는 어린아이가 없으니까 그렇죠." 하고 로즈메리가 작은 소리로 말했다.

"당신도 없잖아요. 난 아이가 없어도 행복해요." 에셀이 대구했다.

깁슨 씨는 생각했다. 그건 사실이다. 우리는 운명지어져 있다. 그리고 운명은 빙산의 내부, 물속에 잠겨 있는 것이다. 우리들이 무엇을 왜 하는지는 누구도 영원히 모른다. 알았다는 착각, 선택했다는 착각이 있을 뿐이다. 우리는 진실의 여러 가지 어두운 힘, 알 수 없는 힘에 의해 조종되고 있다. 우리들은 장님에다가 바보다. 에셀이 현실이라고 말했을 때 그 의미는 이런 것이었다. 그래, 정말 이것은 사실이다. 비올레 부인이 화분을 깬 것은 당연했다. 폴은 누군가와 결혼하지 않으면 안된다. 나는 우스운 짓을 했다. 그것도 필연이다. 내 죄는 아닌 것이다. 나의 선택 행위는 모두 어머니에게서 받은 유전자로 이루어진 업보다. 에셀은 아버지를 닮았기 때문에 다르다……머리가 아주 좋고 통찰력이 있다.

내 일생은 착각투성이였다. 모든 사람들의 일생은 착각이다. 우리들은 미지의 것, 알 수 없는 것에 의해 조종되고 있다. 언젠가 우리들은 그것을 날려 버리고 지구를 그 궤도에서 내던지게 될 것이다.

로즈메리가 폴과 결혼하고, 내가 그녀를 보내 주는 것처럼 분명히……

그는 고개를 푹 숙였다. 홀아비이고 화학자고 카톨릭 신자인 폴……폴도 운명지어져 있다. 세계가 날아가 버리는 날까지 아주 잠깐 동안 행복하게 지내며 로즈메리를 행복하게 해주도록 운명지어져 있는 것이다.

한편, 케네스 깁슨은 누이동생과 살며 나이를 먹고……이후 15년이나 20년 동안 다리를 절룩거리겠지. 그렇게 되는 건가!

실현가능한 반항의 방법은 하나밖에 없다. 오직 하나. 그는 정신이 번쩍 들었다. 아주 작은 용기만 있다면——도망칠 수 있다.

그는 작은 병의 번호를 기억하고 있었다.

새벽이 다되어서야 그는 겨우 잠들었다. 눈을 떴을 때 오늘이 바로 그날이라는 것을 깨달았다.

오늘은 혼자이다.

제13장

그날 아침은 몹시 바빴다. 짙은 감색 드레스에 흰 칼라를 단 단정한 차림의 로즈메리가 우선 서둘러 나갔다.

깁슨 씨는 현관까지 배웅했다. 고운 능직 무늬의 비단 실내복을 입은 그는 자신이 지금까지와 마찬가지로 단정하고 고상한 남자라고 생각했다. 그러나 안색이 아주 창백한 환자처럼 보이는데도 알아차리지 못할 뿐이었다.

"다녀올게요." 하고 그녀는 말했다. "케네스, 부탁이니 조심하세요!…… 왠지 걱정이 돼요. 나, 마치……."

"아냐 아냐, 걱정 마." 그의 눈은 로즈메리를 탐내듯이 바라보고 있었다.

"다녀와요, 로즈메리. 잊지 말 것은……내가 당신에게 바라는 것이기도 하지만……."

"내가 건강해지는 것?" 그녀는 물었다. "그리고 일할 수 있게 된 것? 그 얘길 하려는 거죠?"

그는 대답하지 않았다. 그는 로즈메리의 얼굴을 조심스레 쳐다보고 있었다. 이것이 마지막이다. 그는 이 여자를 아주 좋아하고 있다. 어떤 의미에서 이 여자는 그의 것이다.

"그것뿐이에요?" 하고 그녀가 물었다.

깁슨 씨는 방금 자신이 말한 것을 생각해 내려고 애썼다.

"물론 아니고말고." 하고 그는 단호히 말했다. "당신이 행복해지기를 원해." 그는 웃었다.

"그래요, 그래서……난……." 그녀의 시선은 잠깐 다른 곳을 향하더니 다시 그에게 머물렀다. "당신이 좀더 행복해지기 위해서 난 뭘 해야 하죠?" 하고 그녀는 심각한 표정으로 물었다. "나, 이렇게……나, 당신을 사랑해요, 케네스. 그건 알고 있죠?"

이 짧은 순간에 그녀가 옛날과 다름없는 뜨거운 감사의 마음을 표시하고, 두 사람의 마음이 뭉클하고 맞닿은 것처럼 느껴지는 것은 이상한 일이다.

"물론 알고 있지." 그는 부드럽게 말했다. "난 더할 나위 없이 행복해." 그녀를 안심시키려는 투로 그는 말했다.

로즈메리는 몸을 떨며 급한 걸음으로 사라졌다. 단정한 태도로   사뿐사뿐하면서도——활기차게——드라이브웨이를 내려가는 모습을 그는 지켜보았다.

폴 타운젠드는 현관에 나와 아침 공기를 마시고 있었다. 그가 손을 흔들었는데 로즈메리는 그걸 보지 못한 모양이었다. 깁슨 씨는 조금 기뻤다.

당신을 사랑해요, 하고 그녀는 말했다. 그럼 그에게 상처를 입히는 일은 하지 않겠지. 로즈메리의 고귀한 천성은 그녀가 인내하도록 운명지어져 있는 것이다.

다음은 에셀의 출근이다. "켄, 시장으로 산책하러 갈 때 양상추를 사다 줘요. 좋은 야채 가게가 있더군요."

"그래." 하고 그는 약속했다.

"그리고 비올레 부인에게 봉급을 줘야 하는데……."

"응."

"난 4시 조금 지나서 돌아올 거예요."

"알았어, 에셀. 다녀와. 정신차리고. 넌 지금까지——정말 잘 해주었어."

"그래요." 하고 에셀이 말했다. "물론 잘했죠. 그럼, 다녀올게요."

집슨 씨는 문을 닫았다.

그는 거실로 들어가 앉았다. 비올레 부인은 다리미질을 하고 있었다. 비올레 부인이 돌아간 다음이 아니면 물론 자살은 불가능하다.

그는 청결하고 신중한 사람이다. (그것도 어쩔 수 없었다.) 이 일로 어수선해지지는 않을 것이다. 누군가에게 추태를 보이고, 다른 사람에게 뒤처리를 하게 해서는 안된다. 더럽고 추한 행동은 절대로 하지 말 것. 어디로 가서 무엇을 가져오면 좋을지 그는 알고 있었다. 신속하고 아주 청결한 방법이다. 그는 침대 위에서 편안하고 단정하게 누워 있는 모습으로 발견될 것이다. 모두들 잠깐 동안은 자고 있는 것이라고 생각하겠지. 그렇게 해서 쇼크는 무마될 테고. 될 수 있는 대로 작은 쇼크를 주어야 한다.

그러나 편지를 남기지 않으면 안된다. 편지는 아주 간단한 것이 좋다. 그것은 될 수 있는 대로 모두가 안심할 수 있는 내용일 것.

그의 피가 얼어붙었다. 감정적이 되어서는 안된다. 이것은 스스로 선택한 행위이다. 냉정하고 명확한 행위. 죽는 것은 두렵지 않다. 그는 사후의 일을 생각하려고 했다.

자살에 의해서 효력이 발생하는 보험 같은 것은 그에게는 없다. 몇 장의 공채와 그의 예금통장이 로즈메리의 손에 전해지겠지. 그래, 그것도 편지에 써두어야겠다. 그녀의 생활은 괜찮을 것이다. 폴이 도와줄 테니까. (그녀는 이제 자유이다.) 에셀은 물론 혼자서도 훌륭히 살아갈 수 있다. 에셀이 어떻게든 로즈메리를 이해시켜 주겠지. 그가 선택한 행위를 모두 이해해 주지 않으면 안된다고. 걱정할 것은 정말 아무것도 없다고.

단 한 가지 걱정은 어느 날 갑자기 세계를 날려 버릴 원자폭탄에 관한 것인데, 그건 그로서도 도저히 어쩔 수 없는 일이다.

각자의 운명이다.

깁슨 씨는 꿈을 꾸고 있는 듯이 멍하니 앉아 있었다.

12시에 그는 시내로 나갈 채비를 하고, 비올레 부인도 일을 끝냈다. 그래서 그는 그녀에게 봉급을 주었다.

"깁슨 씨, 이 낡은 끈 가져가도 괜찮을까요?" 하고 비올레 부인은 부엌의 휴지통에서 꺼내온 것을 보여 주었다.

"물론이오. 그렇게 하세요." 하고 그는 말했다. "그밖에 뭐 필요한 건 없습니까?"

"끈으로 묶을 짐이 엄청나게 많아서요." 하고 그녀는 사정을 설명했다. "거의 모든 짐을 트럭으로 운반하거든요."

"그럼, 이건 어떻습니까?" 그는 겨자색 끈 뭉치를 내밀었다.

"그건 깁슨 양의 것이에요." 비올레 부인의 작지만 귀여운 입술은 그 이름을 말할 때 가늘게 떨렸다.

"그래도……." 그는 멋쩍은 체했다. "이런 끈 정도는 괜찮은데."

비올레 부인이 말했다. "그 사람의 것은 받고 싶지 않아요. 괜찮아요, 어떻게 되겠죠. 어차피 은행에 가야 하니까 조금 사죠……."

"가져가세요." 하고 그는 재촉하듯이 말했다. "내가 드리고 싶소."

"그러세요? 그럼……." 비올레 부인에게는 그의 마음이 통하는 것 같았다. 그녀는 끈 뭉치를 풀기 시작했다.

"아뇨, 통째로 가지고 가요." 하고 그는 말했다. "자, 어서요."

"필요 이상으로 얻는 건 싫어요." 하고 그녀는 반대했다.

"그건 알아요." 하고 그는 말했다. 이건 좀 우습고 시시한 반역이라고 그는 생각했다. 그는 단지 어떤 행위를 지금까지 해왔던 방식대로 하고 싶은 것이다. 왜냐하면 관대해지고 싶기 때문이다. (또는……시시한 화풀이 방법으로 끈 뭉치 하나만큼만 에셀에게 손해를 입히려고 했는지도 모른다.)

비올레 부인은 뭉치를 그대로 받아들었다. "주인어른과 부인과 헤어지게 돼서 유감이에요." 하고 그녀는 말했다.

"누이동생이 한 말이 당신의 감정을 상하게 했다면 용서하세요." 하고 그는 피곤한 목소리로 말했다.

"저와 조는 산으로 가게 되었어요." 하고 비올레 부인은 말했다. 이것이 대답인가 하고 그는 생각했다. "그래서 5시까지는 준비를 마쳐야 해요……." 그녀는 갑자기 입을 다물고 깁슨 씨의 얼굴을 바라보았다. 이때 그는 묘한 확신을 얻었다. 나는 이제부터 할 일을 알고 있다.

"그거 잘됐군요." 하고 그는 부드럽게 말했다.

비올레 부인의 얼굴은 신기하게도 미소로 빛났다. "그럼,

가겠어요." 하고 그녀는 말했다. "'안녕'이라는 말은 '하나님이 늘 당신과 함께 하기를'이라는 의미 같군요."

"안녕히 가세요." 하고 깁슨 씨는 애정이 담긴 인사를 건넸다.

비올레 부인은 끈 뭉치를 주머니에 넣고 부엌문으로 나섰다. 그는 이제 완전히 혼자가 되었다.

12시 10분쯤 그는 별장을 나와서 걸었다……목발 없이도 훌륭히 걸을 수 있었지만, 짧은 쪽 다리를 내디딜 때 몸이 기우뚱 기울어지는 것은 어쩔 수 없었다……서쪽으로 두 블록 걸어간 다음 가로수 길을 건너서 번화가로 들어가는 버스를 탔다. 그가 집을 나올 때 폴 타운젠드는 오늘 아침에도 변함없이 자기 집 잔디밭에서 일을 하고 있었다. 이젠 됐다. 깁슨 씨는 원하는 것을 손에 넣는 방법을 알고 있었다.

버스 승객들은 그의 눈에 들어오지 않았다. 버스는 가로수 길을 달리다가 주택가를 지나 드디어 상점가로 들어섰고, 왕래하는 차의 수도 늘기 시작했지만 너무도 익숙한 풍경이어서 그는 쳐다보지도 않았다. 깁슨 씨는 대단히 불쾌하면서도 동시에 위험할 정도의 달콤한 기분으로 편지의 내용을 생각하고 있었던 것이다.

비참한 말을 장황하게 쓰고 싶은 유혹은 크지만, 그것을 극복하지 않으면 안되겠지. 이것이 냉정한 선택이라는 것을 로즈메리에게 이해시키지 않으면 안된다. 절대로 그녀를 나무라는 말투를 써서는 안된다……쓰기 괴로운 편지다. 이 목적에는 어떤 말이 적당할까?

때마침 자신으로 돌아온 깁슨 씨는 번화가의 네거리에서

내렸다. 다른 모든 캘리리포니아의 도시들과 마찬가지로 이 작은 도시도 마치 잡초가 무성하듯이 퍼져 있었다. 대학을 옛 중심부에 가까운 공원 속에 버려두고……도시는 사방의 골짜기로, 저지대(低地帶)로 그 손길을 뻗치고 있었다. 그러나 집슨 씨는 그곳에는 가지 않을 것이다……교정을 걷거나 누군가에 의해 이름이 불리는 일은……이젠 두번 다시 없을 것이다. 모두들 그다지 가엾게 여기지는 않을 거라고 그는 생각했다. 그를 대신해서 좀더 젊은 사람이 부임해 오겠지…….

폴 타운젠드의 연구실은 학교 반대 방향으로, 한 블록 반 정도 떨어진 곳에 있다. 집슨 씨는 절룩거리는 다리로 그쪽을 향했다. 다음 행동을 마음속으로 그리는 동안……그는 문득 깨달았다. 그것을 넣을 그릇을 가져가야 한다. 그는 식료품 가게에 들러 선반에 진열된 작은 병 중에서 가장 먼저 눈에 띄는 것을 샀다. 그것은 꽤 비싼 2온스들이 수입 올리브유 병이었다.

그것을 상점에서 준 녹색 종이봉지 안에 넣고 집슨 씨는 폴의 실험실이 있는 건물로 들어갔다. 벌써 1시이다. 아직 점심시간이었다. 접수대에는 젊은 여자가 앉아 있었다.

"난 케네스 집슨이라고 합니다. 타운젠드 씨의 옆집에 살고 있는 사람이죠. 이곳에 들러서 책상 속의 편지를 갖다 달라는 부탁을 받았소만." 하고 아주 침착하게 집슨 씨는 말했다.

"예, 알았습니다. 제가 갖다드릴까요, 집슨 씨?" 하고 아가씨는 친절하게 말했다.

"편지가 있는 곳을 제가 정확히 알고 있으니까, 만일 방해가 되지 않는다면……."

"그렇게 하세요." 하고 아가씨가 말했다. "그럼, 이쪽으로 깁슨 씨." 아가씨는 알고 있었다……국문과의 깁슨 교수라면……신용이 있는 사람. "이곳이에요." 하고 아가씨는 상냥하게 그를 실험실로 안내했다.

그는 약품 진열장은 쳐다보지도 않고 폴의 책상으로 다가가 왼쪽 맨 윗서랍을 열고 낡은 편지 다발 속에서 무작위로 한 통을 꺼냈다. "아무래도 이것 같군."

"분명합니까?"

"예……." 깁슨 씨는 곤란한 듯한, 어색한 듯한 표정을 지었다. "저, 이곳에는……그……화장실은……?"

"예." 아가씨는 바로 그 순간 지극히 사무적이고 새침한 표정으로, "바로 저기예요." 하고 문을 가리켰다.

"예, 고맙소."

그의 예상대로 아가씨는 밖으로 나갔다.

깁슨 씨는 자그마한 화장실로 들어가 올리브유가 든 작은 병의 뚜껑을 벗기고 조심해서 속에 든 것을 세면대에 흘려 보냈다.

그는 그곳에서 나왔다. 지금 실험실에는 아무도 없다. 열쇠는 손쉽게 찾을 수 있었다. 그는 333번을 꺼냈다. 분명한 동작으로 속에 든 액체를 준비한 병 속에 부었다. 작은 구멍에서 작은 구멍으로 액체를 옮기는 것은 꽤 미묘한 작업이지만 그는 끝까지 냉정했고, 정신은 아주 맑았다. 거의 한 방울도 흘리지 않았다.

그는 액체의 일부분밖에 따르지 않았다. 그는 333번을 원래의 위치에 갖다놓으면서 독약이 줄어든 것을 당분간은 알지 못할 거라고 생각했다. 지문을 닦는다든가 하는 일도 하지 않았다. 병째로 가져가지 않은 것은 그에게는 시간이 필요했기 때문이다. 집으로 돌아갈 시간. 편지를 쓸 시간. 독약이 없어진 것이 금방 발견되고, 접수대의 아가씨가 심문을 당하고, 그의 이름이 알려지고 거추장스러운 일이 생기게 되는 것이 싫었다.

깁슨 씨는 훔친 독약을 녹색 봉지에 넣고 진열장을 잠그고서 열쇠를 원래의 장소에 감추고 방을 나왔다. 침착하고 냉정하게, 일류 도둑이 될 수 있었을지도 모른다고 그는 생각했다. 어쩌면 그가 진짜 도둑이었다고 해도 별 차이는 없었을 테지만……

번화가의 네거리에서 버스를 기다리고 있는 동안 그는 잠시 지각을 잃었다. 버스가 와서 올라탔을 때 누군가가 그의 이름을 부르는 것 같았다. 그러나 분명치는 않았다. 더구나 누군가가 그의 이름을 불렀든 부르지 않았든 그 순간 그것은 중요하지 않았다. 그래서 그는 재빨리 버스에 올라탄 뒤 창가에 앉았다.

한 그루의 나무, 사랑의 접붙임이
내 마음속에 뿌리를 내렸네.
그 봉우리, 그 꽃은 슬프고
그 열매는 더욱 애처롭도다.

아아, 그만둬! 낡아빠진 말을 무의미하게 떠벌이는 것은 그만둬. 비용(15세기 프랑스의 유명한 도둑 시인)은 그 옛날에 죽었다.

건성으로 밖의 풍경을 바라보고 있는 동안 한 가지 생각이 장난처럼 불안정한 마음을 스쳐갔다. 아까는 혹시 무슨 초자연적인 경고의 소리가 아니었을까? 그러나 그는 자신이 하고 있는 일을 분명히 의식하고 있었다. 죽음. 그것이 무엇인가? 그는 운명으로부터 한 발자국 밖으로 내딛는 것뿐이다. 그것이 남자답지 않다거나 비이성적이라고 할 수는 없다. 공명정대한 하나님이라면 이해해 주겠지.

그것을 편지에 어떻게 쓸까? 쓸 수 없을 것 같다. '너무 피곤해⋯⋯' 라고 쓰자. 아냐, 아냐. 거짓말을 할 필요가 있을지도 모른다. 거짓말이든 아니든 이런 경우에는 아무런 관계도 없겠지만. '난 겉모습처럼 멀쩡하지가 않다. 난 상당히 오래 전부터⋯⋯' 자신의 정신상태에 의심을 품고 있었던 체할 필요가 있을까 ? 그래, 그렇게 얘기해서⋯⋯로즈메리에게 이해를 구하자. 게다가 케네스 깁슨 자신이 알고 있는 바로는 그는 정말 미쳤는지도 모른다. 실제로 이 행위의 이유를 스스로도 잘 모르고, 아무리 노력해도 알 수 없었다. 운명. 그의 의식의 빙산에 잠재해 있던 동기가 활동하고 있는 것이다. 그것은 그의 이해를 필요로 하지 않는다.

차가운 절망 속에 잠겨 있는 깁슨 씨에게는 바깥 풍경도 버스 안의 것도 전혀 보이지 않았다. 버스는 운명지어진 시내의 코스를, 운명지어진 사람들을 싣고 그 숙명을 향해서 달리고 있는 것은 아닐까? 그는 생각했다. 만일, 로즈메리에게 뭐라도 해줄 수 있다면, 누군가에게 무엇이라도 해주는 것이 가능하다면⋯⋯죽지 않아도 좋다. 그러나 모든 것은, 모든 것은 운명지어져 있다. 서로 돕는 것, 서로 사랑하는 것조자 난순한 작삭에 불과힌 깃이디.

어떤 시간과 공간의 감각에 자극받은 그는 다음 정류장이 슈퍼마켓 앞이라는 것을 깨달았다. 그곳에서 그는 일어서서 거의 장님처럼 되어 있는 눈에 통증을 느끼면서 출구 쪽으로 걸어갔다. 출구에서 한 발 내디뎠을 때 다시 누군가가 자신의 이름을 부르는 소리가 들리는 것이었다.

천사의 목소리인가? 뭐, 이제부터 할 일이 영원히 저주받을 행위라고 할지라도 그는 실행할 것이다. 그는 일평생 주어진 의무를 다하고 늘 분명히 행위를 선택해 왔다. 비록 그 선택이 착각일지라도, 지금부터의 행위는 자신의 의무이고 즐거움이라고 그는 생각한 것이다……그래서 실행하는 것이다.

그밖에 또 하나의 의무……지켜야 할 약속이 있다……에셀에게 부탁받은 쇼핑. 그것이 끝나면 그의 의무는 모두 끝난다. (아주 멋진 평화가 오는 것이다.)

제*14*장

깁슨 씨는 큰 슈퍼마켓 안으로 들어가 손수레를 밀면서 통로를 따라 걸었다. 그는 양상추를 고르고 코코아를 사고 빵을 잘라 사고……치즈(에셀이 좋아하는 종류)를 샀다. 그리고 로즈메리를 위해서 홍차를 샀다.(그녀는 틀림없이 좋아하겠지.)

심한 무력감에 아무 말도 하지 않고 멍하니 계산대 앞에 서 있는데 담당 아가씨가 버튼을 누르고 합계금액을 읽어내렸다. 그는 커다란 갈색 봉지를 두 팔로 꼭 안고 그곳을 빠져나왔다. 그리고 동쪽으로 두 블록, 북쪽으로 한 블록을 걸었다…….

별장의 한쪽 구석에 핀 장미꽃은 벌써 시들었다.

타운젠드 집 현관 앞에는 휠체어를 탄 파인 부인이 앉아 있었다. 노부인은 밝게 그에게 손을 흔들었다.

깁슨 씨는 비틀거리는 걸음을 힘껏 내딛으면서 파인 부인과 얘기할 수 있는 거리까지 다가갔다. (이 사람에게 물어보면 된다. 폴에 대해서. 그리고 카톨릭에서는 결혼이나 이혼한 여자를 어떻게 보고 있는지에 대해서……그러나 왜 묻는 걸까? 그는 로즈메리와 인연을 끊고 그 뒤의 여생을 그녀와 그 남편의 친구로서 보낼 마음은 조금도 없는데. 그래, 그는 인생의 그런 탈출구를 바라지 않는다. 오히려 탈출구는 존재하지 않는다고 스스로 믿고 있다. 이 행위는 로즈메리를 위해 하는 것이라면서 스스로 자신을 속이는 편이 낫다고 그는 불쾌한 듯이 마음속으로 말했다.)

그는, "오늘은……." 하고 작은 소리로 말을 꺼냈다.

"저런!" 노부인은 몸을 앞으로 내밀면서 말했다. "꽤 무겁겠어요, 깁슨 씨."

"그렇게 무겁진 않습니다." (사실은 무거웠다. 식료품과 죽음을 집어넣은 봉지는 정말 무거웠다.)

"건강은 어떻습니까, 파인 부인?" 그는 거짓 미소를 지었다.

"예, 덕분에." 하고 노부인은 말했다. "오늘은 멋진 날씨예요." 그 목소리에는 독특하면서도 조금 오싹할 정도의 건강미가 넘쳤다. "이렇게 양지바른 곳에서 햇볕을 쬘 수 있다는 건 거짓말처럼 멋진 일이에요."

"그래요." 하고 그는 대답했다. "그렇군요……그럼……."

그는 비틀비틀 두 개의 드라이브웨이를 가로질러갔다. 폴이, "여어! 안녕하세요." 하고 외치는 소리가 들렸다. 그러나 깁슨 씨는 못 들은 척했다.

양지바른 곳에서 햇볕을 쬘 수 있다는 건 거짓말처럼 멋진 일이야? 사실이다! 그래, 맞다! 그는 열쇠로 문을 열고 안으로 들어갔지만, 이제 계획을 실행할 수 없을지도 모른다고 생각하기 시작했다. 그렇게 마음에 예리한 통증을 느끼면서 하룻밤 내내 자지 않고 생각했는데——또다시 어리석은 행위의 반복에 지나지 않았던가? 케네스 깁슨은 자살할 수 있는 성격이 아니다. 그렇다. 로즈메리를 자유롭게 해

주고 자신은 평생 동안 그녀와 그 남편의 좋은 친구가 되고, 살아 있는 동안 계속해서 절름거리며 무슨 일에나 참고 견디는 것이 그의 운명인 것이다. 오늘 죽는 것은 운명을 거스르는 것이다. 그건 그의 운명이 아니다. 단지 이렇게 운명지어져 있을 뿐이다……변함없이 말쑥하고 예의바르며, 약간은 신경질적인 남자로 남아 있도록.

그렇게 말하는 것은 양지바른 곳에서 햇볕을 쬘 수 있는 일이 거짓말처럼 멋지기 때문일까! 그것이 한 남자가 살아 있지 않으면 안되는 이유일까?

깁슨 씨는 조금 흥분하기 시작했다. 아냐, 아냐, 기어코 실행해야 해! 결심의 한 순간──필요한 것은 그것뿐이다. 입으로 손을 가져가는 정도의 일이야 어떻게든 할 수 있겠지──아무것도 생각하지 않고…….

그러면 편지를 쓸 시간은……. 안돼, 안돼! 결심은 벌써 전속력으로 도망치려 하고 있다. 하지만, 신에게 운명지어진 자라도 악마에게 호의를 얻을 수는 없을까? 그럼, 서둘러! 그렇지 않으면 이 희비극을 참고 지낼 것. 머릿속 연극의 구경꾼이 되어 자신의 행동을 지켜볼 것. 가능한 한 고통스러운 즐거움을 안고. 에셀처럼 용감하게.

그는 부엌으로 갔다. 그런 용기는──그에게는 없고──그런 용기를 갖고 싶지도 않았다. 이젠 싫다.

커다란 갈색 봉지를 그는 조리대 위에 놓았다. 양상추 한 포기, 치즈 한 개, 빵 한 덩어리, 홍차 상자, 그리고 봉지 바닥에 듬직하게 자리잡은 코코아 통을 꺼냈다. 마지막으로 죽음의 작은 병을 찾아서 손을 더듬었다. 지금 당장 실행하는 거야!

커다란 봉지는 텅 비었다.

자, 빨리.

그러나 손에는 아무것도 잡히지 않았다.

그의 죽음은 하나의 수수께끼가 되겠지. 죽음은 언제까지나 수수께끼이다. 그런데 도대체 어디로——?

작은 병을 넣은 조금 구겨진 녹색 종이봉지를 그는 쇼핑할 때 손수레 속에 넣었었다. 계산대의 아가씨는 그것을 그의 쇼핑백 안에 넣었는데. 넣지 않았나? 여기에는 없다.

어디로 간 걸까? 그가 훔쳐온 그 무서운 극약이?

그는 재킷 주머니를 살펴보았다. 여기에 없을까? 여기에도 없어!

모두 꿈이었나? 아냐, 올리브유를 화장실의 세면대에 흘려보낸 것은 꿈이라고 하기에는 너무나도 생생하다. 그 병에 든 것이 설마 독약이리라고는 아무도 생각지 못할 것이다. 무색무취, 마시는 순간 효과가 나타나서…….

그는 무슨 일을 저지른 것이다.

아아, 이번에는 얼마나 무서운 실수를 저지른 걸까?

어디에 두고 온 것이겠지. 전혀 해가 없어 보이는 독약이 든 작은 병을. 죄도 없는 사람들이 출입하는 공공 장소에?

그는 충격으로 거의 쓰러질 것 같았다. 그리고 급격한 반동이 오고, 피가 온몸을 돌며 안돼 안돼 하고 외치기 시작했다.

자, 이것으로 끝이다. 케네스 깁슨의 끝이다. 그에게 보내어졌던 경의는 모두 영원히 사라져 버렸다. 그리고 누군가 다른 사람이 독약 때문에 죽는 것이다. 그가 미리 막지 못한다면.

모든 의도가 갑작스럽게 변한 탓인지 그는 비틀거리며 전화로 다가갔다. 다이얼을 돌렸다. "경찰을." 하고 그는 말했다. 그 목소리는 자신의 목소리라고는 생각되지 않았다. 그에게 감춰져 있던 얼마간의 용기가 전부 덤벼들어 그를 똑바로 지탱해 주고 있었다. 사태를 직시하는 것이 좋다. 잘 알았다. 이제 우스운 짓은 정말 질색이다. 나쁜 버릇이 한꺼번에 빠져나가 버린 것 같았다.

별장의 현관문이 열렸다. 아내 로즈메리가 그곳에 서 있었다.

"애기하고 싶은 것이 있어서요." 하고 자신의 마음을 가만히 바라보는 듯한 표정으로 그녀가 말했다. "돌아왔어요. 나——지금까지와 같은 겁쟁이여서는 안된다고 생각해서——." 그녀의 안색이 변했다. "케네스, 무슨 일이에요."

잠자코 있으라는 신호로 그는 손을 들었다. 단 한 가지만을 남겨놓고 그밖의 다른 생각은 모두 쫓아버린 것이다.

"경찰입니까? 난 케네스 깁슨이라고 합니다. 나는 위험한 독약을 넣은 작은 병을 잃어버렸어요." 아주 분명한 발음, 힘찬 말씨였다. "그 병에는 올리브유 상표가 붙어 있어요. 병은 대충 피라미드형이고, 높이는 5인치(약 12.5cm), 녹색 종이봉지에 들어 있습니다. 다시 말해서 독약이라는 걸 아무도 모르도록 되어 있는 거죠. 무슨 대책을 강구해 주시지 않겠습니까? 찾을 수 있을까요? 사람들에게 주의를 요할 수 있을까요?"

로즈메리는 몸을 웅크리고 문에 기대어 있었다.

"훔친 겁니다. 실험실에서……약품 이름은 몰라요. 무색무취에……극약입니다……예, 그렇습니다. 메인 앤드 캐브

릴로의 네거리에서 5번 버스를 탄 것이 1시 15분 지나서였습니다. 램버트 거리에서 내린 것은……1시 45분쯤이었다고 생각합니다. 슈퍼마켓에서 10분이나 15분 정도 있었어요. 그러니까 2시 조금 지나 그곳을 나와……그렇습니다. 집까지 걸어와서……방금 그것이 없어진 것을 발견했습니다. 아뇨, 분명합니다……그걸 올리브유 병에 넣은 사람이 바로 나기 때문에……올리브유의 상표 말입니까? 어떤 왕의 이름이었어요……그렇습니다. 내가 한 짓입니다……왜냐하면 내가 그 약을 사용할 생각이었거든요." 수화기 저쪽에서 퉁명스럽게 얘기하는 상대에게 그는 자세히 설명했다. "나는 자살할 생각이었습니다."

로즈메리는 흐느껴 울었다. 그는 그쪽을 보지 않았다.

"예, 누군가가 죽을지도 모릅니다. 그래서 전화한 겁니다……." 초조함을 애써 억누르는 목소리이다. "그렇습니다. 나는 범죄자입니다." 하고 깁슨 씨는 말했다. "뭐라고 해도 좋습니다. 단, 그 약을 찾아주십시오. 어떤 수단을 써서라도 말입니다."

그는 다시 자기 이름을 말했다. 그리고 주소, 전화번호. 수화기를 내려놓았다.

"무슨 일이에요?" 하고 로즈메리가 말했다.

그녀의 모습을 다시 볼 수 있으리라고는 생각지 않았는데.

"케네스, 그게 아니에요. 그게 아니에요. 난 그럴 생각이 없었어요."

그는 로즈메리가 말하는 것을 거의 듣고 있지 않았다. 그는 거칠게 말했다. "양장점으로 돌아가. 그리고 이 일은 모르는 것으로 하라고. 쓸데없는 걱정하지 말고 내버려둬. 나 때문에 누군가가 죽을지도 몰라. 난 사람을 죽이게 될지도 몰라. 이제 당신에게는 아무 쓸모도 없는 남자야. 모른 체해 줘." 로즈메리가 사라져 버렸으면 좋겠다고 그는 생각했다. 하지만, 사라지지 않을 것이다.

로즈메리는 용수철처럼 문에서 튕겨나와 그의 앞에 버티고 섰다. "아뇨, 모른 체할 수 없어요. 그런 일은 일어나지 않아요. 아무도 죽지 않을 거예요. 우리들이 찾아내요, 그 독약을."

그는 절망적인 몸짓을 했다. "소용없는 일이야, 로즈메리. 그런 꿈 같은 얘기는……."

"그렇지 않아요." 하고 로즈메리가 말했다. "그건 거짓말이에요. 독약은 꼭 발견될 거예요. 나라면 할 수 있고── 반드시 찾아낼 거예요. 당신도 함께 가요. 폴도 도와 줄 거예요!" 하고 그녀는 외치면서 몸을 홱 돌려 문으로 다가갔다. "가요……." 하고 명령조로 말했다.

"좋아." 하고 깁슨 씨가 말했다. "노력해 보지."

그는 햇볕이 내리쬐는 곳으로 걸어갔다. 혹독하게 추웠다. 죽은 것이나 다름없었다. 운명이 무엇인지는 모르지만, 어차피 이 충격에── 파멸할 인간이기 때문에──죽을 수 없었던 것은 오히려 불행이라고 그는 생각했다.

로즈메리는, "폴! 폴!" 하고 외치며 달렸다.

울타리 뒤에서 폴이 불쑥 일어섰다. "무슨 일입니까?" 하고 그는 명랑하게 말했다.

"도와 줘요. 케네스가 독약을 가지고 있었는데……그걸

어딘가에서 잃어버렸다는군요. 무슨 일이 있어도 찾아야 하는데.”

“독약이라뇨! 무슨 말이죠!”

“당신의 차를 타요. 부탁해요, 폴. 독약은 올리브유 상표가 붙은 병에 들어 있어요. 누군가가 가지고 갔을지도 몰라요. 슈퍼마켓에서 잃어버렸나 봐요. 아니면 버스 안이거나. 빨리 가야 해요.”

폴은 열쇠 꾸러미를 던졌다. “차를 내와요.” 하고 그는 말했다. 그의 손은 깁슨 씨의 팔을 잡고 있었다. “부인이 말한 것이…….”

“전에 말한 333번이오.” 하고 깁슨 씨는 분명하게 말했다. “시내로 나가서 당신의 약품 진열장에 있는 것을 훔쳐왔소.”

“도대체 왜——!”

“자살할 생각이었지.” 하고 깁슨 씨는 변명하지 않고 말했다. 변명의 여지가 없었던 것이다. “그런데 누군가 다른 사람을 죽이는 수단이 되어버렸소.”

폴은 한 걸음 뒤로 물러서며 마치 더러운 것이라도 만진 듯이 황급히 손을 뗐다. 그리고는 돌아서서 로즈메리를 향해 고함쳤다. “경찰에 연락했습니까?”

그녀는 폴의 차고로 들어가려던 참이었다. “예, 했어요! 서둘러요! 빨리!” 하고 그녀는 외쳤다.

폴이, “어머니에게 얘기해야 돼요——셔츠를 입고——.”라고 말하며 현관으로 뛰어갔다. “날 두고 가면 안돼요.” 하고 그는 돌아서서 어깨너머로 외쳤다. 깁슨 씨는 잠자코 서 있었다. 로즈메리는 차고 안에서 차에 시동을 걸고 있었다.

그러나 주위는 차분히 적막에 싸여 있었다. 이 위기는 아품을 느끼지 못하는 육체에 꽂힌 단검과도 같았다. 원인을 제공한 깁슨 씨 자신은 오히려 아무 말도 하지 않고 우두커니 서서 라벤더 향기를 맡으며 태양열의 희미한 무게를 느끼고 있었다. 시간의 흐름 속에서의 이 한 순간을 그는 절실히 느끼고 있었다. 이 황망한 상태는 자살한 것이나 다름없는 느낌이었다. 하지만, 그것과 동시에 그는 다시 태어나고 있었다. 그는 눈을 감고 광선의 애무에 얼굴을 맡겼다.

드디어 폴의 디 소트(자동차의 종류)가 분주히 다가왔다. 그것이 멈추자 로즈메리가 기세좋게 문을 열고 몸을 내밀었다. "타요."

깁슨 씨는 아무 생각 없이 그녀가 잡아 끄는 대로 앞좌석에 얌전히 올라탔다. 로즈메리는 폴이 운전해 주리라고 믿고 있는 것처럼 보였다.

반나의 상반신에 걸친 푸른색 셔츠의 단추를 채우면서 폴이 나왔다. 그는 긴 다리를 핸들 아래로 집어넣었다. "어디로 갑니까, 로지?"

"슈퍼마켓." 하고 그녀는 분명하게 말했다.

깁슨 씨는 두 사람 사이에 끼어 있었다. 마치 밀랍인형이 된 기분이었다.

"지니에게 집으로 돌아오라고 전화했습니다." 하고 폴은 마치 입이 저절로 움직이고 있는 듯한 태도로 말했다. "지금 음악 수업을 받으러 갔거든요. 30분 정도라면 어머니 혼자서도 괜찮을 거예요. 방금 침대에 눕혀 드렸죠. 어머니에겐 이유를 말하지 못했어요. 깜짝 놀라게 해놓고 올 순 없었거든요……뭐라고 합니까, 그는?" 하고 폴은 화가 나는 듯이 말했다.

"난 미쳤소." 하고 깁슨 씨가 조용히 말했다. 이것이 가장 편한 설명이다. 그는 이미 공포나 고통을 초월한 것이다.

"아아, 제발 슈퍼마켓에 있었으면." 하고 로즈메리가 말했다. "빨리 찾아야 할 텐데. 폴, 그 약을 알아요? 진짜 독약인가요?"

"분명 위험한 약품이에요. 전에 그에게 말했던 대로—— 그런데 어떻게 해서 손에 넣을 수 있었죠?" 폴은 화를 내며 물었다.

얼이 빠진 깁슨 씨가 사정을 설명하는 동안 폴은 이를 악물지 않고는 도저히 그냥 있을 수 없다는 듯이 표정을 찡그렸다. 깁슨 씨는 제멋대로 얘기를 늘어놓고 상대는 그것을 듣고 있었지만, 그 말을 별로 믿지 않는 분위기였다. 폴은 땀을 흘리고 있었다. 차는 위태롭게 달리고 있었다. 슈퍼마켓까지는 세 블록 정도 남았다. "집에서 뭘 하고 있었소, 로지?" 폴이 더 이상 참을 수 없다는 듯이 말했다.

"이분에게 할 얘기가 있었어요. 단 둘이서만. 난 싫었어요—— 오늘은 비로소 에셀이 직장에……." 차가 모퉁이를 돌았다. "위험해! 경찰차야!"

깁슨 씨가 아픔을 느꼈다 해도 그것은 가벼운 의심과 비슷했다. 그는 의심스러웠다. 이번에는 무슨 일이 일어날 것인가?

그는 이 의심을 떨쳐 버리고 일상의 감각을 되찾으려고 했다. 이런 식으로 거리를 돌아다니며 나는 무엇을 하고 있는 것일까? 나는 누구인가? 저 사람들은 누구인가? 바쁘게 왕래하는 사람들은……로즈메리는 두 발을 차 밖으로 내민 다음 슈퍼마켓의 주차장 인도에 내려섰고, 폴은 반대편으로 내렸다.

순간 깁슨 씨는 내버려진 듯한, 이상하게 노출된 듯한 기분으로 그대로 좌석에 앉아 있었다. 폴의 차 문은 양쪽 모두 열려 있었다. 그의 존재의 깊은 곳에서 뭔가가 움직이기 시작했는데, 그것은 또 아주 가벼운 기분이었다. 그것은 호기심이었다.

그래서 그는 몸을 틀어 가능한 한 빨리 차에서 내렸다. 두 사람의 뒤를 따라 절름거리며 빠른 걸음으로 슈퍼마켓 안으로 들어갔다.

제15장

　“**알**고말고요.” 하고 계산대의 아가씨가 말했다. 곱슬곱슬한 검은 머리에 눈은 엄청나게 크고 검은데다가 귀에는 아주 큰 금색 귀고리를 달고 있었다. “늘 저분은 멋지다고 생각했어요. 아시겠죠, 그 의미? 예, 분명히 보았어요. 그분이에요. 그렇지만 녹색 봉지는 못 봤어요. 그건 이분이 쇼핑한 물건 속에 섞여 있지 않았어요. 녹색 종이봉지는 없었어요. 그러니까……” 아가씨는 키가 큰 경찰에게 다가가서 동경하는 표정으로 경찰을 올려다보았다. “점심시간 조금 지나서는 그다지 바쁘지 않거든요. 언제나 그래요. 그래서 이분이 들어오는 걸 알았죠. 저쪽 입구에서요. 안색이 좋지 않았어요. 마치 병에 걸린 것처럼. 손에는 아무것도 들고 있지 않았어요. 갖고 있었다면 주머니 속이 아닐까요? 주머니는 살펴보았습니까?”

　“주머니 속을 찾아보았어요?” 하고 로즈메리가 당황한 얼굴로 그에게 덤벼들어서 뒤지기 시작했다. (그녀는 전혀 다른 사람처럼 보였다.) 그 다음에는 경찰이 뒤지려는 기색을 보이자 깁슨 씨는 마치 인형처럼, 또는 어른에게 인정을 받지 못하는 어린아이처럼 의지하는 사람 없이 우두커니 서 있었다.

계산대의 아가씨는 울음섞인 목소리로 말했다. "이분이 왜 그런 일을 하려고 했을까요? 아, 난 아주 멋진 분이라고 생각했는데……손님 중에는 싫은 사람도 있어요. 그런데 이 분은 늘 멋있었죠." 깁슨 씨가 이미 고인이라도 된 것처럼 아가씨는 과거형을 사용했다. 아무도 대답을 하지 않았다.

"게다가 말이에요——." 하고 아가씨는 울상을 지으며 계속했다. "다른 손님의 봉지에 그 녹색 봉지를 넣은 기억 도 없어요. 이 매장에서 계산한 사람은 불과 서너 명뿐이었 거든요. 그러니까 이곳에는 없어요. 처음부터 독약을 가지 고 있지 않았는지도 모르죠." 아가씨는 깁슨 씨의 얼굴을 조심조심 쳐다보았다.

"이곳에 없다면——." 하고 로즈메리가 절박한 목소리로 말했다. "틀림없이 버스 안에 있을 거예요."

"잠깐, 잠깐만 기다려요." 하고 경찰이 말했다. "그전에 ——." 경찰의 눈빛은 차가웠다. 그 눈동자는 깁슨 씨를 마 치 물건처럼, 거치적거리는 장애물처럼 보고 있었다. (경찰 은 아마 이런 방해물에 익숙해 있는 것이 틀림없다.) "버스 를 탔을 때 그 독약이 든 녹색 봉지를 가지고 있었던 건 확 실한가요?"

"예, 확실합니다." 하고 깁슨 씨는 태연하게 말했다.

"그리고 집에 도착했을 때는?"

"없었어요."

"마음이 혼란스러웠군요." 하고 경찰이 말했다. "그럼, 버 스에서 잃어버렸다고 생각해요?"

"왜 '잃어버렸는가' 하면——." 하고 깁슨 씨가 대답했다. "그건 아마 잠재의식에서 바라지 않았던……." 말이 앵무새처럼 그의 내부에서 튀어나왔다.

로즈메리가 거칠게 그의 팔을 잡았다. "그럼, 모르는 사람이 죽기를 바란 거예요?"

순간 날카로운 목소리가 가로막았다. "아냐." 깁슨 씨는 외쳤다. "아냐, 아냐."

"어머, 보세요!" 하고 로즈메리는 이상하게 의기양양한 표정으로 말했다. "역시 그건 사실이 아니에요!"

폴이 말했다. "잠깐 기다리세요. 경찰은 뭘 하고 있는 거죠?"

경찰이 대답했다. "물론 그 버스를 찾고 있습니다. 그리고 방송도 하고요. 나는 이 건물을 샅샅이 수색했습니다. 혹시……."

"그래서 가망은……."

경찰은 어깨를 으쓱했다. 이 남자는 그런 생각은 별로 해보지 않은 것이다. 이 남자는 불쌍한 사람이다. 지금까지 싫을 만큼 사건을 목격해 왔다. 따라서 최선을 다하는 것 이외의 생각을 해보지 못한 것이다. "그 병을 발견한 사람이 —— 올리브유 병이잖아 —— 하면서 내버려둘 수도 있지요." 하고 경찰은 말했다. "또는 집으로 가지고 가서 사용할지도 모르고. 다른 사람의 행동은 아무도 알 수 없으니까요."

에셀이라면 알 수 있을 것이라고 깁슨 씨는 생각하고, 순간 그 생각을 신경질적으로 말하려 했다.

"우리도 버스를 찾을 수 있잖아요?" 하고 로즈메리는 재촉하듯이 말했다. "추적할 수 없을까요?"

"그렇게 한다 해도, 확신할 순 없어요." 하고 폴이 말했다. "그것보다는, 괜찮겠습니까, 이분을 의사에게 보이지 않아도……?” 폴은 신경질적으로 말했다.

로즈메리가 말했다. “어쨌든 서둘러요, 빨리…….”

이젠 계산대의 아가씨까지 나섰다. “꼭 찾아 주세요! 나쁜 일이 생기지 않았으면 좋으련만!” 그리고 깁슨 씨를 곁눈질해 보면서 말했다. “저, 이제 이분은 괜찮은 거죠. 그렇죠?” 어쩐지 아가씨도 걱정이 되는 모양이다.

깁슨 씨는 대답할 수 없었다. ‘괜찮다’는 것은 도대체 어떤 상태를 말하는 것일까 하고 그는 생각했다. 어렴풋이 슬픔을 느끼면서.

세 사람은 재빨리 조금 전처럼 차에 올라탔다.

“5번이죠, 이 가로수 길을 다니는 버스가?” 하고 로즈메리가 물었다.

“응.”

“그런데 어느 버스인지 알 수 없잖아요? 그 버스의 번호 같은 걸 기억하고 있는 거 없어요?”

“없어.”

“하지만, 경찰에서는 그 버스의 번호를 알 수 있을 거예요. 당신이 시내에서 버스를 탄 시간과 슈퍼마켓 앞에서 내린 시간은 알고 있겠죠?”

“아마 그럴 거야.”

“그럼, 경찰이 이미 알아냈는지도 몰라요. 아마 알아냈을 거예요. 지금, 2시 15분이거든요.”

로즈메리는 수다쟁이가 되어 있었다. 그것은 소리로 모습을 바꾼 불안이었다. 깁슨 씨는 짤막한 말로 대꾸했다. 폴은 차를 운전하고 있었다. 그의 운전 솜씨는 그다지 훌륭하다고 할 수는 없었다. 차는 부자연스럽게 달렸다. 폴이 초조한 모양이었다. 깁슨 씨는——이상스럽게도 자신의 (완벽한) 파멸 덕분에 자신으로부터 떨어져 있었다——다섯 개의 감각이 정확히 움직이고 있는 것을 느낄 수 있었다. 옛날의 힘이 다시 생겨나는 기분이었다. 이미 박살나 버린 것은 아니었다. 폴이 마치 불행에 닿는 것을 두려워하기라도 하듯이 몸을 움츠리고 있는 것을 그는 알아차렸다. 폴은 거의 미신적으로 자살에 실패한 남자를 무서워하고 있는 것이다.

변명을 하지 않으면 안되겠다고 깁슨 씨는 생각했다. 첫 번째 문제는……그는 이미 자신의 도리를 생각할 수 없었다. 이 두 사람 사이에 끼어서 이렇게 앉아 있는 것이 이상하게 생각되었다. 두 사람은 사람을 죽게 할지도 모르는 운명으로부터 그를 구출해 내려고 열심인데. 운명……아아, 그래, 그 말이었다. 그는 겨우 생각이 났다.

"난 편지를 쓸 생각이었어." 하고 그는 말했다. "변명이 아니라……적어도 난——."

"그래요, 그럼 됐어요!" 하고 로즈메리가 침착하게 말했다. "이젠 됐어요. 그 얘기는 그만. 당신이 무슨 생각을 했었는지, 지금 무슨 생각을 하고 있는지 모르지만. 지금은 그 무서운 약을 찾아내어 아무도 피해를 입지 않도록 하는 것밖에 없어요. 그것이 끝나면——." 하고 그녀는 어두운 목소리로 말했다. "얘기하세요. 하고 싶으시다면. 폴, 좀더 속력을 낼 수 없어요?"

"그런 말을 하다니." 폴은 초조한 듯 땀을 흘리면서 말했다. "지금 사고 일보 직전의 최대한의 속력이란 말이오."

로즈메리는, "알았어요." 하고 말하고는 여자다운 작고 가냘픈 주먹으로 차의 옆부분을 쿵쿵 때렸다. "모두 내 탓이에요, 일이 이렇게 된 것은." 하고 로즈메리는 말했다.

깁슨 씨가 반항하려 하자, 그녀는 고개를 홱 돌려 똑바로 그의 눈을 쳐다보았다. "그리고 당신도 나빠요. 우리 모두 나빠요. 그것이 진짜 이유예요. 그것이 사실이라는 걸 난 증명해 볼 거예요. 피곤해요." 하고 그녀는 말했다. "굉장히 피곤하군요——."

폴이 말했다. "그만해요, 로지. 이분은 틀림없이 정신이 이상해진 거예요. 정신이 이상해졌다고 생각하면 편하잖아요?" 그는 로즈메리의 입을 다물게 하고 싶은 모양이었다.

그런데 깁슨 씨는 오히려 이상한 감정의 충만함을 맛보고 있었다. 그는 생각했다. 그래, 물론 내가 나쁜 거야.

가로수 길은 두 개로 갈라져 있었다. 잡초가 돋아난 중앙에는 버스가 다니기 이전의 전철의 선로가 남아 있었다. 가로수 길 양쪽에는 작은 단층집들이 늘어서 있었다. 그것들은 모두 매력적인 캘리포니아 스타일로서 잔디가 깔린 정원이 있고, 제각각 화려한 색으로 칠해져……분홍색, 노란색, 연두색……맑게 갠 하늘 밑에서 청결하고 밝게 빛나고 있었다. 그리고 아름다운 목걸이에 매달린 커다란 구슬처럼 가끔 상점가가 나타났다. 큰 식료품 가게가 있고, 그 도로를 따라서 어미새와 떼지어 놀고 있는 병아리들처럼 빨강과 노랑, 그리고 오렌지색의 화단이——잡화점과 세탁소가 있었다.

10분 정도 달리자 가로수 길은 중앙의 분리대를 잃어버리고 주택가 사이를 누비고 달릴 만한 길로 바뀌었다. 앞에는 좁고 긴 골짜기가 있어서 마치 마을 끝에라도 온 듯한 느낌이 들었고, 그곳의 집들은 아주 작고 보잘것없는 시골 풍의 모습을 하고 있었다. 깁슨 씨는 두 사람 사이에 앉아서 이 모든 풍경을 마치 다른 별에라도 온 것처럼 멍하니 바라보고 있었다.

도중에 버스 한 대를 추월했고, 잠시 뒤 또 한 대의 버스를 따라잡았다. 그 어느쪽도 문제의 버스일 리는 없다.

지금 계속 애기하고 있는 사람은 폴 타운젠드이다. "5번 버스는 분명히 갈아타는 정류장에서 돌아올 겁니다. 그리고 당신이 버스에서 내린 시각이 1시 45분경이었다고 한다면, 그 버스가 반환점에 도착한 시각은 2시 40분이나 40분 조금 지나서일 거고, 그럼, 돌아오는 버스를 만날 수 있을지도 몰라요. 지금 몇 시죠? 2시 반?"

"그 버스는 보기만 해서는 구별이 안돼요." 깁슨 씨가 말했다.

"경찰이 알 거예요. 길 반대편을 똑바로 보고 있어요……."

깁슨 씨의 두뇌는 나약하기는 하지만 활동하고 있었다. "병을 주운 사람은——." 하고 그는 자신과는 전혀 상관없다는 태연한 투로 말했다. "도중의 어느 정류장에서 내렸을지도 몰라요."

"그래요. 하지만——." 폴의 눈이 신경질적으로 흘끗 깁슨 씨를 노려보았다. 폴은 불안을 표현하고 싶었지만 그럴 용기가 없었다.

"사실 버스가 일단 돌아오게 되면——그때는 이미 나와 함께 있었던 승객들은 이미 한 사람도 타고 있지 않다는 애기가 되지."

"병을 주운 사람이 운전사에게라도 신고했을지도 모르죠.

분실물 창구가 있을 테니까요."

"있겠지." 하고 깁슨 씨는 참을성 있게 말했다.

"사람들은 주운 음식을 바로 먹는 걸 꺼리잖아요." 하고 폴이 말했다. "뚜껑을 딴 거라면 더욱 그렇죠. 뚜껑은 땄습니까?"

"뚜껑은 없어요. 뚜껑을 돌려서 여는 병이라서……."

"병에는 어느 정도 들어 있습니까?"

"가득."

"그건 올리브유처럼 유동적이지 않으니까."

"아니, 기름 같았소." 하고 깁슨 씨가 말했다. "게다가 그 병에서는 올리브유 냄새가 났고."

"하지만——." 폴이 대꾸했다. "비록 우리들이 찾아내지 못한다 해도……경찰이 라디오로 방송하고 있어요. 그걸 잊지 마세요. 아까 경찰이 그렇게 말했잖아요."

"모든 사람이——." 하고 깁슨 씨가 말했다. "하루 종일 라디오를 들을 순 없잖소?"

로즈메리가 나섰다. "그럼, 우리들은 각오해야겠군요." 그녀는 고개를 돌려 아까처럼 그를 쳐다보았다. 그 눈동자는 짙은 푸른색이었다. 깁슨 씨는 문득 깨달았다. 로즈메리의 몸속에는——로즈메리의 얼굴 뒤에는——그가 사랑한 로즈메리의 정숙함 속에는——또 다른 인간이 있는 것이다. 그가 모르는 과격하고 성난, 단호한 정신. 그 정신이 정곡을 찌르듯이 말했다. "만일 누군가가 그 독약으로 인해 죽는다면 당신은 구치소에 가겠군요?"

"그렇겠지." 이렇게 그는 말하고 그런 것은 아무래도 상관없다고 생각했다.

“아무튼 당신은 엉망진창이 되겠군요?”

“그래.”

“세상에 알려질 테고⋯⋯.”

슈퍼마켓에 있었던 사람들, 버스 승객, 거기에 경찰, 이웃 사람, 세상 전체. 그래, 하고 깁슨 씨는 생각했다. 모든 사람들에게 알려지겠지⋯⋯.

“그러나 아무도 죽지 않고 우리들이 독약을 찾아낸다면——.” 하고 로즈메리가 말을 이어나갔다. “다른 어떤 일이라도 참을 수 있어요. 그건 사실이 아니니까요.”

깁슨 씨는 손을 들어 눈을 가렸다. 그가 아는 바로는 그건 분명히 사실이다.

“정신차리세요.” 하고 폴이 초조히 말했다. “결과를 지금 알 순 없으니까요. 지금 몇 시죠? 10분 전 3시——이제 버스가 돌아올 거야.”

“어머!” 로즈메리가 외쳤다. “어머⋯⋯저기! 있어요! 있어!”

제*16*장

정말 두 대의 버스가 있었다. 그중 커다란 노란 버스 하나가 도로 옆에 멈춰서 있었다. 흑백의 경찰차가 바로 뒤에 달라붙어 있었다. 그 옆에는 경찰관 두세 명과 버스 운전사인 듯한 사람이 서 있었다.

또 다른 버스는 몇 야드 전방에 정차해 있었고, 한 떼의 ——열두세 명 정도의—— 사람들이 타고 있었다. 그들은 한 사람도 빠짐 없이 모두 고개를 돌려 경찰을 쳐다보고 있는 것 같았다.

폴은 난폭하게 방향을 바꿨다. 차는 덜커덩 하고 튀면서 경찰차 뒤에 멎었다. 시간은 2시 54분. 깁슨 씨는 다리를 절룩거리며 도로와 철조망 사이에 돋아난 먼지투성이 잡초를 밀어헤치면서 동행인 두 사람의 뒤를 따라 울퉁불퉁한 자갈밭 위를 걷고 있었다. 이런 비상사태치고는 조금 뜻밖의 광경이었다. 비상사태라는 것은 대개 뜻밖의 장소에서 일어나는 것이라고 깁슨 씨는 생각하고 있었다.

"나는 깁슨 부인입니다." 라고 말하는 로즈메리의 큰 목소리가 들렸다. "제 남편이……저, 찾았나요? 여기 있습니까? 독약이?"

세 명의 남자들은 아무도 입을 떼지 않았다. 그래서 깁슨 씨는 아직 찾아내지 못했구나 하고 생각했다.

"저 버스에 타고 있는 사람들은 누구죠?" 세 사람이 잠자코 있었으므로 로즈메리가 다시 물었다. "무슨 일이에요?"

"버스 승객들입니다." 하고 경찰이 말했다. "저 사람들은 ——단 한 사람도——아무것도 모른다는군요. 빨리 돌아가고 싶어할 뿐이죠." 그리고 몸을 흔들며 말을 이었다. "당신이군요, 올리브유 병에 넣은 독약을 잃어버린 사람이?" 경찰은 폴이 아닌 깁슨 씨를 집어냈다……깁슨 씨는 고개를 끄덕였다. "이 버스에서는 발견되지 않았어요."

"어느 자리에 앉았었죠?" 하고 다른 경찰이 나섰다.

깁슨 씨는 좌우로 고개를 흔들었다.

"봉지의 크기는?"

깁슨 씨는 잠자코 두 손으로 크기를 만들었다.

"종이 봉지라고 했나요?"

깁슨 씨는 고개를 끄덕였다. 이 젊은 경찰은 아주 불쾌한 표정으로 깁슨 씨를 흘끗 쳐다보고는, 입을 비틀어올려 공기를 들이마쉰 뒤 열어젖혀진 버스 속으로 기세좋게 뛰어들어갔다. 이런 사건이 조금도 반갑지 않다는 것을 분명히 태도로 나타낸 것이다. 그의 동료인 나이 먹은 남자는 커다란 마스크를 쓰고 있었는데, 버스에 오르려고 하는 로즈메리를 도와 주었다. 폴도 안으로 들어갔다. 네 사람은 부지런히 머리를 위아래로 움직이면서 경찰이 이미 수색한 곳을 살폈다.

깁슨 씨는 먼지투성이의 잡초 속에 서 있었다. 이것이 그 버스인가? 그가 탔던 것이 이 버스인가? 그에게는 자세한 기억이 전혀 없었다. 어쨌든 그는 이렇게 햇볕을 받으면서 먼지투성이의 땅에 서 있는 것이다. 뒤에도 끝없는 대지가 펼쳐져 있다……그리고 그는 죽지 않았다.

버스 운전사는 30대의 마른 남자로 깜짝 놀랄 만큼 창백하고 긴 얼굴을 가지고 있었는데, 이 사람 역시 바지 주머니에 손을 찔러넣고 잡초 속에 서서 깁슨 씨를 지켜보고 있었다. "당신이군요, 죽기로 작정한 분이, 예?" 하고 버스 운전사는 다정하게 말했다.

깁슨 씨는 깜짝 놀랐다. "실패했소." 하고 그는 비꼬아 말했다.

버스 운전사는 입술을 쑥 내밀고 이빨 앞으로 혀를 집어넣은 표정을 지었다. 그리고 천천히 버스로 다가가서 출입구에 반쯤 몸을 들이밀었다. "이분은 오른쪽 맨 가운데 부근의 창가에 혼자 앉아 있었어요." 하고 그는 외쳤다.

버스 안의 네 사람은 그 말이 끝나자마자 일제히 오른쪽으로 모여들었다. 버스 운전사는 다시 천천히 걸어와서 벽 같은 노란 버스 옆에 기대었다.

"정말 실패한 건가요?" 하고 그는 깁슨 씨에게 물었다. "하긴 햄릿도 바보짓을 했죠? 또 할 생각이세요?" 그의 속눈썹은 엷은 갈색이다.

"글쎄." 하고 깁슨 씨는 간단히 대답했다. "나중 일은 일이 되어가는 형편에 맡겨야지." 하고 어깨를 펴고 조금 도전적인 자세를 취했다.

"깁슨 씨라고 하셨나요? 교수님이시라면서요?" 하고 남자가 물었다. "뭘 가르치고 있습니까?"

"시."

"시! 예에!" 남자는 싱긋 웃었다.

"죽음을 노래한 시가 많이 있죠?"

"사랑을 노래한 시도 많소." 하고 깁슨 씨는 마비된 것 같은 입술로 말했다. 정말 이상한 대화, 전혀 꿈에도 생각지 못했던 대화다.

"그래요——사랑과 죽음." 하고 버스 운전사가 말했다. "그리고 신과 인간이라든가——그렇게 이 세상의 일을 모두 노래하고 있죠."

"이 세상의 일?" 깁슨 씨는 눈을 깜박거렸다.

"그렇지 않은가요?" 하고 버스 운전사가 말했다. "농담이 아니에요."

젊은 경찰이 버스에서 내려왔다. "소용없어요." 하고 그는 말했다. "딴 곳이에요. 나중에 다시 한 번 찾아보기로 하죠."

"예에?" 하고 운전사가 대답했다. "왜 자신의 눈을 믿지 않는 거죠?"

"눈은 터무니없는 실수를 할 때가 있으니까요." 하고 경찰은 딱딱하게 말했다.

"난 상관없어요. 일을 못하게 된다 해도 조금도 걱정할 것 없거든요. 좋은 날씨로군요." 버스 운전사는 다시 생각에 잠긴 듯한 눈으로 깁슨 씨를 바라보았다.

로즈메리가 버스에서 뛰어내려왔다. "이젠 어떻게 하면 좋죠!"

폴이 뒤에서 그 팔을 잡았다. "집으로 돌아가는 것이 최고요, 로지." 하고 그는 중얼거렸다. "라디오 방송이 유일하게 남은 희망이에요. 기다리는 것밖에는 방법이 없어요, 우리가 할 일은."

"당신, 이분을 기억하고 있어요?" 하고 로즈메리가 버스 운전사에게 말했다.

"기억하고말고요."

"종이봉지를 봤나요?"

"봤을지도 모르죠." 버스 운전사는 눈을 가늘게 뜨고 말했다. "버스 요금을 낼 때 이분은 작은 봉지를 다른 손으로 바꿔 들었던 것 같은 기억이 있어요. 단지 기억에 불과하지만, 분명히 있었어요. 제가 도움이 되면 좋을 텐데."

"이분이 내릴 때 무엇을 가지고 있었는지 기억하세요?"

"그건 모르죠. 내리는 사람은 내게 등을 돌리게 되니까."

"저, 이분이 앉았던 자리 뒤에 누가 앉았었는지는……?"

"글쎄요. 잠깐만, 이분은 램버트에서 내렸죠? 그래요, 그곳에서——이분이 내린 정류장에서 녹색 폰티액 차와 대수롭지 않은 신경전을 벌이게 됐어요. 그 폰티액과 서로 경쟁을 하느라 다른 것에는 전혀……."

"버스는 만원이었나요?"

"아뇨, 그 시간에는 말이죠……."

"당신, 이거 아세요?" 하고 로즈메리가 말했다. "마시면 바로 죽는 약이란 말이에요. 그런데 그게 다른 병에 들어 있어요, 아시겠어요?"

버스 운전사는 별로 화도 내지 않고 상냥한 목소리로 말했다. "알아요."

"누군가 녹색 봉지를 가지고 내린 게 아닐까요?"

"전 어쨌든 손님들이 내릴 때 뭘 가지고 있는지 알 수 없지요." 하고 버스 운전사는 참을성 있게 되풀이했다.

로즈메리는 두 손을 꽉 모아쥐고 도로 맞은편을 바라보았다.

폴이 말했다. "누군가가 주웠다면 도저히 찾을 수 없어요. 그 사람이 라디오 방송을 듣고 있을는지도 알 수 없고."

두 경찰은 잠자코 이 대화를 듣고 있었다. 나이먹은 경찰은 몸의 체중을 반대편 다리로 옮겼다.

"아니에요." 하고 로즈메리가 말했다. "우리가 할 수 있는 일이 한 가지 있어요." 하고 그녀는 버스 운전사를 향해서 말했다. "당신은 그곳에 있었으니까. 그때 다른 누군가가 있었던 것을 기억하시죠?"

"예?" 하고 버스 운전사는 얼굴을 찌푸렸다.

"우리가 만나볼 수 있는 사람이 없을까요? 마침 그곳에 있다가 뭐라도 봤는지 모르잖아요."

"잠깐 기다려 주세요." 하고 운전사는 오싹한 듯이 말했다. "그게 독약이라고요?"

폴이, "아주 강한 독약이오." 하고 말하면서 화가 난 표정을 지었다. "이분이 내 실험실에서 훔쳤어요. 처음부터 독약이라는 걸 알면서 말이에요. 아, 그만 집으로 돌아갑시다."

"모르는 사람은——." 하고 로즈메리는 다시 운전사에게 말을 걸었다. "병의 상표를 믿어 버릴지도 몰라요. 죽을 생각이 전혀 없는, 우리들이 모르는 누군가가. 대부분의 사람들은 상표를 믿겠죠?"

"그렇겠죠." 하고 운전사가 말했다. "믿는 것이 당연하죠……그래요, 금발의 아가씨가 타고 있었어요."

"금발의 아가씨?"

"맞아요, 그 아가씨가 모르고……설마……아냐." 버스 운전사는 기대고 있던 자세에서 몸을 일으키며 힘을 주어 말했다. "금발의 아가씨에게 독을 마시게 해서는 안돼!" 운전사는 벌떡 일어섰다. "저게 당신의 차예요?"

"그 금발의 아가씨가 누구요?" 하고 젊은 경찰이 끼여들었다.

"이름은 몰라요."

"어디에 살고 있는 아가씨인데?"

"주소도 몰라요."

"그 아가씨가 확실히 버스에 타고 있었소?"

"예, 타고 있었어요."

"당신은 그 아가씨의 이름도 모르면서……어떻게……?"

"내가 그녀에게 관심을 갖고 있다는 것을 그녀는 몰라요——아직은요. 그러나 가까운 시일 안에……아아, 시간낭비야. 그럼, 난——." 하고 버스 운전사가 계속 이어서 말했다. "찾으러 가겠어요. 한 가지 확실한 것은 그녀가 항상 내리는 정류장이에요. 난 그녀를 찾아낼 수 있어요. 그 아가씨에게 독을 마시게 해서는 안돼!"

그는 폴의 차가 있는 곳으로 걸어갔다.

"그래요, 그래! 폴." 하고 로즈메리가 외쳤다. "케네스, 가요! 모두 가서 그 사람을 찾아봐요. 그 사람이 뭘 알고 있을지 몰라요……자, 서둘러요!"

모두들 떼지어 폴의 차로 달려가려 했다.

나이먹은 경찰이 외쳤다. "잠깐……우리 경찰이 정식으로 수색하면 어떨까요? 그 집에 경찰차를 파견하면 눈깜짝할 사이에……."

"어디로 파견한다는 거죠?" 하고 운전사가 말했다. "나도 어딘지 몰라요. 정류장만 알고 있을 뿐이죠. 앨런 가(街)와 가로수 길의 네거리. 그것만으로 당신들이 찾아낼 수 있을까요? 친절은 고맙지만 역시 내가 찾아야 해요. 나는 한번 보면 알 수 있으니까.”

“이 버스는 어떻게 하죠?”

“사람의 목숨이 걸린 문제예요.” 하고 폴의 차에 손을 대면서 운전사가 말했다. “해고시키고 싶으면 시키라지.” 바로 뒤에 폴이 있었다. “열쇠를 주시죠.” 운전사가 말했다.

“내 차니까……내가 운전하겠소.” 폴은 마음이 괴로운 모양이다. 입을 꽉 다물고 있었다.

“당신은 초보자가 아닌가요?” 운전사가 이렇게 말하고 폴의 손에서 열쇠를 집어들었다.

깁슨 씨는 로즈메리의 손에 이끌려 재촉당하고 있다는 것밖에는 아무것도 이해할 수 없었다. 그와 로즈메리는 뒷좌석에 앉았다. 폴은 버스 운전사의 옆에 앉았다.

“잘 해보세요.” 하고 나이든 경찰이 부드러운 어조로 말했다. “그리고 이쪽으로 연락 주시오.” 젊은 경찰은 풀을 씹고 있었다.

버스 운전사는 레버를 올렸다. 폴의 차는 급히 후진했다가 포장도로로 미끌어져 나갔다. 차는 마치 주인의 손에서 즐거이 조종되고 있는 듯한 느낌이었다. “내가 운전하는 편이 시간도 절약될 거예요.” 하고 버스 운전사가 말했다. “운전은 내 본업이니까. 사람은 제각기 잘하는 일이 한 가지씩은 있기 마련이거든요.”

“좋소.” 폴은 중얼거렸다. 그는 등을 구부리고 있었다.

일행은 다시 시내 쪽으로 돌아갔다.

제17장

"**난**리 커페이입니다." 하고 갑자기 버스 운전사가 말했다.

폴은 등을 주욱 폈다. 어느 정도 안심이 되고 기분도 좋아진 모양이다. "나는 폴 타운젠드입니다." 하고 늘 그렇듯이 상냥한 목소리로 그는 말했다.

"깁슨 씨의 이웃에 살고 있는 사람이죠."

"그러세요? 이분은 깁슨 씨의 부인이군요?"

"로지." 하고 폴이 말했다. "이쪽은 리 커페이 씨."

"아내는 로즈메리라고 하오." 이렇게 말하는 자신의 큰 목소리가 깁슨 씨에게도 들렸다. "난 케네스 깁슨. 내가 문제의 남자요⋯⋯."

"처음 뵙겠습니다, 로즈메리 부인." 하고 버스 운전사가 어깨너머로 말했다. "저, 케네스 깁슨 씨, 왜 그런 생각을 하시게 됐죠⋯⋯독약을 마시다니?"

깁슨 씨는 바싹 마른 입술을 혀로 적셨다.

폴이 재빨리 나섰다. "아니, 아니, 그 얘기는 그만둡시다. 그건 일시적인⋯⋯이분은 자신이 한 일을 잘 몰라요. 아마 정신이 잠깐 이상했었나 봅니다. 이젠 괜찮아요."

"어떻게 갑자기 좋아졌죠?" 하고 버스 운전사가 물었다.

“그건 이분이 깨달았기 때문이죠……친구들이 곁에 있다는 사실을. 살아갈 이유는 얼마든지 있어요.”

“일종의 사탕 같은 거로군요.” 하고 버스 운전사가 말했다.

“그게 무슨 소립니까?”

“잘은 모르지만——.” 하고 차를 중앙의 유리한 샛길로 솜씨좋게 내몰면서 버스 운전사가 말했다. “왜냐하면—— 가령 어떤 사람이 자살을 결심하고 높은 바위 위에 서 있었다고 해봐요……그러면 누구나 그 사람을 설득해서 내려오도록 할 겁니다. 시시한 사탕으로 유혹하는 거죠. 모두 당신의 친구예요. 집으로 돌아가요. 개가 기다리고 있어요. 맥주도 마실 수 있잖아요? 초콜릿을 드세요……원래 인간이 스스로 자신의 목숨을 취하려 할 때에는 누구든 좀더 진지한 것을 생각하게 되죠. 사탕 같은 것을 들고 나오는 경우는 없잖아요?”

“그건 다릅니다.” 하고 깁슨 씨가 엄숙하게 말했다.

“그럴까요?”

“사탕 한 개로 충분할 때도 있지요.”

“물론이죠.” 버스 운전사가 대꾸했다. “음, 그래요……당신은 잘 아시겠군요. 그거 아주 재미있네요.”

차는 계속 달리고 있었다. 그다지 빠른 속도는 아니다. 그러나 망설이거나 실수해서 1초라도 낭비해서는 안된다. 깁슨 씨는 이상하게 자신이 흥분해서 이 운전 솜씨에 감탄하고 있다는 것을 깨달았다.

“혹시 제게 말씀해 주실 생각이 있다면…….” 하고 버스 운전사가 말을 꺼내자 폴이 다시, “아니, 안돼요…….” 하고 말했다.

집슨 씨는 정직하게 대답했다. "당신에겐 얘기하고 싶소. 지금 당장이 아니더라도." 그는 흥미있어 하는 정신과 자신이 접촉함으로 인해 완전히 지친 듯하면서도, 한편으로는 안심이 되는 듯했다. 어떤 뚜껑을 손쉽게 열고 들여다본 정신……그 뚜껑은 엄격하고 숨가쁘게 그가 흥미 있어 하는 것을 모두 가두어놓고 있는 것이다.

그는 살짝 로즈메리를 훔쳐보았다. 로즈메리의 눈에는 희미한 미소가 머물러 있었다. "당신의 금발 아가씨 얘기를 해주세요, 커페이 씨." 하고 아주 쾌활한 목소리로 그녀가 말했다.

"이 꼴을 보세요." 하고 버스 운전사가 입을 열었다. "미녀구출작전이라고 말하고 싶은 심정입니다만, 좌우간 상대는 내가 애타게 그리워하고 있는 걸 전혀 모르니……조금만 얘기해 볼까요. 그 아가씨는 거의 매일 버스를 이용해요. 나는 단지 쳐다보기만 하죠. 그러던 중에 조금씩 여러 가지 것을 알게 됐어요. 그래서 결심하고 말을 걸어 보려고 했는데, 그럴 용기가 나지 않더군요. 아무래도 좋지만 말이에요. 아무튼 좋아하게 된 것만은 분명하니까. 따라서 장난으로라도 독약을 내버려둬서는 안돼요. 이런 얘기를 듣게 되면 그녀는 화를 내겠죠, 집슨 부인?"

"로즈메리예요." 하고 점잖게 로즈메리가 말했다. "아뇨, 그 아가씨는 화를 내지 않을 거예요, 커페이 씨. 조금도 화를 내지 않을 거라고 생각해요."

"리라고 불러 주세요." 버스 운전사가 말했다. "어쨌든 이상한 이야기죠. 저, 로즈메리, 그녀는 아름다운 금발 머리를 갖고 있답니다."

"당신은 정말 재미있는 분이군요." 하고 로즈메리가 사이를 두지 않고 말했다.

"그럴 겁니다." 이렇게 대답을 끝내고 리 커페이는 생각에 잠겼다.

그때 평범한 질문으로 대화에 끼어든 것은 폴이었다. "버스 운전을 오래 했나 보죠?"

"10년 됐어요. 복직하고 나서부터 계속했죠. 나는 생각하는 것을 좋아한답니다."

"생각하는 것이 좋다고요?" 폴이 앵무새처럼 되뇌었다. 도무지 이유를 모르겠다는 표정이다.

"되새김 같은 거죠. 소의 되새김." 하고 버스 운전사가 말했다. "그래서 다른 사람들에게 도움도 줄 수 있고, 창조적이기도 한 일이 좋아요. 너무 허겁지겁 목표를 향해 달려가거나……단지 돈만 벌 욕심만 가지고는……생각하는 것이 소홀해지지요. 이건 내 경우에 국한되는 얘기인지도 모르지만. 어쩌면 나만의 생각일지도 몰라요."

폴은 당혹감에 초조해서 말했다. "그 아가씨를 어떻게 찾아내죠? 그 금발의 아가씨를……?"

"이 사람은 틀림없이 찾아줄 거예요." 하고 입을 딱 벌린 채로 로즈메리가 말했다.

"그렇게 생각지 않아요, 케네스?"

"그래." 하고 깁슨 씨가 대답했다. "그렇게 생각해." 그는 가슴이 철렁했다. 차는 빨간 신호에 걸려 부드럽게 멎었다.

"커페이 씨——아니, 리." 갑자기 로즈메리가 크게 숨을 들이마시며 뒷좌석에 무릎을 댔다. "나를 좀 도와 주세요.

알고 싶은 것이 있거든요.”

“물론 내가 할 수 있는 일이라면…….”

“당신은 일류 운전사예요. 당신이 일류라는 걸 알 수 있어요. 내가 알고 싶은 것은……당신이라면 틀림없이 알 거라고 생각해요. 당신을 믿을 수 있으니까.”

“무슨 일입니까?” 하고 신호가 바뀌는 순간 재빨리 차를 출발시키면서 버스 운전사가 물었다.

로즈메리가 다리를 꼰 채 운전사의 귀에 대고 낮게 소곤거리는 것을 듣고 깁슨 씨는 깜짝 놀랐다.

“그날 밤은 안개가 잔뜩 끼었어요.” 하고 로즈메리가 말했다. “내가 운전하고 있었죠. 충분히 조심을 했어요. 분명히……내 기억에는……차는 길 오른쪽으로 달리고 있었어요.”

“그래서요?” 하고 버스 운전사는 재촉하듯이 말했다.

“그리고 차가 달리고 있는 오른쪽으로 깊은 도랑이 있었던 것 같아요. 거의 스칠 정도로 가까이 있었어요……아시겠죠?”

“예……예…….”

“그때 갑자기 정면에서 차가 나타났어요……그 차는 그쪽에서 보면 길 왼쪽을 달려온 거예요. 난 재빨리 어떻게든 하지 않으면 안되었죠.”

“당연하죠.” 하고 리 커페이가 밝게 말했다.

“난 왼쪽으로 핸들을 돌렸어요.” 하고 로즈메리는 숨을 죽였다. “그런데 내가 생각한 것은…….” 그녀는 두 손으로 얼굴을 가렸다.

"그래서 어떻게 됐나요?" 하고 운전사가 물었다.

"상대방의 차가 오른쪽으로 피했기 때문에 충돌한 거예요. 제발 좀 가르쳐 주세요. 당신은 알 거예요, 내 실수인지 아닌지를."

버스 운전사는 마음속으로 상황을 떠올리고 있는 모양이었다. 일행이 탄 차는 가로수 길로 들어서서 중앙분리대가 시작되는 지점을 통과하고 있었다. 창밖으로 풍경이 스쳐지나갔다.

"취할 수 있는 방법은 세 가지가 있습니다." 하고 남자는 태연하게 말했다. "규칙대로 오른쪽으로 피해서……도랑에 빠지는 것이 하나. 하지만, 이건 아주 위험하죠. 또 하나는 이쪽이 규칙을 어기지 않았기 때문에 그대로 아무런 조치도 취하지 않고……상대방이 올바른 방향으로 제대로 피해 주기를 기다리는 것이고. 하지만 이건 침착하고 냉정하면서 규칙을 지키려는 경향이 강한 사람이 아니면 도저히 할 수 없어요. 마지막 하나는 당신이 한 것처럼 왼쪽으로 피해 상대방의 차길을 열어 주는 것……비록 규칙에는 어긋난다 해도 말이지요. 이런 정도가 있지 않을까요?"

"나도 그렇게 생각해서……."

"그렇겠죠."

"예, 그때는 그게 좋겠다고 생각했어요. 사실 난……상대방이 착각해서 자기가 옳다고 생각하고 있을 거라고 판단한 거죠. 설마 상대방도 같은 쪽으로 피하리라고는 생각지 못했어요. 알 수가 없잖아요."

"당신은 조금도 실수하지 않은 겁니다." 하고 리 커페이는 신중하게 말했다. "당신은 하나의 해결방법을 시도해 본

것뿐이지요. 누구라도 그 이상의 것은 할 수 없었을 겁니다. 아주 당연한 일이라고 생각하는데요."

로즈메리의 호흡이 거칠어졌다. "그렇지만 그 결과는, 그 차가 우리 차 오른쪽과 부딪쳐서, 그래서——케네스가 다쳤어요……케네스만이 다친 거죠. 난 멀쩡했고 말예요. 저, 말씀 좀 해보세요……내가 이분을 방패로 사용할 생각이었을까요? 나 대신 이분을 다치게 할 의도였을까요? 그래서 왼쪽으로 피한 걸까요, 정말로?"

"왼쪽으로 피한 이유는 아까 말했잖습니까?" 하고 리 커페이가 말했다.

"난 우리 두 사람의 안전만을 생각했어요. 그런데……알고 보니 도랑 같은 것은 없었어요. 내 착각이었던 거죠. 도랑이 시작되기 훨씬 전의 장소에서 사고가 발생한 거예요."

"안개 때문이었을 겁니다." 하고 버스 운전사가 말했다. "좋아요. 당신은 분명히 오른쪽으로 달렸죠?"

"예."

"상대방의 차는 그쪽에서 볼 때 왼쪽이었고."

"예."

"그리고 당신은 도랑이 있다고 생각했고요?"

"그렇게 생각했지만——에셀은——사고가 아니라고 하더군요. 마치——마치……내 잠재의식이 원하는 일을 일으킨 일이라도 된다는 듯이……."

"사고가 아니라니!" 버스 운전사가 말했다. "그 에셀이라는 사람, 어디 살고 있어요?"

"잠깐만." 하고 로즈메리는 경고하듯이 말했다. "에셀은……아주 똑똑해요. 바보가 아니에요……더구나 친절하고."

“그런가요? 하지만, 한 가지 당신에게 일러두고 싶군요. 그런 얘기를 하는 사람은 똑똑하지 않다는 사실 말입니다. 사고는 어디서나 일어날 수 있어요.”

“그럴까요, 정말?”

“‘잠재의식’이라고 했나요? 그래요, 그 여자가 말하려는 걸 알겠어요. 알고말고. 사고를 버릇처럼 일으키는 작자도 있죠……예, 이제 분명히 알 수 있어요. 그게 병처럼 된 사람 말입니다. 그런 사람의 부주의 때문에……하지만, 당신의 경우는 달라요.”

“정말 다를까요?” 로즈메리는 떨고 있었다.

“아니면, 사고를 낼 이유라도 있었나요?” 하고 버스 운전사는 반문했다. “당신의 잠재의식은 무엇을 하고 있었을까요? 설명해 주시겠습니까? 공중으로 날아올라가 상대편 차에 탄 녀석의 잠재의식과 함께 의논이라도 하고 있었나요? 그 에셀의 말이 옳다면 상대방은 사고를 일으키지도 않았을 겁니다. 마치 당신의 잠재의식이 상대방의 잠재의식에게, ‘이봐, 형씨, 난 어쩐지 사고를 내고 싶단 말야. 이의 없겠지? 당장 한바탕할까?’ 라고 하자 상대방의 잠재의식이, ‘좋아 좋아. 잘 만났어. 나도 마찬가지야. 나도 어쩐지 사고를 내고 싶던 참이었어……지금이든 언제든 좋아. 그럼, 자세한 것은 이러이러하고 저러저러해…….’ 우스운데…….” 버스 운전사는 퉤 하고 침을 뱉는 시늉을 했다. “그 두 개의 잠재의식이 그때 그곳에서 마주친 것은 우연이 아니라는 얘기군요. 만일, 당신이……한쪽만이 사고를 일으키고 싶어했다면……다른 한쪽은 어느쪽이든간에 사고를 당하게 되겠죠. 그러며 어느쪽이 사고를 일으킨 건가요, 아니면 일으키지 않은 건가요? 당신인가요, 상대방인가요, 예?"

로즈메리는 아무 말도 하지 않았다. 기도할 때처럼 무릎을 꿇고 있었다.

"그럼——." 하고 커페이는 계속했다. "어디부터 어디까지 알면 사고를 일으키지 않을 수 있을까요? 그러나 어디부터 어디까지를 아는 사람이 과연 있을까요? 예감이라는 건 그뿐이에요. 언제 누가 무엇을 하는지는 아무도——알 수 없어요——아무도 몰라요. 당신이나 당신의 잠재의식이라도 말이에요. 아주 많아요! 이 세상에는 사건이 너무 많아요. 따라서, 사고는 어디서든 생길 수 있습니다. 알겠습니까, 내가 한 말의 의미를?"

"예." 하고 로즈메리는 대답했다. "예, 알았어요." 그녀는 깊은 한숨을 내쉬었다.

"사고로 이익을 보는 사람은 주의깊은 사람이나 조심성이 있는 사람이죠. 하지만, 그외에도 민첩한 반사신경도 필요해요. 알겠습니까? 그렇다고 사고가 일어날 때마다 항상 득을 보는 건 아니지만——."

"로즈메리——." 하고 집슨 씨가 딱딱하게 말했다. "에셀은 당신에게 그런 얘기를 하지 않았어. 당신이 고의로 내게 상처를 입혔다는 얘기를 했을 리 없어."

"고의라고 하지는 않았죠. 그래요——그렇지만 현실이 그렇기 때문에 내가 그런 생각을 한 것이 틀림없다고 말했어요. 에셀은——." 로즈메리는 흐느껴 울었다. "나를 '탓하지' 않는다고 했어요. '그 심정 이해한다'고 늘 말했어요. 아아, 케네스, 미안해요——에셀을 탓하고 싶지는 않지만, 그러나 이건……오래 전부터……."

폴이 화가 난 목소리로 끼여들었다. "에셀이 한 말은 신경쓰지 않아도 된다고 내가 전부터 얘기했잖아요."

"말은 쉽지만 행하기는 어렵죠." 하고 버스 운전사가…… 서슴지 않고 분명하게, 문득 생각이 난 태도로 말했다.

"운명이야." 하고 어리둥절한 상태에서 자기로 돌아온 집슨 씨가 중얼거렸다. "그래——운명이야——어쨌든……."

"그래서 잠재의식이라는 것은——." 하고 버스 운전사가 중단되었던 강의의 새로운 한 장을 시작하듯이 한 손을 들며 말했다. "그들이 말한 그대로도 있고, 마음속에서 여러 가지 것을 조종하고 있는 면도 있지요. 하지만, 문제는 그것뿐만이 아니에요. 예를 들면 당신이 만일 이분에게 상처를 입히려고 했다면 그건 무엇 때문이죠?"

"그건——." 하고 로즈메리가 멍하니 얘기를 하기 시작했다. "아니에요, 그런 것은." 그녀는 몸을 움직여 자세를 바로했다.

"따라서 당신은 사고라고 했는데." 하고 리 커페이가 말했다. "결코, 절대로……난 그 에셀이라는 사람이 생각하고 있는 걸 모르겠어요."

로즈메리는 울고 있었다.

집슨 씨는 오히려 로즈메리에게 불끈불끈 화가 치밀어올랐다. "에셀은 완전무결한 사람이 아냐, 로즈메리." 하고 그는 화가 나서 말했다. 그리고 문득 못된 장난을 생각해 냈다. "그리고 언젠가 에셀이 버스 운전사들은 꽤나 덜렁댄다고 했었지. 그런데 지금 보는 대로……."

"뭐라고요!" 리 커페이가 고개를 쳐들었다. "말이 나와서 하는 얘긴데, 우리 버스 운전사만큼 조심스러운 사람들도 아마 없을 겁니다. 조심이 우리들의 생명인걸요. 책임이 막중한 일이라서 그럴 겁니다. 농담이 아닙니다. 비가 오든, 무슨 일을 당하든, 아무리 길이 복잡하든간에 시간표대로 달리지 않으면 안되고, 어떤 돌발사고가 생기더라도 안전을 우선으로 해야 하죠. 집에서 고용하고 있는 자가용 운전사 25명을 데리고 온다 해도 조심이라는 점에서는 우리 버스 운전사 한 사람을 당할 수 없어요." 그는 침을 튀겨 가며 말했다. "우리들은 잘되든 못 되든 모험은 할 수 없어요. 그럴 자유가 없는 거죠. 많은 차들이 왕래하고, 통행인은 많고, 국민학생에, 미치광이에, 주정뱅이에……우리들은 세상 사람 모두를 조심하고 있는 겁니다. 그것을 잘 조종하지 않으면 안되기 때문이지요. 우리가 만일 사고라도 일으켜 보세요. 그것이야말로 사고가 아닐까요? 그 에셀이라는 사람이 한 말——? 도대체 누굽니까, 그 에셀이라는 사람?"

"내 누이동생이오." 깁슨 씨가 말했다. 함부로 얘기하고 난 뒤여서 그런지 조금 당황되고, 그러면서도 껄껄 웃고 싶은 심정이었다. 지금 웃는 것은 아무리 생각해도 무례하다.

"누이동생인지 아닌지 모르겠지만——." 하고 버스 운전사는 음울한 소리로 말했다.

"누이동생은 우리들을 돌봐……주러 왔소……그 사고가 있은 뒤에……."

"사실대로 말하면——." 폴이 띄엄띄엄 입을 열었다. "우리들은……어머니와 지니와 나는……에셀에게 그다지 호감을 갖고 있지 않아요. 왠지 쌀쌀하고 거만해서……."

"에셀은 내 동생이오!" 깁슨 씨가 말했다.

"덜렁이라고요?" 하고 버스 운전사는 중얼거렸다. "버스 운전사는 모두 덜렁이라는 건가요? 이 범주에 들어가는 사람이 전부 덜렁이? '옳아, 그대들은 목록에 의해서 인간을 다루지만…….'"

"셰익스피어를 좋아하시오?" 하고 깁슨 씨가 물었다.

"좋아하죠. 대사의 의미가 빨리 이해되질 않아 대사의 스타일을 뭐라고 할 수는 없지만 말입니다. 당신도 셰익스피어를 좋아하십니까?"

"셰익스피어를 아주 좋아한다오." 하고 뜻밖의 즐거움에 가슴설레면서 깁슨 씨는 말했다. "그럼, 브라우닝은 좋아하시오?" 하고 아주 성급하게 그는 물었다.

"좋아하는 점도 있지요. 대개는 좋아한답니다. 그 표현에 익숙해질 때까지는 더욱 그래요."

"브라우닝은 난봉꾼이었는데?"

"귀부인들은 우리들다도 품위 있게 되새길 여유가 있기 때문이죠." 하고 리 커페이가 대꾸했다. "적어도 리벳공이나 장군이 되기 전의 여자는 그럴 겁니다."

"일리 있는 얘기요." 깁슨 씨는 아주 즐거워졌다.

로즈메리는 이제 울지 않았다. 그녀는 어깨를 깁슨 씨의 어깨에 꼭 대고 있었다.

"저, 에셀이 언젠가 금발 아가씨에 대해 얘기하지 않았나요?" 하고 그녀는 새침하게 말했다.

"무슨 얘기를요?" 하고 버스 운전사가 물었다.

이를 지켜보고 있던 폴 타운젠드는 안절부절못했다. "쓸데없는 걱정인지도 모르지만──." 하고 그는 우는 소리로 말했다. "그 금발 아가씨의 집은 어딥니까? 그 아가씨가 가지고 있을지도 몰라요. 지금쯤 혹시 위독할지도 모르잖아요.

죽어가고 있는지도 모르죠. 그런데 용케도 셰익스피어나 브라우닝 얘기를 하고 있으니!"

버스 운전사는 냉정하게 말했다. "다음 골목을 돌아 네다섯 블록 안에 살고 있을 겁니다. 지금 몇 시죠?"

"3시 20분. 정확하게는 3시 22분."

"저——, 식사하기 전에 간식으로 올리브유를 사용하는 사람은 없겠죠?"

"어머, 그래요!" 하고 로즈메리가 손뼉을 치며 외쳤다. "생각했던 것보다 여유가 있네요."

"그렇겠군." 하고 깁슨 씨는 희망에 넘쳐 맞장구를 쳤지만, 마음속으로는 통증이——생명의 아픔이——슬슬 머리를 들고 있었다. 사고는 존재한다. 달콤한 팽창감과 찌르는 듯한 불안이 뒤죽박죽이 되어 그를 엄습했다.

사고란 늘 가능성이 있는 것이다.

제18장

앨런 가와 가로수 길의 네거리에는 가로등이 서 있었다. 앨리 커페이는 앨런 가를 향해서 오른쪽으로 구부러졌다. 아무도 말을 꺼내지 않았다. 폴의 차는 유유히 첫 블록을 통과했다. 운전사는 공기 냄새를 맡아서 구분하고 있는 것만 같았다. 차는 네거리 하나를 통과했다. 그리고 잠시 뒤 앨런 가의 두 번째 블록 한가운데에서 차는 멎었다.

리 커페이는 소리내어 상황을 분석했다. 어깨를 으쓱거리고 눈동자를 굴리며, 마치 악한과 같은 말투로 중얼거리는 것이었다. "그녀의 집은 앨런 가 이쪽이에요. 이곳에서 멀지 않은 곳일 겁니다. 늘 앨런 가 이쪽의 가로등이 켜져 있었거든요. 이 맞은편이라면, 가로수 길에서 맞은편으로 바로 건너갔을 거예요."

집슨 씨는 좌석 끝에서 진지하게 고개를 끄덕였다. 그는 이제부터 게임이라도 시작되는 듯한, 조금 어린아이 같은 즐거움을 느끼고 있었다.

"자, 아까 지나온 블록은 모두 두 가구 이상이 살고 있는 집뿐이었어요. 방이 대여섯 개씩은 있는 것 같았거든요. 그런데 이 블록에 있는 집들은 낡고 크니까 틀림없이 하숙하는 사람이 있을 겁니다." 그 말은 옳았다. 이 두 번째 블록은 오래 된 집들뿐이다. 대부분 바닥이 높다. 지붕은 나뭇가지에 닿아 있고, 나무들은 컸다——캘리포니아 시내의 폭발적인 새로움 속에서는 비교적 희귀한 곳이다.

"그녀는 부자가 아닐 거예요." 하고 그는 계속했다. "틀림없이 혼자 살고 있을 겁니다. 가족과 함께 살고 있다면 식구들 중 누군가의 차를 이용했겠죠." 그건 사실이다. 미국 캘리포니아 주에서는. "그 차를 이용했다면 그녀가 버스를 탈 필요는 없었을 테죠. 어때요, 버스 승객들을 꽤 자세히 관찰하고 있죠?"

"그렇지만 어떻게 찾지?" 하고 폴이 말했다. "그 아가씨의 이름도 모르는데."

"우리들은 뭘 해야 하나요, 리?" 하고 로즈메리는 완전히 믿고 있다는 듯이 진지하게 물었다. 그녀도 좌석 끝으로 몸을 쑥 내밀고 있었다.

"이렇게 해요. 우선 현관의 벨을 누르는 겁니다. 한 블록을 모두 동시에 공격하는 거죠. 그리고 당신들은 각각 보통키에 알맞게 살이 찐 간호사 타입의 금발 아가씨가 있는지 물어보세요. 왜 간호사라고 생각하는가 하면……언젠가 흰스타킹을 신고 있더군요. 흰 유니폼을 입는 직업은 많이 있지만, 흰 스타킹은 꼭 필요할 때가 아니면 잘 신지 않잖아요. 아무튼 그녀를 찾거나 소식을 알게 되면 소리를 크게 질러 나머지 세 사람에게 알리는 겁니다. 걸어가는 것을 봤을 때에는 어디로 가는지 물어보고요. 하지만, 왜 그런 것을 묻는지는 말하지 마세요." 그의 눈동자는 깁슨 씨가 움찔거리는 것을 알아차렸다. "그건 시간낭비일 뿐이에요." 하고 버스 운전사는 말했다. "됐습니까?"

이 방법은 누구의 눈에도 아주 이론적이고 확실했다. 네 사람은 곧장 흩어졌다. 로즈메리는 길 건너 블록의 끝 집에서부터 시작했고, 폴은 긴 다리로 성큼성큼 걸어가 왼쪽 끝에서부터 시작했다. 리 커페이는 바로 앞집에 배당됐다. 그의 콧구멍이 실룩실룩 움직이고 있었다. 그 집을 점찍은 이유가 그에게는 분명히 있을 것이라고 깁슨 씨는 생각했다. 그 이유는 리 자신도 설명할 수 없고, 또 설명하고 싶지 않은 것이 분명하다. 리 커페이는 그곳에서 왼쪽으로 차례차례 훑어가기로 되어 있었다. 깁슨 씨는 그 옆집에서 오른쪽으로 움직여 로즈메리와 합류하기로 했다.

그는 다리를 절룩거리며 목표로 잡은 집 현관으로 다가가서 벨을 눌렀다. 대답이 없다. 외출중인 모양이다. 깁슨 씨는 낯선 현관의 계단에 서서 꿈을 꾸는 기분으로 몇 번이나 벨을 눌렀다. (그는 국문과의 깁슨 교수다. 아냐, 그는 미치광이다. 아냐, 그는 범죄자다. 아니면, 그의 운명을 지적해 준 친구들과 절망적인 맹세를 나눈 사람이다. 그들을 실망시키는 일을 할 수 있을까? 모두 운명지어져 있다고 말할 수 있는 걸까? 반은 죽음에, 반은 삶에 걸쳐 있는 깁슨 씨에게는 모든 것이 몽롱하게 느껴질 뿐이다.)

그 집을 포기하고 이웃집으로 발길을 돌리려는 바로 그 순간 날카로운 휘파람 소리에 뒤를 돌아보니, 리 커페이가 그 긴 팔을 마구 흔들며 찾았다고 외치고 있었다.

깁슨 씨는 가슴이 뛰었다. 네 사람 중에서 리 커페이가 냄새를 맡은 것이 기뻤다. 그 마법과도 같은 사태가 그는 즐거웠다. 한 남자가 지성과 직관력을 가지고 어떤 가능성에 도전했고, 드디어 승리를 거두었다는 것은 그것만으로도 황홀하리만치 즐거운 것이다. 낭만적이고 순수한 것이지만 그는 좋았다.

그가 다리를 절룩거리며 다가가자 로즈메리가 달려오고, 그 뒤를 따라 폴도 서둘러 돌아왔다.

단정한 회색으로 칠해진, 뉴 잉글랜드를 연상시키는 판자로 이어 만든 집의 회색 현관에 네 사람은 모였다. 라일락이……서부에서는 귀하고 키우기 힘든 꽃인데도——현관의 난간 옆에 숲을 이루고 있었다. 입구에는 키가 크지 않은 금발 아가씨가 서 있고, 리 커페이가 반쯤 잠긴 눈으로 쳐다보고 있었다.

아가씨는 기다란 파란색 면 실내복을 입고 있었다. 그 머리칼은 방금 잠자리에서 일어난 듯 몹시 헝클어져 있었다. 미간이 조금 넓고, 작고 갸름한 턱을 가지고 있었다. 미인은 아니지만, 매력적인 작은 얼굴이다. 피부는 매끈매끈하고 부드러워 보였다. 입은 꼭 다물고, 회색 눈동자는 아주 맑았다. 이 아가씨에게 있어서 에셀이 말한 것 같은 의미로 '금색'인 것은 오직 머리칼뿐이었다.

"이 사람입니다." 하고 동화에 나오는 아기 곰처럼 리가 말했다.

"무슨 일인가요?" 하고 아가씨가 침착한 어조로 물었다. 쉽게 사건에 동요되지 않을 인물임이 분명하다. 호리호리한 몸매인데도 아주 의젓하고 든든한 느낌이 들었다.

리가 분명치 않은 목소리로 말했다. "혹시 오늘 버스 안에서 올리브유 병을 줍진 않았습니까? 그걸 집으로 가지고 오지 않았나요?"

"아뇨, 줍지 않았어요." 하고 금발 아가씨가 조용히 대답했다.

희망에 찬 승리의 분위기는 빙빙 소용돌이를 치며 시들 해지기 시작했다.

"저——." 하고 로즈메리가 집요하게 물었다. "내 남편을 ……이분을……보지 못했나요?" 그녀는 깁슨 씨를 가리켰다. "버스 안에서요?"

"아뇨, 보지 못했는데요." 하고 금발 아가씨가 말했다. 그 눈동자는 네 사람의 얼굴에서 얼굴로 이동했다. "무슨 일이지요? 당신을 본 적은 있는데." 하고 아가씨는 리 커페이에게 다가갔다. "운전사가 아닌가요?" 그녀의 눈동자는 아주 맑고 차분했다.

"예, 그렇소." 하고 깁슨 씨가 말했다. 그리고 리가 금발 아가씨에게 사정을 털어놓기를 기다렸다. 그러나 리의 엷은 갈색 눈썹은 얌전히 감겨 있었다.

아가씨는 이맛살을 찌푸렸다. "누구든 얘기해 주세요, 무슨 일인지……."

로즈메리가 대변자 역할을 맡았다. 설명이 4분의 1도 진행되지 않았는데 그 작은 금발 아가씨는 아무 말도 하지 않고 손짓으로 일행을 집안으로 안내했다. 이런 사건이 바람을 타면 이웃으로 전염된다고 생각한 모양이다. 네 사람이 응접실의 딱딱한 소파와 의자에 자리잡고 앉자, 로즈메리는 얘기를 계속했다.

이 작은 금발 아가씨는 조용함과 결단의 분위기를 지니고 있었다. 놀라 소리를 지르거나 고개를 끄덕이지도 않고 잠자코 귀를 기울이는 것이었다. 하지만, 자초지종을 듣고는 놀라는 모습이 역력했다.

"그래서 리가……이쪽의 커페이 씨가……당신을 생각해내서——." 하고 로즈메리는 얘기를 끝냈다. "댁에 들른 거예요. 당신이 독약을 가지고 있지 않을까 해서. 아니면, 뭐라도 알고 있지 않나 해서요."

"유감스럽지만 비록 봤다 해도 난 집으로 가지고 오지 않았을 거예요. 그런 짓은 하지 않거든요." 금발 아가씨의 반지를 끼지 않은 깨끗한 손은 무릎을 꽉 쥐고 있었다. "종이봉지나 병 같은 것은 못 봤어요." 이 맑은 눈동자의 아가씨는 독약의 위험에 노출되어 있지 않은 것이다.

이제 더 얘기를 계속할 필요가 없다. 수색은 막다른 골목에 다다른 것이다. 버스 운전사가 금발 아가씨를 기적적으로 찾아냈지만 독약을 찾기는 불가능하다. 이곳에는 없다.

깁슨 씨는 멈칫멈칫 몸을 움직였다. 그는 아무래도 기적을 바라고 싶었다. "이름을 가르쳐 주시겠소?" 하고 그는 충동적으로 말했다. 버스 운전사에게 이름을 기억시키고 싶었던 것이다.

버지니아 세바슨이라고 아가씨는 말했다. 그 이름은 아가씨와 잘 어울렸다. 아주 여자답고 청결하고 얌전한 북구풍의 깔끔한 아가씨다. 로즈메리는 기운을 되찾고 네 사람의 이름을 소개했다. 또다시 예의바른 소개의식이 시작되고, 폴 타운젠드는 아주 상냥하게 인사했다.

그러나 이것은 시간낭비에 불과하다. 깨끗하게 청소되어 있지만 딱딱하고 낡은 이 응접실은 공기조차 어둠침침하게 가라앉아 숨막혔다.

세바슨 양이 말했다. "난 버스 앞쪽에 앉아 있었어요. 당신은 나보다 뒤에 앉아 있었던 모양이군요." 그 진지한 눈은 깁슨 씨를 유심히 보고 있었다. "실례지만——." 하고 아가씨는 리 커페이를 향해, "나를 찾아내다니 상당히 머리가 좋은 것 같군요." 하고 말했다.

"언제였던가——." 하고 리가 대꾸했다. "당신에게서 라일락 향기가 났었는데……."

"당신은 동부 사람인가요?" 하고 아가씨가 다정하게 물었다. "라일락 향기를 구분할 수 있으니."

"어떻게 라일락 향기를 구분할 수 있는지는——." 하고 버스 운전사가 상냥한 목소리로 대답했다. "언젠가 다시 얘기해 드리죠."

금발 아가씨는 눈을 감았다. "나도 좀 도움을 줄 수 없을까요?" 하고 그녀는 중얼거렸다.

폴이 꿈틀 움직였다. "저, 경찰이 이미 라디오로 방송을 했다면, 전화로 알 수 있을……."

"걸어 봐요." 하고 로즈메리가 두 손을 꼭 쥐며 말했다.

버지니아 세바슨 양이 전화가 있는 곳으로 폴을 안내했다. 깁슨 씨는 녹초가 되어 의자 깊숙이 몸을 묻었다. 희망은 사라져 버렸다. 버스 운전사의 마법 모두가. 독약은 아직 발견되지 않았다. 다시 계속해서 사람들을 위협하고 있는 것이다.

입술을 깨물면서 아가씨가 돌아왔다. "나는 간호사인데——." 하고 아가씨는 일동을 향해서 말했다. "이 일은……뭐라고 할까, 아주 충격적이에요."

"이분에게는 나름대로의 이유가 있어서 말이죠." 하고 리 커페이가 다정하게 말했다. "정신이 이상해졌다고 말한다면 간단하겠지만, 그건 또 다른 태만이기도 하지요."

버지니아 세바슨은 고개를 홱 돌리고 날카로운 눈으로 운전사를 뚫어지게 쳐다보았다. "지금 그게 문제가 아니에요." 하고 아가씨는 말했다. "내가 걱정하고 있는 건 라벨이 붙어 있지 않은 그 독약이에요, 커페이 씨. 그게 제멋대로 내팽개쳐져 있는 것이 충격이라고요. 난 약을 조심스럽게 다루도록 훈련받아 왔어요."

"우리도 그것을 찾고 싶어요, 세바슨 양. 진심으로 찾고 싶어요." 하고 그는 점잖게 말했다. 그의 시선은 아주 도전적이었다.

"그렇겠죠, 물론." 하고 아가씨가 말했다. "나도 찾고 싶어요." 아가씨는 그의 도전적인 태도를 느낀 모양이다. "내게도 생각할 시간을 주세요." 아가씨는 앉아서 푸른색 실내복을 당겨 귀여운 발을 덮었다.

폴이 돌아와서 애타게 기다리는 로즈메리를 향해 가라앉은 목소리로 말했다. "소용없어요." 그는 아주 피곤해 보였다. "전혀 연락 없답니다. 지금 3시 반이에요. 도대체 어디 있는 거지?"

"어딘가에 있겠죠." 하고 괴로운 표정으로 로즈메리가 말했다. "어딘가에!"

깁슨 씨는 엉겁결에 녹색 봉지 속에 들어 있는 작은 병을 떠올리려고 노력했다. 어딘가에 있다. 그런데 어디에?

"로지, 도저히 어쩔 수 없어요." 하고 폴이 말했다. "이런 상태로는 아무것도 되지 않아요."

"아뇨, 어떻게 될 겁니다. 조용히 하시죠." 리 커페이가 정중하게 말했다. "버지니아 양이 지금 생각하고 있는 중이거든요." 산호사는 리를 보고 싱긋 웃었다. 그것은 사랑스러운 미소였고, 운전사로 하여금 웃게 만들었다.

"리······," 하고 로즈메리가 울먹이는 목소리로, "버지니아······양, 지금 시간을 쓸데없이······." 하고 말했다.

"생각하고 있어요." 하고 운전사가 재빨리 말했다.

깁슨 씨는 확실히 이해할 수 있었다. 그러나 폴 타운젠드는 이해할 수 없는 모양이었다. 그 훌륭한 체격은 문 옆에 서서 멍한 표정을 지은 채 도대체 무슨 얘기를 하고 있느냐고 묻고 있는 것 같았다. 버지니아도 이해하고 있는 모양이라고 깁슨 씨는 생각했다. 아가씨의 눈이 다시 감겼다. 버지니아는 알아들은 것이다.

아주 멋진 속력으로 감정이 전달된 거라고 깁슨 씨는 생각했다. 리 커페이는 이 아가씨에게 나는 전부터 당신을 좋아했어요, 당신을 좋아해요, 현재의 당신이 좋아요, 당신에게 아주 큰 기대를 걸고 있어요, 하고 이미 말해 버린 것이다. 그리고 아가씨 쪽에서도······화를 내진 않겠어요, 하고 대답한 것이다. 아가씨는 그의 기대에 따르려고 애쓰고 있는 것 같았다. 이 남자가 재미있는 사람이라는 것을 아가씨는 이미 알고 있는 것이다. 그러나 두 사람 다 자신들의 마법을 쫓아가려고 하지 않는다······무엇보다도 우선 깁슨 씨를 도와 줄 생각을 하고 있는 것이다. 버스 운전사가. 금발 아가씨까지도. 그는 갑자기 가슴이 뭉클하고 눈시울이 뜨거워졌다.

모두 잠자코 있었다. 드디어 자그마한 간호사가 조용하고 침착한 어조로 말했다. "내가 알고 있는 사람이 버스에 타고 있었어요. 그게 도움이 될지 모르겠네요?"

"물론이죠." 하고 로즈메리가 벌떡 일어나면서 외쳤다.

"도움이 되고말고요. 정말 고마워요, 정말!"

"그것 봐요, 역시." 리 커페이가 말했다.

"보트라이트 부인이 그 버스에 타고 있었어요." 하고 아가씨는 천천히 일어서면서 말했다. "월터 보트라이트 부인이에요. 서너 대의 차를 갖고 있는 걸로 알고 있는데, 마침 모두 사용중이었나 봐요. 더구나 커다란 짐도 갖고 있어서 이상하다고 생각했죠. 아주 부잔데……남편이 부자예요. 언덕 위의 대저택에 살고 있는 사람이거든요. 분명 그 부인이었어요. 적십자 본부에서 한 번 본 적이 있거든요."

"월터 보트라이트……." 리 커페이는 벌떡 일어나 재빨리 현관으로 달려가서 전화번호부를 안고 돌아왔다.

"그 사람의 전화번호는 안 나와 있을지도 몰라요." 하고 버지니아가 말했다. "확실히 특별한 전화번호였어요."

"번호를 모릅니까?" 버스 운전사는 전화번호부를 무릎에 내려놓았다.

"예, 유감스럽게도."

"그 집은 알고 있습니까?"

"네, 그런데 번지는 몰라요."

"가봐요." 하고 로즈메리가 외쳤다. 폴은 불만스러운 듯이 킁킁거렸고, 버스 운전사는 금발 아가씨의 얼굴을 쳐다보았다.

"모두 함께 가시죠." 하고 버지니아가 말했다. 그녀는 벌써 하얗게 칠해진 '방 안쪽의 손잡이를 쥐고 있었다. "먼저 차에 타세요. 곧 갈 테니까."

리 커페이는 싱긋 웃고 손목시계를 보면서 깁슨 씨의 한쪽 팔을 잡아 끌었다. "저게 금발입니까?" 하고 라일락 숲

옆을 지나 계단을 내려올 때 깁슨 씨를 안을 듯이 하면서 그는 속삭였다. "우리들의 착각인가요?"

"귀여운 금발이로군." 하고 비틀거리면서 깁슨 씨는 말했다. "당신은 운이 좋은 사람이오."

"더구나 직접 흥정을 했으니까요." 하고 로즈메리가 빈정거렸다.

"직접 담판한 건 아냐." 깁슨 씨는 엉겁결에 아내의 얼굴을 보았다. 로즈메리는 그의 반대편 손을 잡고 있었다. 그 눈은 밝고 용감하게 빛나고 있었다.

"자, 드디어 희망이 보이는군요." 하고 리가 신바람이 나서 말했다.

"틀림없이 찾을 수 있을 거예요." 로즈메리가 말했다.

깁슨 씨도 그런 생각이 들기 시작했다.

제 19장

집슨 씨를 뒷좌석으로 밀어넣고 나서 로즈메리도 올라탔다. 그녀가 집슨 씨에게 몸을 밀착시키자 리 커페이가 기대에 찬 표정으로 폴 타운젠드를 로즈메리의 오른쪽에 앉혔다. 그리고 나서 리는 운전석에 앉아서 열쇠를 돌려 시동을 걸었다. 현관문이 열렸다. 흰 블라우스 위에 갈색 점퍼를 입고, 맨발에 갈색 펌프스를 신은 버지니아가 종종걸음으로 나왔다. 그 금발은 단정히 빗겨지고 윤이 났다. 버스 운전사는 싱긋 웃으며 차를 천천히 움직였고, 버지니아는 그의 옆좌석에 살짝 올라탔다. 즉, 그는 10분의 1초도 기다리지 않은 것이다. 아가씨 쪽에서도 그를 실망시키지 않은 것이다.

폴이 감탄한 듯이, "재빠르군요." 하고 말했다.

아무도 폴에게 주목하지 않았다. 그 말을 하지 않는 편이 좋았던 것이다.

차가 달리기 시작하자 간호사는 그들이 갈 집이 있는 곳을 설명하기 시작했고 리는 블록의 모퉁이를 빠져나가 가로수 길을 가로질러 북쪽을 향해 달렸다. 목적지는 시내의 북서부에 위치한 약간 높은 언덕 위에 있었다. 그곳에 있는 집들은 잔디밭이 넓은 정원이 있었는데, 언덕 위로 올라갈

수록 호화스러운 집들이 점점 많아졌다. 보트라이트 부인의 저택은 언덕의 정상에 가까운 작은 길에 인접해 있고, 그 주위에는 서너 채의 집밖에 없었다. 울타리 뒤쪽으로 넓은 잔디밭이 보이는 집이라고 간호사는 말했다.

"높이 올라갈수록 집 수가 적어지는군." 하고 폴이 말했다.

버지니아가 뒤돌아보았다. "그 독약의 해독제는 있나요, 타운젠드 씨?" 하고 아가씨는 직업적인 태도로 물었다.

"폴입니다." 하고 그는 말했다.

아가씨는 미소를 지었다. "어떤 조치를 취하면 좋을까요 ……만일……."

"해독제가 있는지 없는지 유감스럽게도 나는 잘 모릅니다." 하고 폴은 로즈메리의 반대편으로 몸을 내밀면서 말했다. "난 의사가 아니거든요. 우리들이 알 수 있는 것은 위험의 정도뿐입니다. 우리들도 약을 조심스럽게 다루도록 훈련받아 왔어요."

"이분이 도대체 어떻게 해서 그런 독약을 손에 넣게 되었나요?" 간호사는 얼굴을 찡그렸다.

폴이 설명했다. 깁슨 씨는 그 설명을 듣고 있는 동안, 폴 타운젠드가 이 매력적인 아가씨에게 능숙하게 아부하며 교묘히 자기선전을 하고 있다는 걸 깨달았다. 깁슨 씨는 이상하게 모욕당한 기분이 들었다.

그는 로즈메리를 보았다. 사랑스러운 로즈메리는 아직도 손을 꽉 쥔 채 그와 폴 사이에 앉아 있었다……그녀의 결정은 이 일행의 힘인 것이다. 처음부터 이 싸움을 시작한 것은 그녀였다. 로즈메리가 한 사람 한 사람을 격려해서 이용사들을 규합한 것이다.

그는, "당신은 용감해, 로즈메리!" 하고 말했다.

"난 겁쟁이인걸요." 하고 그녀는 불쾌한 듯이 말했다. "옛날부터 겁쟁이였어요. 훨씬 전부터 용감해졌어야 했는데."

폴이 고개를 돌려 한 손을 그녀의 긴장된 손 위에 올려놓았다. "자, 그런 얘기 하지 말아요, 로지……좀더 편안히 생각해요. 이러다가 병나겠어요. 걱정은 아무런 도움도 안돼요. 그렇죠, 버지니아 양?"

간호사는 대답하지 않았다. 오히려 버스 운전사가 대답했다. "아뇨, 걱정해 준 덕분에 이렇게 드라이브하게 되었잖아요. 그렇죠, 로즈메리?"

"그래요, 고마워요." 하고 로즈메리는 조금 슬픈 듯이 말하고, 겨우 몸의 긴장을 늦췄다. 폴은 손을 뺐다. "내가 지금 걱정하고 있는 것은——." 하고 그녀가 말했다. "잘사는 부인이 버스 안에서 이상한 봉지를 주웠을 때의 일이에요. 그 경우를 한번 상상해 봐요. 설마 주워 가지는 않았겠죠, 그 사람?"

"주웠을지도 몰라요." 하고 간호사는 밝은 목소리로 말했다. "실수로 가지고 갔을지도 모르죠. 자신이 쇼핑한 다른 물건과 함께 갖고 갈 수도 있거든요. 난 그 부인이 내리는 걸 보지 못했어요. 내가 먼저 내렸기 때문이죠. 그러나 알 수 없는 일이죠. 더구나 쇼핑한 물건 속에 먹을 것이라도 있다면 어떻게 되죠? 그대로 몽땅 부엌에 놔두었을지도 몰라요. 그 집에 가정부가 있는 건 확실해요. 예를 들면 요리사는 알 리가 없죠. 요리사는 올리브유를 사온 사람이 보트라이트 부인이라고 생각할 거예요."

“작은 병이에요.” 하고 로즈메리가 슬픈 표정으로 말했다. “아주 적은 양이에요. 지금 몇 시죠?”

“3시 37분.” 하고 폴이 가르쳐 주었다.

그러나 깁슨 씨는 생각했다. 지금까지 허비한 시간을 생각해 볼 필요가 있다. 누군가가 죽기에는, 더구나 아주 불가사의한 방법으로 죽기에는 충분한 시간이다. 그 결과의 원인을 아직 알아차리지 못했는지도 모른다. 어쩌면 이 싸움은 처음부터 패배한 것일지도 모른다.

“보트라이트 씨의 아이들은 아직 10대예요.” 하고 간호사가 오랜 침묵 끝에 한마디했다. “아이들에게 이렇게 빨리 저녁식사를 주는 집은 없을 거예요.”

“올리브유로?” 하고 로즈메리가 물었다. “요리사는 올리브유로 어떤 요리를 하죠?”

간호사가 대답했다. “샐러드일까? 아니면, 샌드위치의 속을 만드는 데 쓰거나……아마 간식의…….”

“그만둡시다, 그런 얘긴!” 하고 폴이 외쳤다.

간호사가 말했다. “미안해요. 불난 집에 부채질해서.”

“……겉모양은 아주 비슷하더라도…….” 하고 버스 운전사가 중얼거렸다.

깁슨 씨의 얼굴이 창백해졌다. 어린아이! 아아, 만일 독약이 어린아이의 손에 닿게 된다면! 그는 말했다. “모두 집으로 돌아가세요. 도와 주는 건 정말 고맙지만——.”

“도와 주는 게 아니에요.” 하고 버지니아가 말했다.

자기는 이 아가씨를 믿고 있다고 깁슨 씨는 생각했다. 그래서 그는 얼떨결에, “당신을 믿고 있소.” 하고 소리내어 말했고, 버지니아는 웃었다.

"걱정하지 않아도——." 하고 폴이 말했다.

"그만둬요. 그런 얘기만 늘어놓아서는." 하고 로즈메리가 부드럽게 말했다. "아무·쓸모도 없어요, 폴."

"내가 아까부터 말하려 한 것은, 로지——." 하고 폴은 조금 심술궂게 말했다. "이분과 얘기해서 이 사건의 근본 원인을——."

"그래요. 당신도 그렇게 말하는군요. 맞아요." 하고 로즈메리는 똑바로 앞을 보며 말했다. "그래요, 폴." 그녀의 손은 바르르 떨고 있었다.

"폭풍 전의 먹구름 같은 것을 알아차리지 못했나요, 로즈메리?" 하고 버스 운전사가 불쌍하다는 듯이, 그러나 조금은 뜻밖의 질문을 했다. 그는 사정을 모르는 것이다. "사람은 어느 날 갑자기 결심할 순 없기 때문이죠."

(하지만, 나는 그렇게 했다고 깁슨 씨는 생각했다. 하룻밤 사이에 결심한 것이다.)

"병에 걸린 적이 있으세요, 깁슨 씨?" 하고 간호사가 물었다. "아니면, 진통제를 사용하신 적은? 다리가 불편하신 것 같은데."

깁슨 씨는 당황했다. (그는 마음이 아팠다. 아직 죽지 않은 것이다.) "뼈가 약간 부러졌소." 하고 그는 중얼거렸다. "단순한 사고였지." 로즈메리가 고개를 돌렸다. 그도 외면했다.

"잠깐 생각해 봐요." 버지니아는 얌전히 말했다. "환자를 신경쇠약으로 몰고 가는 병이 여러 가지 있어요. 그리고 약에도 그런 것이 있고요."

깁슨 씨는 날아가듯이 휙휙 지나쳐 가는 길가의 돌멩이

를 바라보며 생각했다. 운명이다, 그래. 또다시 운명이 모습을 나타냈다.

"난 신경쇠약에 걸렸소." 하고 그는 힘없이 말했다. "그게 병명이지."

"의사와 상담했더라면 좋았을 텐데요." 하고 간호사는 비난을 조금 섞어서 부드럽게 나무랐다. "그런 신경쇠약은 대개 치료가 가능해요."

"이상스러운 기계를 조금만 만지작거리면 되는 거요?" 깁슨 씨는 비꼬아 말했다.

"의사들은 대개의 경우 정확한 처방을 내린답니다." 하고 간호사는 다소 기계적으로 대답했다. 그건 마치 대답 자체를 음미하고 있는 것처럼, 또는 진찰하고 있는 것처럼 들렸다.

"그런 정신요법을 당신은 지지합니까?" 하고 버스 운전사가 느닷없이 물었다.

"당신은 지지하지 않나요?" 하고 간호사가 되물었다.

"상당히 오래 전에——." 하고 버스 운전사는 얘기하기 시작했다. "상당히 오래 전에 그런 귀찮은 구분은 머릿속에서 모두 지워 버렸지요, 나는. 저것일까——이것일까? 몸일까, 마음일까? 물질일까, 정신일까 하는 것들 말입니다. 웃으면 안돼요! 아무튼 요즘에는 정신이 물질보다 확실하다고 하더군요. 인간의 몸은 이제 최고로 복잡한 것 같아요. 몇십 억 몇백 억이라는 세포가——원자나 그보다 더욱 미세한 것들이——무서운 기세로 돌아다니며……그래서 그녀석들이 무슨 일을 꾸며댈지……이런, 정신의 파도네. 아니, 주기(週期)죠. 결국엔 시간까지도 맘대로 만드는 겁니다.

말하는 언치새에게는 조심해야 해요.” 하고 그는 말을 끝냈다.

버지니아는 재미있는지 소리내어 웃었다.

그러나 깁슨 씨는 또다시 우울해지기 시작했다. 운명이라고 그는 생각하면서 말했다. “난 틀림없이 병에 걸렸소. 적어도 병이라고 한다면 그것으로 충분하잖소?”

“그건——.” 버지니아가 말했다. “우리들이 이렇게 무지하기 때문이 아닐까요?”

“그래요, 우리들은 무지해요.” 하고 로즈메리는 기쁜 듯이 말했다.

“의학을 조금이라도 공부한 사람이라면——다른 학문도 마찬가지겠지만——점점 더 우리의 무지를 깨닫게 된답니다.” 버지니아가 계속해서 말했다. 그녀는 밝은 표정으로 다시 깁슨 씨를 보았다. 깁슨 씨도 함께 즐거워해 주기를 기대하고 있는 것이다.

“생명이 있는 곳에 희망이 있다는 의미인가?” 하고 폴이 물었다. 이렇게 해서 토론에 가담할 생각인 모양이다.

간호사는 얼굴을 찡그렸다. 몸을 틀어 뒷좌석을 보고 애기하는 바람에 그 작은 턱은 거의 앞좌석의 등받이에 얹혀 있는 듯이 보였다. “결국 이제부터 찾아내야만 하는 것이 끔찍하게 많이 있다는 걸 우리들은 아주 조금 알고 있을 뿐이에요. 이해되지 않으세요, 깁슨 씨? 언제든지 어떤 상담이든지 응할 수 있도록 노력하는 사람들이 있어요. 그리고 그 노력은 부분적으로 성공을 거두고 있죠. 난 이해해요. 그런 선생님들이 내일 아침까지 혹시 어떤 것을 발견하게 될지 그건 아무도 몰라요. 그리고 나서 선생님과 상담하면 좋을 텐데.” 하고 그녀는 말했다.

“나도 그러면 좋겠어요.” 하고 로즈메리가 조금 작은 소리로 말했다.

깁슨 씨는 대답하지 않았다. 그는 어떤 이상한 것을 확인하는 데 바빴던 것이다. 운명의 구조에 꼭 맞기는 어렵다. 이상하다는 것은 바로 그것이었다. 어떤 남자가 내부의 화학적 원인에 의해서, 내부의 기계장치라고 해도 상관없지만, 신경쇠약이 되었다고 가정하자. 비록 그렇다 해도 그 남자가 완전히 운명지어져 있다고 할 수는 없다……그 남자의 친구들이……각자의 무지를 깨닫고, 마음을 이해해 주는 친구들이……비록 부분적이나마 그 남자의 쓸모 있는 점을 발견한다면. 이건 운명의 견고하고 거대한 턱에 감춰진 이상한——정말로 그렇지 않은가——정말 이상한 약점이다.

“이상한데!” 하고 깁슨 씨는 말했다.

아무도 그 말의 의미를 묻지 않았고, 깁슨 씨도 말하지 않았다. 차는 가로수가 늘어선 길로 접어들었는데, 한 블록을 가는 동안 모두 잠자코 있었다.

드디어 폴이 불안해 하기 시작했다. “집에 전화해야겠어요. 지금쯤 지니가 돌아왔을 텐데……그럼, 어머니도 괜찮겠는데.”

“벌써 4시로군요.” 하고 로즈메리가 말했다. “에셀이 돌아올 시간이에요.” 그녀는 머리를 들었다. 아주 의기양양한 표정이었다.

에셀! 깁슨 씨는 깜짝 놀랐다. 에셀은 뭐라고 할까? 그는 상상할 수도 없었다. 오늘 아침 11시부터 지금까지의 일은 에셀의 말에 따르면 전혀 무의미한 것이 틀림없다.

"난 이분이 병에 걸렸다고 생각진 않아요." 하고 버스 운전사가 모호한 표정으로 말했다. "단지 쇼크를 받았을 뿐이라고 생각해요."

버지니아가 머리를 기울이고 존경을 가득 담은 눈길로 그를 바라보았다.

"아주 근본적인 쇼크 말이에요." 버스 운전사가 말했다.

"하지만, 모두 이분을 사랑하고 있어요." 하고 로즈메리가 절망적인 기도를 할 때처럼 꽉 모아쥔 손을 들었다.

"그렇고말고요. 모두 깁슨 씨에 대해서 지나칠 정도로 관심을 갖고 있죠." 마치 깁슨 씨로부터 도저히 용서할 수 없는 모욕을 당했다는 듯이 뾰로퉁하게 입을 내밀며 폴이 말했다.

"모두라뇨?" 하고 버스 운전사가 말했다. "아, 좋아요. 사탕을 먹으면서 아무 말 하지 말기로 해요."

"사탕?" 하고 간호사가 재미있다는 듯이 물었다.

"이분은 무슨 생각을 하고 있는 겁니다. 설마 우정을 잃어버렸다든가 그런 시시한 문제는 아니겠죠?" 리가 말했다. "저, 그런데, 버지니아 양." 하고 금발 아가씨에게 물었다. "여기가 해서웨이니까 그 저택은 곧 나타나겠죠?"

"하얀 식민지풍의 건물이에요." 하고 버지니아가 대꾸했다.

로즈메리가 말했다. "틀림없이 독약은 이곳에 있을 거예요."

깁슨 씨는 강가에 떠다니는 나뭇잎이었다. 그는 다른 사람과 함께 차에서 내렸다.

제20장

차는 울타리 안으로 들어가 정차했다. 둥근 기둥이 줄지어 서 있는 현관 앞으로 넓은 드라이브웨이가 구부러져 있었다. 호화스럽고 멋진 흰색 건물이 일행을 내려다보고 있었다. 창마다 드리워진 정교한 주름 장식의 커튼으로 돈과 많은 고용인이 이 집의 질서를 유지시켜 주고 있다는 것을 금방 알 수 있었다.

이번에는 버지니아가 앞장을 섰다. 그녀는 현관의 벨을 눌렀다. 잠시 뒤에 가정부가 문을 열었다.

"보트라이트 부인은 댁에 계신가요? 잠깐 뵙고 싶은데요. 아주 중요한 일이 있어서요." 버지니아의 빠르고 당당한 말투에 가정부는 꼬치꼬치 캐묻지 않았다.

가정부는 놀란 기색도 없이, "자, 들어오세요." 라고 말하고는 커다란 거실의 근동(近東)풍의 카펫 위에 일행을 남겨 놓은 채 안으로 들어갔다. 거실 왼쪽에는 커다란 방이 있었다. 옥스퍼드 구두 한 짝이 회색과 노란색으로 칠해진 소파의 팔걸이 부분에 축 늘어진 채로 흔들거리고 있었다. 상큼한 두 발에 구두가 신겨져 있었다. 아무래도 젊은 아가씨가 소파 위에 엎드려 있는 모양이다. 그 아가씨는 재잘대고 있었다. 그 방에는 아무도 없었다. 그렇다면 전화를 걸고 있는 걸까?

　15~16살의 소년이 폭넓은 계단을 깡총깡총 뛰어 내려왔다. "아, 안녕하세요." 하고 소년은 인사하면서 오른쪽으로 뛰어갔다. 그곳은 방인데, 엄청난 책과 피아노가 있었다. 소년은 달아나면서 호른을 거머쥐고 있었기 때문에 멜랑콜리한 소리도 함께 멀어져 갔다.

　다음으로 월터 보트라이트 부인이 계단 아래의 흰 문에서 천천히 나왔다. 세로 5피트 반(약 164cm), 가로 2피트 반(약 75cm) 정도의 사람이다. 베이지색의 면과 흰 드레스로 뒤덮인 그 육체는 구석구석 꽉 죄어져 있었다. 백발은 짧게 잘라서 깔끔하게 파마했고, 가늘고 뾰족한 코는 알맞게 살이 찐 얼굴 가운데서 뱃머리처럼 빛났다. 파란 눈은 (로즈메리만큼 파랗지는 않지만) 호기심을 드러내고 있었다. "어머, 세바슨 양, 안녕하세요?"

　버지니아는 자신의 이름이 호명되자 조금 놀란 모양이지만, 불필요한 서론은 모두 생략했다. "오늘 버스 안에서 부인을 보았는데요……."

　"미안해요." 하고 보트라이트 부인은 기계적으로 대답했지만, 그 눈동자는 다시 의심스러운 기대의 빛을 보이고 있었다. "난 멍하니 다른 생각을 하느라고 당신이 있었는지는 전혀……."

　간호사는 이 말을 무시했다. "여쭤 보고 싶은 것이 있는데, 자그마한 녹색 종이봉지를 실수로 가져 오지 않으셨나요?"

　"글쎄요." 하고 대답하면서 이 무례한 행동이 대단히 위급한 용무라고 판단했는지 태연한 태도를 흐트러뜨리지 않고 보트라이트 부인이 말했다. "한번 찾아볼까요?" 부인은 몸을 돌렸다. 그 거대한 몸은 놀라우리만큼 가볍고 품위 있게 움직였다. "모나!"

모나는 가정부였다.

"쇼핑해 온 물건 속에 작은 녹색 봉지가 들어 있는지 제럴딘에게 물어봐요."

"예, 말씀대로 하겠습니다."

"그 봉지 속에는 무엇이 들어 있나요?" 하고 여주인이 방문객들에게 물었다.

버지니아가 사건의 경위를 얘기했다.

보트라이트 부인은 입술을 꼭 다물고 있었다. "잘 알았어요. 중요한 일이군요." 하고 부인은 말했다. "델!" 엄마가 부르는 소리에 전화를 걸고 있던 소녀가 허리 근육을 이용해서 벌떡 일어섰다. "잠깐 기다려, 크리스티. 왜, 엄마?"

"전화를 끊어 주겠니?" 보트라이트 부인이 말했다. "내가 좀 써야겠다. 그리고 톰 좀 찾아봐라. 혹시 병이 든 작은 녹색 봉지가 없는지 차 안을 잘 살펴봐 다오."

"예, 엄마……나중에 전화할게, 크리스티. 그럼, 안녕."

"버스 정류장에서부터 아들의 차를 타고 왔거든요." 하고 보트라이트 부인은 설명하면서 전화로 다가갔다.

18살 정도로 보이는 소녀 델은 춤추는 걸음으로 일행의 앞을 지나쳤다. 그 눈동자는 호기심이 가득했지만 웃고 있었다.

푸른색 작업복을 입은 가정부가 흰 문으로 들어왔다. "없습니다." 하고 가정부는 말했다. "부엌에는 녹색 봉지가 없는데요."

“고마워, 제럴딘.” 하고 보트라이트 부인이 응답하고 난 뒤 수화기를 들었다. “경찰을 연결해 주세요.” 잠자코 그 상황을 지켜보고 있던 다섯 사람에게 부인이 물었다. “어느 분이 깁슨 씨인가요?”

깁슨 씨는 사방에서 일제히 지목받는 듯한 느낌이었다. 그 정도로 비참하지는 않았지만, 죄로 인해 움츠러드는 기분으로 그는 일어섰다.

“경찰입니까? 올리브유 병에 든 독약은 찾았나요……정말 고마워요.” 보트라이트 부인은 어찌나 빨리 수화기를 내려놓는지 1초도 허비하지 않고 말했다. “아직 찾지 못했다는군요.” 그리고 나서, “그래요, 당신은 분명히 내가 탄 버스에 있었어요. 그런데 내가 뭘 어떡해야 하죠?” 하고 물었다.

“차례차례 풀어 가야죠.” 절망과 희망 사이에서 몸을 떨며 로즈메리가 말했다. “운전사가 이 사람을 기억하고 있었어요. 이 사람은 당신을 기억해 냈고요.”

“난——,” 보트라이트 부인이 말했다. (이 사람은 아직 ‘어머 큰일이군요.’라든가 ‘끔찍한 일’이라는 등의 말은 하지 않았다.) “세오 마시를 기억하고 있어요.” 부인은 고개를 끄덕이며 눈에 보이지 않는 의장의 망치로 일동을 진정시키는 제스처를 취했다. “하지만, 우선 확인해 봐야죠.”

“엄마, 내 차에는 아무것도 없어요.” 하고 톰이 나타나서는 말했다. 소년은 이 한 떼의 사람들을 신기한 듯이 쳐다보았지만 아무것도 묻지 않았다.

“마시?”

“어디에……?”

"그 사람은……?"

보트라이트 부인은 허공을 쾅쾅 치며 일동을 제압했다. "내가 알고 있는 바로는, 세오 마시에게 연락할 수 있는 유일한 방법은——." 하고 부인이 입을 열었다. "집으로 찾아가는 겁니다. 아틀리에에는 전화가 없어요. 틀어박혀서 일하기 위해서죠." 세오 마시가 누군지 아무도 모르고 있다는 것을 부인은 겨우 알아차린 모양이다. "세오는 그러니까 화가예요."

"그 아틀리에가 있는 곳은——." 하고 리가 물었다. "어딥니까?"

"경찰에 제대로 설명해 줄 수 있을지 모르겠네." 하고 보트라이트 부인은 눈살을 찌푸렸다.

"우리도 함께 가봐요." 로즈메리가 말했다. "어차피 이 방법밖에는 없으니까. 답답하게 앉아서 기다리는 것보다는……."

"빠르겠지요." 하고 리가 말했다. "확실히."

보트라이트 부인이 대꾸했다. "정말 그렇게 하는 편이 낫겠군요. 세오 마시는 변덕쟁이라서 능청을 떨며 경찰을 안 만나줄지도 몰라요. 그러나 나와는 잘 아는 사이니까." 보트라이트 부인이 나타나면 누구라도 모른 체하지 않으리라는 것은 불을 보듯이 분명했다. "그런데——." 부인은 가볍게 오른쪽으로 돌아서서 말을 이었다. "캐딜락 두 대가 지금 정비소에 가 있어서 6시까지는 사용할 수 없어요. 월터는 델의 차를 빌려 타고 갔죠. 그럼, 톰, 네 차를 빌려야겠구나."

소년은 마치 바지를 벗어서 부랑자에게 주라는 말을 들

은 것처럼 뾰로통한 얼굴을 했다.

"차는 있어요, 부인." 하고 버스 운전사는 감탄한 듯이 엷은 갈색 눈썹을 깜박거리며 말했다. "휘발유도 탱크에 반쯤 남아 있고요."

"게다가 운전 솜씨도 대단해요." 버지니아가 말했다.

"다행이군요." 보트라이트 부인이 말했다. "모나! 카키색 재킷과 핸드백을 가져와요." 그리고 다시 오른쪽으로 고개를 돌렸다. "너는 말이지, 톰, 녹색 종이봉지 안에 든 올리브유 병을 집안에서 찾아보거라. 병 속에 든 것은 절대 만지지 말 것. 독약이니까. 제럴딘, 저녁식사는 6시 반이야. 난 늦을지도 몰라. 델……!" (소녀는 돌아왔다.) "아빠에게 전화해 주겠니? 볼일이 있어서 외출했다고. 7시가 되어서도 내가 돌아오지 않으면 교육위원회의 코스터 씨에게 전화해서 부득이한 사정으로 늦겠다고 말해 주고. 그리고 피터스 부인에게도 전화해서 그 명단 작성이 내일까지 어려울지도 모르겠다고 대신 사과하고." 그녀는 명령대로 재빨리 다녀온 가정부의 손에서 재킷을 받아들며, "자, 출발해요." 하고 말했다. 배처럼 당당히 현관을 나서는 부인의 뒤를 다섯 사람은 서둘러 따라갔다.

버스 운전사는 운전석에 올라타서 금발 아가씨를 옆에 앉히고, 폴은 앞좌석의 맨 오른쪽에 앉았다.

보트라이트 부인은 뒷좌석 안쪽에 로즈메리를 앉게 하고 다시 뒤돌아보며 아이에게 말했다. "델에게 너무 오랫동안 전화하지 말라고 해. 내가 전화할 테니까."

"예, 엄마, 좀더 쉬운 것을 명령하세요." 소년이 대답했다.

어머니는 다녀오겠다는 표시로 한 손을 들면서 차에 올

랐고, 마지막으로 깁슨 씨가 그 옆에 탔다.

"어디로 갑니까?" 하고 버스 운전사가 주뼛주뼛 물었다.

"가로수 길로 나가서——." 보트라이트 부인이 대답했다. "버스 노선의 종점까지 계속 가세요. 세오 마시의 아틀리에는 교외예요. 아주 찾기 어려운 곳이죠. 그러나 찾을 수 있어요. 잘 모르면 교차 지점에서 물어봐도 되고."

차는 벌써 달리고 있었다.

"화가로 보이는 사람이 종점에서 버스에서 내린 기억이 나지 않는걸." 하고 리가 말했다. "그 사람은 정말 화가입니까?"

"그가 종점까지 가지 않았다면——." 하고 보트라이트 부인이 말했다. "그 행선지를 알 수 없으니까 생각해도 소용없어요. 아무튼 알고 있는 방법대로 해보는 수밖에 없잖아요?"

"그건 그렇죠." 리가 말했다. "정말 그래요."

"시골 냄새가 물씬 풍기는 곳이에요, 그 아틀리에는." 하고 보트라이트 부인이 계속해서 말했다. "예, 그래요. 화가다운 화가지요. 하지만, 걱정스러운 것은……."

"걱정?" 로즈메리의 목소리는 아주 피곤해 있었다. 깁슨 씨에게는 그녀의 얼굴이 보이지 않는다. 보트라이트 부인이 가운데 앉아 있어서 힘들었다.

"다른 사람이야 어쨌든, 세오 마시가 버스 안에서 올리브유 병을 주워 갔다면……그건 수입품이겠군요?"

"그렇습니다." 하고 깁슨 씨가 대꾸했다.

"그 사람은 웬 떡이냐고 좋아하며 가져갔을 거예요. 그리고 그 사람이든 그 사람의 모델이든, 태연하게 식사나 다른 것에 사용하겠죠. 만일, 그렇게 된다면 무서운 손실이에요.” 하고 보트라이트 부인이 말했다. “그렇게 훌륭한 화가가! 예술가의 생명은 고귀한 거예요.”

“지금 몇 시죠?” 하고 로즈메리가 숨죽여 말했다.

“아직 4시……1분이 지났을 뿐이에요.” 하고 폴이 대답했다. “저녁을 먹기에는 아직 일러요.”

“저런——! 세오 마시는 배가 고프면 아무때나 식사하는 사람이에요. 저녁식사라든가 아침식사라든가 하고 식사에 이름을 안 붙이는지도 모르죠.” 하고 보트라이트 부인이 말했다.

“먼가요?” 하고 로즈메리가 애조 띤 목소리로 물었다.

“30분.” 하고 리 커페이가 약속했다. “이 길은 내 구역이니까!”

차는 퉁겨오르면서 기세좋게 길모퉁이를 돌았다.

“그건 그렇고, 도대체 어떻게 된 거죠?” 하고 보트라이트 부인이 정색하며 물었다. “그 자살이라는 것이?”

깁슨 씨는 한 손으로 눈을 가렸다.

“에셀이 돌아왔겠군요.” 하고 로즈메리가 상기된 표정으로 말했다. “그분이 돌아올 시간이에요. 에셀이 이분에게 무슨 애길 했는지. 에셀이 내게 한 말만으로도 난 복잡해서.”

“당신이 부인이군요!”

“네, 그래요.” 하고 마치 누군가가 직함을 요구하기라도 한 듯이 로즈메리는 분명히 대답했다.

“지금 운전하고 있는 사람은 혹시 버스 운전사가 아닙니까?” 보트라이트 부인은 로즈메리의 심각한 말투를 무시하고 끝까지 인간관계의 정리를 계속했다. “그리고 그쪽에 있는 분은?"

"깁슨 씨의 이웃에 살고 있는 사람입니다. 타운젠드라고 합니다."

"우리의 친구예요." 하고 냉정해지려고 노력하면서 억지로 상냥한 목소리로 로즈메리가 말했다.

"그리고 세바슨 양도 마침 그 버스를 타고 있었군요?" 하고 보트라이트 부인은 정리를 계속해 나갔다. "혹시 기억하고 있는 분 있나요, 금 거위 얘기를?"

"저런!" 버스 운전사가 대답했다. "기억하고 있어요. 그걸 붙잡은 사람은 모두 관계를 맺어야만 하죠. 그거 아주 재미있는 비유군요, 부인."

"그런데 에셀은 누구죠?" 보트라이트 부인은 끝까지 밝혀내야만 마음이 개운한 모양이다.

"에셀은——." 하고 로즈메리가 절망적이고도 억양이 없는 어조로 말했다. "케네스의 누이동생이에요. 아주 친절하고 좋은 분인데, 우리들을 돌봐 주러 일부러 왔어요. 자동차 사고가 생기는 바람에……." 그녀의 목소리가 커졌다. "이런 얘길 하면 어떨지 모르지만, 난——이제 감사하고 있을 수만은 없어요. 고마워할 때가 아니에요. 이제 그런 건 문제가 되지 않아요." 목소리의 긴장이 깨지고 로즈메리는 울기 시작했다. "이런 끔찍한 일이 생기다니, 이미 늦었으면 어떡하죠? 그 화가에게……외딴 곳이라 근처에 아무도 없을 텐데……."

깁슨 씨도 목적지인 시골풍의 아틀리에에 시체가 누워 있는 모습을 생생하게 마음속으로 그렸다.

"그렇다면 어쩔 도리가 없죠." 하고 폴은 참혹하게 말했다. "그건 효과가 빠른 약이라서."

"아무튼 가보면 알겠지." 보트라이트 부인이 말했다. "가서 확인하기 전까지는 알 수 없어요. 커페이 씨는 전력을 다해서 운전하고 있어요. 우리들도 최선을 다하고 있고."

"그런데 너무 오랫동안……." 하고 로즈메리는 흐느껴 울었다.

그러자 어머니 겸 총사령관이 된 보트라이트 부인이 로즈메리를 끌어안고 머리칼을 어루만졌다. 깁슨 씨는 마음의 짐이 훨씬 가벼워지는 것을 느꼈다. 그는 마음속으로 보트라이트 부인을 축복했다. 앞좌석의 세 개의 머리는 꼼짝하지 않고 앞만 쳐다보고 있었다.

"감사에도——." 하고 버스 운전사가 불쑥 말했다. "여러 가지가 있죠. 자세한 것은 알아봐야겠지만, 보트라이트 부인, 우리는 아는 게 별로 없어요. 그런데 그 에셀이라는 사람은——아십니까, 부인?——로즈메리가 자동차 사고로 이분에게 상처를 입힐 의도였다고 하나 봐요. 알아차렸는지 모르지만, 이분은 다리를 절고 있어요. 따라서, 그 에셀이라는 사람은, 그때 로즈메리가 운전하고 있었기 때문에, 로즈메리가 나빠서 그런 거라고 믿고 있는 거죠. 사실은 분명한 사고였는데……그런데 그 에셀은 다른 사람의 속마음을 본인보다도 더 잘 알고 있는 모양이에요. 게다가 로즈메리는 에셀이 모처럼 멀리서 와주었고, 또 시누이라서 에셀에게 화를 내면 안된다고 생각하고 있어요. 로즈메리는 가족과 다투는 것을 좋아하는 여자로 보이지 않잖아요? 하긴, 그걸 좋아하는 사람이 어디 있겠어요? 분쟁으로 이익을 보는 사람이 있다면 기가 막히지 않습니까?"

"알았어요, 알았어." 하고 보트라이트 부인은 운전사의 열변을 막았다. "그 에셀과는 전부터 자주 만났나요?"

"이번이 처음이에요." 하고 로즈메리는 눈물 때문에 목이 메었다.

"우세요." 하고 버지니아가 말했다. "실컷 우세요, 로즈메리."

폴이 몸을 들썩였다. "이 사람은 이런 사태에는 이미……."

"마침 잘됐어요. 실컷 울고 나면 기분이 좋아질 거예요." 하고 간호사는 단호히 말했다. "깁슨 씨도."

하지만, 깁슨 씨는 깜짝 놀라서 눈물도 흘리지 않고 앉아 있었다.

"미안해요……." 하고 간신히 말하고 로즈메리는 흐느껴 울었다. "사실은 그 사람이 아니에요. 에셀 때문이 아니에요. 그건 알고 있어요. 그 사람의 생각, 그 사람의 사고방식 때문이에요. 하지만, 어떡하면 좋죠? 난 겁쟁이인데, 겁쟁이가 아니더라도 그런 생각과는 어떤 식으로 싸워야 좋을지. 난 스스로 생각했어요……에셀에게도 말했어요……내가 그런 생각을 했을 리가 없다고. 하지만, 에셀의 사고방식은 내가 그럴 생각이었더라도 나 자신은 알 수 없다는 거예요. 본인은 절대로 알 수 없다는 거죠. 내가 말한 것을 전부 반대로 생각하는 상대와는 어떤 식으로 얘기해야 좋을지 모르겠어요. 입을 열 때마다 마치 자신 속에 있는 짐승을 토해내듯이, 그리고 어느샌가 나를 어리둥절하게 만드는 그런 상대와는 어떤 식으로 얘기해야 하죠? 내가 끝까지 우겨대면 그 사람은 생각하겠죠. 어머, 당신은 그렇게 항의해서는 안돼! 따라서, 당신이 정말 생각한 것은 그것과는 정

반대가 틀림없어. 내가 아무 잘못도 하지 않았다고 큰소리를 지르면……그 커다란 소리가 다시 스스로 자신에게 거짓말을 하고 있는 증거라는 거예요. 미칠 것만 같아요." 로즈메리가 말했다. "정말 모르겠어요. 나 자신을 믿을 수 없게 돼버렸어요."

운명이라고 깁슨 씨는 속으로 중얼거렸다. 그 말은 들리지 않은 모양이었다.

"내가 묻고 싶은 것은——." 하고 리 커페이가 화가 난 목소리로 말했다. "그 에셀은 도대체 어디의 누구에게서 다른 사람의 마음을 읽는 면허증을 받았느냐 하는 겁니다. 내가 한마디할까요? 로즈메리도 말만으로 남의 마음을 판단할 기회는 얼마든지 있었을 거예요. 로즈메리와 에셀 두 사람을 비교해 보면 정말 별 차이 없어요."

"그건 아니에요." 하고 로즈메리는 울었다. "난 도저히 알 수 없는걸요. 그런 말을 들으면 손발이 마비가 되고 말아요!"

간호사는 화가 나서 작은 소리로 뭐라고 중얼거렸다. 운전사는 거기에 강하게 동의라도 하듯이 위아래로 고개를 끄덕였다.

"감사란——." 하고 반지를 낀 통통한 손가락으로 규칙적으로 로즈메리의 머리를 어루만지면서 보트라이트 부인이 말했다. "그 원인이 된 행위가 끝난 뒤에도 잠시 남아 있는 거예요. 그걸 불 같은 것이라고 생각해 본 적은 없나요? 그것은 확 타오르기 때문에 밝고 따뜻하죠. 하지만, 연료가 필요해요. 연료를 보급해 주지 않으면 영원히 계속 타오를 수 없죠."

보트라이트 부인은 시종 연설조였다. 그 목소리는 또렷했고, 요령 있게 잘 끊어서 얘기했다. 대단한 웅변이다. 로즈메리까지 우는 것을 그치고 귀를 기울였다.

"어떤 사람이든 맥빠진 감사에 사로잡혀서는 안됩니다──. 비유를 바꾸고 다시 종합해서 얘기하자면 말이에요." 하고 보트라이트 부인은 언성을 높였다. "내 말은 무엇보다도 사랑 때문에 행해졌던 옛날의 행위를 구실삼아 감사의 마음을 잘라 파는 부모들, 그런 부모들의 노예가 된 이 세상 아이들 얘기예요. 그리고 또 가엾고 귀찮은 존재로까지 타락한 부모들의 얘기고요. 어린아이들이야 당연히 부모를 원망하겠지만, 유감스럽게도 피는 물보다 진하고 그 보답은 반드시 어린아이에게 돌아오는 법이거든요. 수많은 불행을 보고 들을 때마다 난 몸서리를 치죠. 감사가 하나의 빚으로 변할 때 그건 무서운 것이 될 수도 있어요──. 알겠습니까? ──거기에는 죄의 관념과 마지못해 하는 행위가 틀림없이 따라붙을 거예요. 그러나 만일 끊임없이 연료를 보급해 줌에 따라 서로 믿는 마음이 생겨나고 서로 존경하는 마음이 쌓이고 신뢰가 사랑으로, 그리고 우정으로까지 성장하게 된다면 감사는 틀림없이 좀더 좋은 것으로 승화될 거예요. 그리고 아주 오래 지속될 수도 있고." 부인은 입을 다물었다. 당장이라도 오찬석상에 모인 많은 사람들의 박수소리가 들릴 것만 같았다. 이곳에서는 차가 달리는 소리밖에 들리지 않았지만.

로즈메리는 목이 메어서, "알았습니다……." 라고만 했다.

"예를 들어서, 만일 부모가──." 하고 보트라이트 부인은 괴로운 듯이 좀더 개인적인 목소리로 말했다. "자기 아이들의 친구가 될 수만 있다면……당신, 아이는?"

로즈메리는 개가 낑낑거리는 듯한 고통스러운 신음소리를 냈다.

폴이 서둘러 허둥지둥 말했다. "아직 신혼이에요……3개월밖에……"

침묵이 찾아왔다. 깊은 침묵……차가 달리는 소리만이 들릴 뿐이었다.

리 커페이가 드디어 말했다. "그랬었군요. 그건 몰랐어요."

"신랑 신부." 하고 버지니아가 천천히 되뇌었다. 그 목소리는 애절하게 그 말을 음미하고 있었다.

이 뉴스는 일행의 머릿속으로 가라앉으며 모든 것을 형형색색으로 물들이고 있었다. 깁슨 씨는 당장이라도 소리를 지를 것 같았다. 아냐, 당신들은 몰라. 그건 바보스럽고 비현실적인 계약에 불과했어. 난 쉰다섯 살. 그녀는 서른두 살. 그 차이는 스물셋이야.

그러나 그는 아무 말도 하지 못했다.

보트라이트 부인이 고개를 돌려 그에게 말했다. "로즈메리는 당신의 누이동생 때문에 괴로워하고 있어요. 로즈메리는 지금까지 줄곧 불행했어요. 따라서 독약을 훔칠 사람은 오히려 로즈메리가 아닐까요?"

"그렇소." 그가 대답했다. "그래요."

"그럼, 당신은 무슨 문제를 가지고 있나요?" 하고 보트라이트 부인이 물었지만——이것은 용두사미로 끝났다. 그는 대답할 수 없었던 것이다.

폴이 고개를 돌렸다. "당신은 분명 훌륭한 일을 했어요." 하고 그는 말했다. "하지만, 로지에 대해 좀더 깊이 생각했어야 하지 않을까요? 게다가 에셀에 대해서도. 자신에 대해서만 생각하지 말고, 다른 사람 생각도 조금은……."

"이분은 다른 사람 생각도 하고 있어요." 하고 로즈메리가 가냘픈 목소리로 말했다.

"오늘은 아녜요. 오늘은 조금도 생각하지 않았어요." 폴이 말했다. "이분이 오늘 한 일은 분명 죄가 되는 거죠." 그는 다시 고개를 돌려 앞을 바라보았다. 그 목덜미에는 정의와 분개가 엿보였다.

"오오……하나님은 율법에서 살인을 금하셨건만……'" 하고 버스 운전사가 낭송했다. "당신의 말은 이런 의미가 아닙니까?"

"알겠소, 내가 말한 의미를?"

"그럼요. 그렇지만 그건 우리들의 습관인걸요." 버스 운전사가 말했다. "예를 들어 일본을 생각해 보시죠……."

"당신은 밑도끝도없이 일본을 생각해 보라고 하는군요." 하고 폴은 불쾌한 듯이 말했다.

차분히 첫번째 문제부터 차례로 정리해 가던 보트라이트 부인이 말했다. "난 적십자, 교육위원회, 국제연합, 격려협회, 청소년복지회, 미국여성정치교육협의회, 게다가 교회에도 관계하고 그 조직 속에서 활동하고 있어요. 그러나 그건 '다른 사람'을 위해서가 아니에요. 그게 바로 내 세계가 아닐까요? 내가 이 세상에 살아 있는 한 그건 내 일이 아닐까요?" 부인은 복받쳐오르는 연설조를 누르고, "'다른 사람' 이라는 말에는 약점이 있어요." 하고 평범한 어조로 말했다. "그래서 난 그 말을 별로 좋아하지 않는답니다."

"글쎄요." 하고 버지니아가 재빨리 끼여들었다. "내 경우

엔 환자에 따라서 남이라든가 가족이라고 말할 순 없거든
요."

"불평등은 좋지 않아요." 하고 리 커페이가 불쑥 말했다.
"몇십 억이라는 '다른 사람들'이 각각 존재하고 있어요. 그
중의 하나가 자신일 뿐이죠. 전부에게 관심을 가질 순 없어
요. 너무 막연해요. 형식적인 관심이라면 모르지만."

"맞아요." 하고 보트라이트 부인은 상냥하게 말했다. "우
리들은 현재 우리들이 놓여 있는 곳에서 출발할 수밖에 없
어요."

"하지만, 일단 어떤 일을 시작한 이상——." 하고 버지니
아가 차분한 투로 말했다. "끝까지 그 일에 책임이 있는 거
예요."

"어쨌든 일에는 순서가 있는 법이니까." 하고 버스 운전
사가 말하자 간호사는 재빨리 고개를 들어 운전사의 얼굴
을 보았다.

"당신은 월급을 받고 일하나요, 보트라이트 부인?" 하고
몸을 반듯이 세우며 로즈메리가 물었다.

"아니, 무보수예요." 하고 보트라이트 부인은 조금 불쾌
하다는 듯이 대답했다.

"어머, 이분은 식객이 아니네." 하고 로즈메리는 히스테
릭하게 외쳤다.

"뭐라고요!" 하고 리 커페이가 큰소리로 말했다. "그건
그 에셀 양과 똑같은 말투잖아요. 에셀이라면 그렇게 말했
겠죠. 부자 남편을 둔 부인은 모두 식객이라고. 틀림없이 그
렇게 얘기했을 거예요. B 부인처럼 행동력이 있는 사람을
알아보지 못하고. 정말 에셀은 사물을 거꾸로 보는 사람이

군요. 그러면 금발 아가씨에 대해서는 뭐라고 할까요? 그 에셀이. 아직 들어 보지 못했지만."

"금발 아가씨는——." 하고 로즈메리가 분명하게 말했다. "모두 욕심쟁이고 바보라고 했어요."

"역시——." 하고 리는 간호사를 향해서 재미있다는 듯이 말했다. "맞죠? 금발은 모두 그렇다는군요. 버지니아 양, 당신 얘기도 했어요. 당신과 당신의 환자 얘기도." 운전사는 킥킥거렸다. "이젠 알았습니다, 에셀의 잘못된 점을. 에셀은 말이죠, 처음에는 '어떤 사람'으로 시작해서 어느새인가 '대부분의 사람들'로 바뀌고, 자신도 모르는 사이에 탈선해서 '모두'로 싸잡아서 말하는 거예요."

"에셀은 기피자 타입이지요." 하고 폴이 신경질적으로 말했다. "그래서 얘기했잖아요, 로지. 당신이 에셀 때문에 울며 뛰쳐나왔을 때——."

"그 에셀이라는 사람은——." 보트라이트 부인은 골똘히 생각한 끝에 말을 받았다. "어쩐지 속죄 양(고대 유대인이 모든 사람들의 죄를 지워서 황야에 버린 양 : 구약성서 레위기 16장) 같은 느낌이 드는데요."

깁슨 씨는 몸을 움직이며 조금 날카로운 소리로 말했다. "그렇소. 당신들은 아주 친절해요. 내게 이렇게——나로서는 도저히 감당할 수 없을 정도로……하지만, 난 사실을 솔직히 인정하고 싶소. 독약을 훔친 것은 나요, 난 죽을 생각이었소. 그런데 그 독약을 어리석게도 버스 안에서 잃어버린 거요. 따라서, 책임자도 죄인도 잘못한 사람도 비난받아야 할 사람도 바로 나요." 그것이 사실이라는 것을 그는 알고 있었다.

"물론이죠." 하고 버스 운전사가 즉시, 하지만 신중히 대답했다. "분명히 말씀하신 대로죠."

깁슨 씨는 현기증을 느끼면서 생각하고 있었다……그래, 내가 비난받는다면 마음은 오히려 자유스러워지겠지. 내가 잘못된 짓을 했을지도 몰라. 자유가 없다면 죄인도 없고, 거꾸로 다시 진실이 된다. 깁슨 씨는 머릿속이 혼란스러워졌다. 뭐가 뭔지 모르겠다고 그는 마음속으로 중얼거렸다. 언젠가는 알고 있다고 생각했었는데, 지금은 또다시 알 수 없게 된 것이다.

"죄라니, 그다지 사건에 도움이 되지 않을 말 같군요." 하고 버스 운전사가 말했다. "너무 오래 질질 끌면 안돼요. 이미 타고 남은 재를 살려서 불을 일으킬 수는 없으니까. 그렇죠, B 부인?"

"잘못을 기록해 두는 거예요." 하고 부인은 재빨리 말했다. "앞으로 두고두고 참조하기 위해서죠……그걸 잘 보관해 두면 괜찮을 거예요. 자, 로즈메리, 분을 조금 바르고 입술 화장도 하고 기운을 내요. 세오 마시는 틀림없이 걸작에 열중해 있을 거예요. 그 사람에게는 있을 수 있는 일이지요."

"립스틱을 안 가져왔어요." 하고 로즈메리가 우는 소리로 말했다.

"내 것을 쓰세요." 하고 버지니아가 다정하게 말했다.

"자, 남자들은 모른 체하시죠." 하고 버스 운전사가 참을성 있게 말했다. "남자로 치면 수염을 깎는 거니까……."

깁슨 씨는 폴 타운젠드가 턱을 쓰다듬고 있는 것을 보았다.

모든 것이 그에게는 이상했다. 이 여섯 사람. 이렇게 서로 다른 사람들이 상상하고 기도하면서, 더구나 이런 비현실적인 대화를 나누면서 교외를 향해 돌진해 가고 있는 것이다.

깁슨 씨의 귀에는 쉰 목소리로 소리 없이 웃고 있는 자신의 웃음소리가 들렸다.

"이거——." 하고 그는 말했다. "정말 재미있잖소?"

아무도 동의하지 않았다. 리는 백미러로, 버지니아와 폴은 뒤돌아서, 보트라이트 부인은 고개를 돌리고, 로즈메리는 부인의 뒤에서 일제히 그를 쳐다보았다. 모든 눈이 말하고 있었다. 그게 무슨 의미요? 재미있다니, 터무니없는 소리!

"이제 거의 다 와 가나요?" 로즈메리가 물었다.

"그래요." 보트라이트 부인이 대답했다.

노란 버스가 멈춰서 있던 도로 옆을 지나쳤지만, 버스의 모습은 이미 보이지 않았다. 리가, "저런, 난 이젠 쫓겨났네." 하고 말했다. 그건 아무도 알 수 없었다. 리의 말투는 너무 자연스럽고 쾌활했기 때문에, 아무도 위로하려 들지 않았다.

이윽고 보트라이트 부인이 말했다. "그 길은 형편없어요. 교차로에서 몇 야드 지나 오른쪽으로 구부러진 곳. 그 집은 작은 언덕 위에 세워진 목조 건물인데, 갈색으로 칠해져 있어요."

"그런 집이 보이네요." 하고 버지니아가 말했다. "어머, 저건가요, 저쪽에 있는 거?"

제21장

약간 높은 언덕 위에 위치한 그 단층집은 전원풍은커녕 몹시 황폐해 있었다. 정면에는 창 하나 나 있지 않았다. 입구의 계단에는 잡초가 무성했다. 벽돌로 지은 낡은 테라스에는 미국산 삼나무로 만든 야외용 의자 몇 개가 잡초덩굴에 휘감긴 채 여기저기 내팽개쳐져 있었다. 의자에는 너덜너덜하고 색바랜 쿠션이 얹혀 있었다. 의자 하나에서 고양이가 튀어나와 황야 쪽으로 달아났다.

집안에서는 아무 소리도 들리지 않는다. 사람이 살고 있는 기척은 없었다.

보트라이트 부인이 품위 있게 노크를 했다.

그러자 소리 없이 훌쩍 안쪽으로 문이 열렸다. 커다란 방이 한눈에 들어왔다. 북쪽과 정면의 벽이 유리로 되어 있어서, 그 공간은 밝고 부드러운 빛으로 가득 차 있었다. 먼저 깁슨 씨의 눈에 띈 것은 하나의 육체였다.

그것은 여자의 몸인데, 선명한 남색의 긴 플레어 스커트를 입고, 그밖에는 아무것도 입고 있지 않았다. 그 육체는 멋진 소파에 누워 있었다. 깁슨 씨가 엉겁결에 눈을 깜박이자 그 육체는 일어났다. 반나의 몸뚱이가 몸을 구부렸다. 살아 있었던 것이다.

생기발랄한 남자의 목소리가 들렸다. "무슨 일이오, 메리 앤 보트라이트? 어쩐 일이오? 이거! 클럽인가?"

토르소(머리·손발이 없는 나체 초상)에는 어깨의 꿰맨 자리가 조금 터진 헐렁헐렁한 T셔츠가 걸쳐져 있었다. 그것은 고운 실크 스커트와, 스커트 가장자리의 금색 장식과 묘하게 조화를 이루고 있었다.

"중대한 사건이에요." 하고 보트라이트 부인이 말했다. "그렇지 않았다면 당신을 방해하지도 않았을 거예요, 세오."

"원하신다면." 하고 화가가 말했다. "좋아요, 그게 낫겠군. 피곤한데. 마침 쉬려던 참이었소. 셔츠를 입어라, 래비니아."

"벌써 입었어요." 하고 소파 위에 덩어리처럼 앉아 있던 소녀인지 처녀인지가 말했다. 그리고 맨발을 서로 포개서 책상다리를 했다. 그 눈은 크고 검은 암소의 눈처럼 안정되어 있었다.

깁슨 씨는 여자에게서 남자로 시선을 돌렸다.

"세오 마시 씨!" 하고 보트라이트 부인이 딱딱하지만 빠른 어조로 말했다. "이쪽은 깁슨 부인, 세바슨 양, 깁슨 씨, 타운젠드 씨, 커페이 씨."

"클럽은 아닌 모양인데?" 하고 화가가 말했다. "누구요, 당신들은? 대부분 어딘가에서 본 적이 있는 것도 같은데."

남자는 키가 크고 허수아비처럼 여위어 있었다. 올이 굵은 트위드천 바지에 분홍색 셔츠, 그리고 검은 윗도리 차림이다. 마치 양털처럼 새하얀 머리칼은 한 번도 빗은 적이 없는 자연 그대로 같아 보였다. 얼굴은 주름살투성이고, 날카로운 표정에 두 손은 거칠었다. 70살 전후가 틀림없다.

이 사람은 정력적이었다. 분주히 움직이며 일동을 안으로 맞아들였다. 그의 이는 완전히 노란데, 그중 눈에 띌 정도로 새하얀 이 세 개는 의치인 것이 틀림없다. 이 사람이 웃으면 글자 그대로 흰색과 노란색의 곡식 이삭이 연상되는 것이다. 이 사람은 독약의 피해를 입지 않은 것이 분명하다.

"올리브유 병을 줍지 않으셨어요?" 하고 로즈메리가 서둘러 물었다.

"아니, 난 줍지 않았는데. 앉으시오." 그가 말했다. "이유를 말해 봐요."

그 순간 피로가 몰려온 깁슨 씨는 숨이 당장이라도 끊어질 듯한 모습으로 주저앉았다. 간호사와 버스 운전사는 나란히 앉았다. 폴은 언제나처럼 서 있었다. 그는 모델의 맨발에서 눈을 돌렸다.

보트라이트 부인은 우두커니 선 채로 효과적이고 요령 있게 사건의 경과를 화가에게 얘기했다. 로즈메리는 부인 곁에서 얘기하는 틈틈이 불안한 무언의 제스처를 취했다.

세오 마시는 아무 말도 하지 않고 귀를 기울이는 동안 그 정력을 누르고 있었다. 하지만, 분위기의 파악은 빨랐다. 이 상황 전부를 아주 빨리 머릿속에 받아들인 모양이었다.

"그래, 나는 버스를 탔지. 오늘 낮에 도서관 앞에서 말이오. 당신은 운전사로군? 당신의 얼굴을 제대로 보지는 못했지만."

"제대로 보는 사람은 거의 없죠." 하고 리는 어깨를 으쓱했다.

"도와 주시겠어요?" 하고 로즈메리가 더 이상 참을 수 없다는 듯이 말을 가로막았다. "녹색 종이봉지를 못 보셨나요, 마시 씨? 아니면, 누가 그걸 가져가는 것이라도?"

화가는 시선을 버스 운전사에게서 로즈메리에게로 옮겼다. 그리고 이 여성은 밑에서 보면 어떤 모습이 될까 하는 듯이 고개를 살짝 옆으로 기울였다. "봤을지도 모르지." 하고 그는 조용히 말했다. "난 여러 가지 것을 많이 봤거든. 지금 당장 얘기해 드리겠소. 그 광경을 생각해 내는 동안 기다려 봐요."

보트라이트 부인은 옥좌로 걸어갔다. 적어도 옥좌라고 할 수 있을 만큼 당당하게 그 체중을 의자 속으로 던졌다.

"당신은 아름다운 척추와 걱정거리를 지닌 여자로군요." 하고 화가가 말했다. "앉으세요. 그리고 머뭇머뭇거리지 말 것. 난 꾸물거리는 여자를 싫어해요. 알겠소? 내 신경이 흐트러지지 않도록."

딱 하나 남은 자리, 즉 소파에 앉아 있는 모델 옆에 로즈메리는 앉았다. 그 모습은……정말 우아한 자세로……쥐처럼 얌전했다.

(쥐를 닮은 사람이라고 깁슨 씨는 생각했다. 아아, 우리와 당신과 나는 왜 이런 곳에 있는 거지? 아무런 악의도 없었던 우리들이.)

여섯 명, 그리고 모델인 래비니아까지 진지한 얼굴로 세오 마시를 바라보고 있었다. 세오는 그것을 즐기고 있는 모양이다. 그는 앉지 않았다. 이쪽에서 저쪽으로 소란스럽게 왔다갔다했다.

"그래, 잠깐만 기다려요. 잠시만. 기다려." 화가는 울툭불툭한 집게손가락을 특별히 무엇을 가르키는 것도 아니면서 내밀었다. "그 봉지의 색깔은?"

"노, 녹색입니다." 하고 깁슨 씨는 더듬거렸다.

“녹색?” 화가는 비웃었다. “창밖을 내다봐요.”

집슨 씨는 밖을 내다보고 눈을 깜박이며 말했다. “예?”

“적어도 서른다섯 종류의 분명히 다른 녹색이 있잖소? 난 분명히 알아요. 하나하나 나열할 수도 있지. 그걸 캔버스에 옮기는 거요. 자, 말해 봐요.”

“그건 일종의…….” 집슨 씨는 자신 없는 목소리로 말했다. “——뭐라고 하면 좋을지. 녹색을 띤…….”

“세상 사람들의 눈은 있으나마나 하다니까.” 하고 화가는 으르렁거렸다. “좋아요.” 그리고 나서 기관총을 쏘아대듯이 단어를 대기 시작했다.

“연녹색?”

“아뇨.”

“황녹색? 샤르트루스(밝고 연한 황록색)? 알아요, 이 색?”

“아뇨. 그건——.”

“청녹색?”

“아뇨.”

“회녹색?”

“세오.” 하고 보트라이트 부인이 그의 질문을 막았다.

“이건 조금 지나친가, 메리 앤?” 화가는 웃었다.

“그렇고말고요.” 보트라이트 부인이 대답했다.

“그럼, 이 정도로 해두지.” 화가는 어깨를 움츠렸다. “그럼, 회색을 띤 녹색인가?”

“그, 그래요.” 하고 집슨 씨는 땀을 흘리며 대답했다. “푸른빛을 띤, 조금 퇴색한 느낌의…….”

“다시 말해서 종이봉지는 초록색인 거요.” 하고 화가는 상냥하게 말했다. “그게 틀림없소.” 화가는 천천히 왼쪽으로 걸어가다가 딱 멈춰서서 눈을 감았다. "난 버스 왼쪽 좌석에 앉아 있었지." 하고 그는 꿈을 꾸듯이 말했다. "처음 10분 동안은 모자 한 개를 이모저모로 살피고 있었고. 얼마나 꽃이 활짝 피었던지! 아홉 개의 꽃잎. 그게 모두 달랐거든. 그런데 다음 순간 난 당신을 보았어요……인정이 있어 보이는 눈을 가진 남자가 거기 있었지. 녹색을 구별하지 못하는 남자."

"나 말입니까?" 하고 깁슨 씨는 비명을 질렀다.

"왠지 쓸쓸해 보이는 남자라고 난 생각했다오." 화가는 계속했다. "아, 그래요. 당신은 분명히 왼손에 회색을 띤 녹색 종이봉지를 갖고 있었어."

깁슨 씨는 떨기 시작했다.

"난 잠시 동안 당신의 모습을 지켜보고 있었소. 당신의 젊음과 당신의 슬픔을. 얼마나 부러웠던지! 난 저 남자야말로 정말 살아 있는 거라고 생각했다오."

깁슨 씨는 생각했다. 나나 이 화가 둘 중 어느쪽인가 미쳤어!

절반쯤 감겨진 눈꺼풀 아래로 화가의 눈동자가 흘끔 움직였다. "당신이 봉지를 좌석 위에 놓는 것이 보였소." 눈은 이제 거의 감겨 있었지만, 그래도 보고 있었다. "당신은 검은 표지의 작은 수첩을 주머니에서 꺼냈어요……."

"정말……입니까?"

"당신은 5인치(약 12.5cm) 정도 되는 노란색 볼펜을 꺼내서 적고——생각하고——다시 적었지……."

"정말입니까!" 깁슨 씨는 주머니 속을 드러낸 기분이었다.

"그리고 당신은 골똘히 생각에 잠겨서 쓰는 것을 잊어버렸어요. 나도 곧 흥미를 잃었지. 더 이상 구경할 것이 없어졌기 때문이오. 게다가 난 앞좌석에서 귓볼이 없는 귀를 발견했거든."

로즈메리가 벌떡 일어섰다. 그녀는 깁슨 씨에게로 몸을 구부렸고, 깁슨 씨는 주머니 속에서 수첩을 꺼내어 페이지를 넘겼다. 그래, 볼펜 자국이 있다. 그는 버스 안에서 쓴 글씨를 보았다. '로즈메리……로즈메리……로즈메리' 그녀의 이름이 세 번 적혀 있을 뿐이었다. 그것뿐이었다.

"당신에게 편지를……쓰려고——." 하고 그는 더듬거리며 로즈메리를 올려다보았다.

로즈메리의 눈빛은 신비로웠다……그것은 슬픔의 빛깔이었는지도 모른다. 그녀는 희미하게 머리를 흔들며 천천히 소파로 돌아가 앉았다. 래비니아는 자세를 고쳐 앉았다.

"난 당신을 본 거요, 메리 앤." 하고 화가가 말했다. "하지만 못 본 척했지. 용서해요. 난 마음이 어수선해지거나 다른 사람에게 소개되는 것이 싫었거든."

"나도 당신이 버스에 타고 있는 걸 알았어요." 하고 보트라이트 부인이 차분히 말했다. "그렇지 않았다면 이곳에 올 수도 없었겠죠. 하지만, 그때는 누구에게 소개해 줄 마음도 없었어요."

"당신도 모른 체한 거요?" 화가는 한숨을 쉬었다. "마치 어두운 밤에 떠 있는 배 같군. 나도 자존심이 강한 사람이라오. 그건 그렇고, 기다려요, 기다려."

"종이봉지는?" 하고 로즈메리가 재촉했다.

"조용히 해요." 화가의 눈이 흘끗 움직였다. "아아, 그래,

하트형의 얼굴. 당신을 봤어요."

"저요?" 버지니아가 대답했다.

"오른쪽 앞에 앉았었지?"

"예."

"앞에 앉으면 그 상냥한 눈은 좋아하는 곳으로 향할 수 있지." 하고 화가가 장난스럽게 말했다.

버지니아의 얼굴은 금세 빨갛게 달아올랐다. 리 커페이는 귀를 기울였다.

"이 청년이 당신을 몰래 훔쳐보는 것 같기는 했지만, 확실히 알 수는 없었다오. 틀림없이 백미러로 보고 있었을 텐데?" 하고 화가는 운전사 쪽으로 고개를 돌렸다. "그렇잖소?"

"제가요!" 하고 리가 큰소리로 외치더니 다시 작은 소리로 말했다. "제가요?"

"세오!" 하고 보트라이트 부인은 딱딱하게 말했다. "당신은 또 지나친 말을 했어요. 마치 장난꾸러기처럼 행동하고 있군요."

"이분은 좀 무안을 당해도 상관없겠는데요." 하고 버스 운전사가 강경하게 말했다. "빨리 본론으로 들어가시죠. 독약은?"

화가는 두 손을 탁 쳤다. "내 마음을 혼란스럽게 해서는 안돼." 하고 화가는 초조한 듯이 말했다. "난 여러 가지 것을 봤어요. 그건 어쩔 수 없었지." (버스 운전사는 간호사의 손을 꽉 잡았지만, 두 사람 다 화가의 말에 마음을 빼앗긴 듯 서로의 얼굴을 보지 않았다.) 화가는 뒤로 깍지끼고서 여윈 가슴을 쭉 편 뒤, 손톱 끝을 툭툭 튀겼다. "그 귀에는……."

"누구의 귀인데요?" 로즈메리가 다급하게 물었다.

"몰라. 내가 마음속에 새긴 것은 귀뿐이었소. 알고 싶으면 신문에 광고를 내면 돼. 잠깐만……메리 앤이 아까 당신의 이름을 깁슨이라고 했소?"

"그렇습니다."

"그때 누군가가 당신을 불렀는데?"

"그렇습니까? 아, 그래요." 깁슨 씨가 말했다. "그래요, 맞아요. 내 이름을 불렀어요, 두 번. 한 번은 내가 버스를 기다리고 있을 때였지요. 또 한 번은 막 내릴 때였고. 누가 날 알아본 거예요." 그는 갑자기 기운이 넘쳐흘렀다.

"누구예요, 케네스? 누구?"

그는 고개를 흔들었다. "그건……몰라." 그는 부끄러운 듯이 말했다. "그리 신경쓰지 않아서."

"이 사람은 생각에 잠겨 있었어요." 하고 화가는 분명히 인정했다. "칠면조처럼 근육이 흔들리고 있었지. 분명 생각에 빠져 있었어요. 난 그걸 알아차렸다오."

"누가 이분에게 말을 걸려 했는지 기억나세요?" 하고 로즈메리가 물었다.

화가는 난처한 표정을 지었다. "그걸 알면 문제가 없는데." 하고 그는 슬픈 듯이 말했다. "난 시각형의 사람이라서. 물론 그 목소리는 들었지. 하지만, 그 목소리의 주인공은 보지 못했다오. 연결되지 않은 거지. 그러나……." 하고 모두가 기대로 충만해질 때까지 그는 충분한 시간을 두었다. "누군가가 종이봉지를 집어드는 걸 분명히 봤어요."

"누구예요?"

“누구예요?”

“누구예요?”

일동은 팝콘처럼 펄쩍 튀었다.

“젊은 여자였어, 젊은 여자. 아주 아름다운 젊은 여성.” 하고 화가는 말했다. “난 그 아가씨의 얼굴을 보고 있었다오. 녹색 종이봉지를 집어든 뒤 그걸 가지고 버스를 내린 사람은 분명 그 아가씨였어요. 그래요.”

“언제입니까?”

“이 사람이 내린 직후. 그러나 난 다시 아까의 그 귀에 주의가 쏠려서.”

“누구죠, 그 아가씨는?”

화가는 어깨를 으쓱했다. “나도 알고 싶소.” 그가 말했다. “꼭 그 아가씨를 다시 만나고 싶군요. 이름 같은 것은 내겐 아무런 의미도 없어요.”

“어디서 내렸죠, 그 아가씨는?”

“글쎄, 불과 두세 블록 다음으로 기억되는데…….” 이 화가에게는 거리 또한 아무런 의미가 없는 모양이다.

“검은 머리였습니까?” 하고 폴 타운젠드가 숨을 죽여 물었다.

“그건……대충 얘기해서……그 아가씨의 머리칼이 검은 색에 가깝다는 의미인가? 그렇소.”

“지니!” 하고 폴이 외쳤다. “아아, 어떡하지? 그건 틀림없이 지니야. 전화는 어디에 있죠?”

제22장

“**전**화는 없어요.” 하고 보트라이트 부인이 말했다. “지니가 누구예요?”

폴은 일동의 한가운데에 버티고 서 있었다. 화가 난 표정에다 키가 훌쩍 더 커 보였다. 그는 모두를 노려보고 있었다. 성난 사자 같았다.

“하지만, 폴.” 하고 로즈메리가 물었다. “왜 그 사람이 지니라고 생각하죠 ?”

“마침 그때 그 아이는 음악 레슨을 받으러 갔기 때문이오. 그 선생의 집이 가로수 길을 죽 따라간 곳에 있거든. 이분이 내릴 때 마침 버스를 탔는지도 몰라요. 그 아이는 이분을 알고 있잖아요. 그 아이라면 말을 걸었을 것 같아요. 이분이 일어선 뒤 그 자리에 앉았을지도 모르고. 지니가!” 폴의 단정한 얼굴은 일그러졌다.

“지니가 누구요?” 화가는 끝까지 알고 싶은 모양이었다.

“내 딸이에요!” 하고 폴이 외쳤다. “딸이라고요.”

“하지만, 지니가 이분을 보았다면…….” 로즈메리는 얼굴을 찡그리고 생각에 잠겼다.

“이분이 어디에 앉아 있었는지 그 아이는 알 리가 없어. 독약을 두고 내린 것이 이분인 줄은.” 하고 폴은 흥분한 나머지 두서없이 말했다. "그 아이가 알 리가 없어. 혹시……아냐, 그럴 리 없어!" 폴은 고통스러워했다. "지니는 분별력이 있는 아이예요. 아주 똑똑하고. 그렇죠, 예?" 하고 그는 가엾게도 동의를 구했다. "아무튼 집으로 전화해 봐야겠어. 어머니에게 무슨 일이 일어났다면 큰일이에요! 아아, 어떡하지……전화가 있는 곳으로 가야 하는데. 그 아이가 예뻤다고 했죠?"

화가가, "사랑스러웠지." 하고 말했다. 그는 찬찬히 타운젠드를 바라보았다. "조금 틀려요."

"지니는 사랑스러워요. 그건 분명해요. 어쨌든 이곳에서 빨리 나가야겠어요." 폴은 완전히 흥분해 있었다. "저, 어머니는 저녁식사를 일찍 해요. 지니는 벌써 식사 준비를 시작했을 겁니다. 이제 곧 5시예요. 전화를 걸어야 해요. 어머니가 독약을 마시게 되면 큰일이에요."

"어머니?" 보트라이트 부인은 깁슨 부부를 보고 얼굴을 찡그렸다.

"계모예요." 하고 로즈메리가 조금 무서운 듯이 말했다. "할머니인데……다리가 불편한 할머니……."

"할머니이긴 하지만, 큰 도움이 됐어요." 하고 폴이 외쳤다. 지금까지 그런 모습을 본 적이 없을 만큼 흥분해 있었다. "그분은 지니를 키워 줬어요——결국 나를 키워준 셈이지. 듣고 싶다면 말씀드리죠. 그분은 훌륭한 여인이에요. 난 그렇게 생각해요!……그분이 없었더라면 우리 가정은 존재하지도 않았을 겁니다. 프랜시스가 죽었을 때 만일 그분이 없었다면 난 어떻게 됐을지 몰라요……저, 실례지만, 난 돌아가야겠습니다. 그리고 저건 내……내 차니까."

“마시 씨.” 하고 로즈메리가 일어서면서, “그 아가씨가 확실히 이분의 딸일까요?” 하고 말했다.

“그럴지도 모르지.” 세오 마시가 대답했다. “이 사람과는 안 닮았지만.”

“지니는 죽은 제 엄마를 꼭 닮았어요.” 하고 폴이 말했다. “나와는 전혀 딴판이에요. 어쨌든 난 여러분과 함께 시내로 돌아가려 하는데, 지금 곧 가시겠습니까?”

“내가 운전하겠습니다.” 하고 리 커페이가 동정 어린 투로 말했다. “당신은 조금 흥분해 있고, 어차피 내가 빠를 테니까. 그게 좋겠죠?” 하고 그는 다른 사람들에게 말했다.

“교차로에 전화가 있습니까?” 하고 폴이 물었다.

“글쎄요, 전화라……." 하고 리에게 손이 붙잡힌 채로 버지니아가 말했다.

“있어요.” 세오 마시가 말했다. “주유소에. 일어서, 래비니아.” 이상한 차림의 모델은 일어섰다. 다른 사람들은 문 밖으로 뛰어나가고 있었다.

“기다려요.” 화가가 말했다.

“선생님도 갑니까?” 하고 버스 운전사가 진지하게 물었다.

“물론 당장 가야지. 이 결과가 어떻게 될지 확인하지 않고는 견딜 수 없을 것 같군요. 난 호기심이 많은 사람이라오. 서둘러, 래비니아. 교차로에서 이 아이를 내려 주면 돼요. 이 아이의 아버지가 주유소의 사장이거든.”

차를 향해 달리면서도 깁슨 씨는 이 말에 놀랄 여유가 있었다.

좀전과 마찬가지로 리, 버지니아, 폴이 앞에 탔다. 뒷좌석

중앙에는 보트라이트 부인의 넓은 엉덩이가 떡 버티고 있었다. 왼쪽에는 래비니아를 안은 세오 마시가 앉았고, 오른쪽에 탄 깁슨 씨는 아내 로즈메리를 무릎에 앉혔다. 기분도 엉망이고 몸은 완전히 지쳐 버렸는데도, 보트라이트 부인의 선량하고 따뜻한 육체를 방패삼아 로즈메리를 무릎 위에 앉힌 채 한 팔로 안고 있는 느낌은 어쩐지 즐겁고 따뜻했다.

차는 단번에 언덕을 내려갔다. 멈춰섰다. 모두의 몸이 쿵 하고 흔들렸다. 폴이 뛰어나가 전화에 매달렸다. 래비니아는 맨발에 휘감긴 파란 롱 스커트를 거치적거려 하면서 보기 흉한 모습으로 내렸다. "다녀왔어요." 하는 소리가 깁슨 씨에게 들렸다. 속옷 정도는 입고 다니는 것이 어떠냐고 별로 관심도 없다는 듯이 남자가 말했다. "더구나 구두는 신어야지, 래비니아. 네 엄마는 아까부터 저녁식사 준비로 야단이고, 난 배가 고파 죽을 지경이다."

통화중 하고 외치는 폴의 소리가 들렸다. 무슨 무서운 일이 일어났는지도 모른다.

세오 마시가 맞고함쳤다. "이봐요, 전화거는 양반! 래비니아에게 걸어달라고 해요. 그 아이에게 부탁해 봐요. 보증할 수 있어요." 화가는 몸을 내밀고 그 앙상한 긴 팔을 흔들어댔다.

"배짱이 있기 때문이지, 래비니아는." 하고 보이지 않는 곳에서 그녀의 아버지가 만족스러운 듯이 말했다. "무슨 일 있습니까?"

"그 아이에게 전화를 부탁해요." 하고 화가는 큰소리로 외쳤다. "우린 빨리 가요."

"이렇게 얘기하면 되죠?" 래비니아가 말했다. "올리브유 병을 만지지 말 것. 아빠가 금방 갈 테니까."

"배짱이 두둑한데다가 말도 잘하지." 주유소 주인의 슬픈 목소리가 들렸다. 말하면서 몸을 흔들고 있는 것이 틀림없다고, 보이지는 않지만 깁슨 씨는 생각했다.

"그래요, 그렇게 말해 줘요." 폴의 목소리는 가라앉아 있었다. "난 이곳에 있을 수 없으니까." 그는 전화번호를 세 번이나 되풀이해서 말했다. (래비니아는 한 번에 외워버린 모양인데.) 그리고 나서 폴은 차로 돌아왔다.

"출발해요, 리." 하고 버지니아가 버스 운전사에게 말했다.

"좋습니다." 하고 화가는 즐거운 듯이 외쳤다. "안녕, 래비니아. 좋은 아이야." 하고 그는 일동에게 설명했다. "진짜 예술을 이해하는 아이야."

"그런가요?" 하고 로즈메리가 숨을 헐떡이며 말했다. 차가 조금 기울자 깁슨 씨는 당황해서 그녀를 꽉 껴안았다.

로즈메리는 목을 죽 빼고 보트라이트 부인 쪽을 보려 했다. "마시 씨, 당신은 예술가로서——." 하고 그녀는 상냥한 목소리로 물었다. "이렇게 시내에서 멀리 떨어진 곳에 사는 것도 물론 일종의 현실도피겠죠?"

"현실도피는, 빌어먹을!" 하고 예술가는 화가 나는 듯이 말했다.

"누가 그런 얘기를 했습니까?" 보트라이트 부인은 최대한으로 가슴을 당겨 두 사람의 대화에 방해가 되지 않으려고 했다.

"난 30초 동안에 당신들이 하루 걸려서 보는 것보다도 많은 현실을 볼 수 있어요." 하고 예술가가 장담했다. "난 자동차도 이용하지 않아요. 난······.”

“당신의 시력만 있다면 말이지요?” 하고 깁슨 씨가 끼여들었다.

“그렇소.” 하고 세오가 신경질적으로 대꾸했다. “잘 말했어요, 깁슨 씨. 당신이 깁슨 씨였군.” 예술가는 무뚝뚝하게 입을 다물었다. 깁슨 씨는 기습에 성공한 느낌이 들었다.

“무슨 말인가요?” 하고 버스 운전사가 어깨너머로 물었다. “무슨 얘기죠?”

“이분이 무엇이든지 볼 수 있다는군요.” 하고 깁슨 씨가 설명했다. “예를 들면, 귀. 이분은 틀림없이 웅덩이에 빠지지는 않을 거요.”

“그렇겠군요.” 로즈메리는 어느샌가 로즈메리다운 목소리로 킬킬거렸다. 깁슨 씨는 기뻐서 어쩔 줄을 몰라 하며 터져나오려는 웃음을 참으려고 그녀의 소매에 살짝 뺨을 댔다. 하지만, 그는 아직 범죄자이다. 아무리 가슴속에서 즐거움이 솟구쳐도 분명한 범죄자인 것이다.

“지독히 심술궂은 사람이군요, 깁슨 씨는.” 하고 버스 운전사가 금발 아가씨에게 말했다. “아마 별일 없을 겁니다, 그렇죠?”

폴이 긴장된 목소리로 말했다. “차를 빨리 몰아요.”

버지니아가 위로하듯이 말했다. “그래요. 그럴 거예요, 틀림없이.”

“걱정 말아요, 폴.” 하고 상당히 밝은 목소리로 로즈메리가 말했다. “지니는 분별력이 있는 아이인걸요.”

“그건 알고 있어요.” 폴은 고개를 돌려 쫓기는 듯한 시선으로 로즈메리를 흘끗 보았다. 그리고 고개를 원래대로 돌린 뒤 두 손으로 머리를 눌렀는데, 그것은 눌렀다기보다는 어루만지고 있는 모습이었다.

"다른 사람들은 모두 본 적이 있는데, 폴은 누굽니까?" 하고 화가가 결말을 지으려는 듯이 물었다. "그 사람은 버스를 타지 않은 것 같은데."

"깁슨 씨의 이웃에 사는 분이에요." 보트라이트 부인이 말했다. "이건 그 사람의 차예요. 그런데 경찰에 연락하는 편이 낫지 않을까요?"

화가는 뒷좌석에서 목소리를 죽이고 말했다. "녹색 종이 봉지를 가지고 간 사람은 아무래도 그 사람의 딸이 아닌 것 같소. 버스에서 만난 아가씨는 의지가 강해 보였거든. 그런데 저 양반은……." 화가는 도저히 글로는 표현할 수 없는 소리를 냈다. "그건 '그렇게 될 수는 없어!'" 라는 의미인 모양이다.

"폴은──." 하고 로즈메리가 졸린 듯한 목소리로 말했다. "미남이고 선량해요."

"게다가 아주 따분한 사람이지. 틀렸습니까?" 하고 세오 마시가 말했다.

로즈메리가 깁슨 씨의 목에 팔을 둘렀다. 물론 차의 속도가 빨라져서 꼭 붙잡기 위해서였다. "그래요. 조금 진부한 사람이죠." 하고 그녀는 작은 소리로 말했다. "하지만, 아주 친절해요……모든 사람이 당신처럼 재미있을 수는 없어요." 그녀는 목을 길게 빼고 화가의 안색을 살폈다.

"그럼! 나는 물론 재미있는 사람이지." 세오 마시가 말했다.

깁슨 씨는 맹렬한 질투를 느꼈다. 이 자만심 강한 바보

녀석. 아무리 해도 일흔 살은 되어 보이는 늙은이 주제에.

"게다가 여러 가지 것을 즐기는 사람도 있다오. 이것도 마찬가지지만. 그건 그렇고, 깁슨 씨라고 했지……당신은 왜 자살하려고 했소?" 하고 세오 마시가 물었다. "돈이 없어서 그랬나?"

"돈이라뇨!" 하고 로즈메리가 외마디소리를 질렀다.

"돈 때문이 아닌가?" 예술가가 말했다. "돈은 내가 많이 갖고 싶어하는 것 중 하나지. 사실이에요. 난 대단한 장사꾼이거든. 틀립니까, 메리 앤?"

"거머리, 흡혈귀지요." 하고 보트라이트 부인이 조용히 말했다.

"아무튼 돈은 진지한 문제요." 하고 세오는 아무도 진지하게 얘기하지 않는다는 듯이 부루퉁한 얼굴로 말했다. "그러니까 내가 그렇게 생각하는 것도 당연하지. 이 사람은 파산한 거요?"

"아뇨." 하고 로즈메리는 간단히 대답했다.

"어떤 의미에서는." 하고 리 커페이가 그 예리한 눈초리로 뒤를 쳐다보면서 말했다. "파산한 거나 다름없죠……."

"내 추측으로는——." 하고 세오 마시가 고민스럽게 말했다. "이 사람은 무엇인가로 고민하고 있었어요. 그걸 난 알고 싶을 뿐이오."

"이분은 말하지 않을 거예요." 보트라이트 부인이 말했다. "틀림없이 이분에게는 말 못할……."

"아니, 말할 수 있어요." 세오 마시가 말했다. "이 사람의 말은 논리정연해요. 난 주의깊게 듣고 있었어요. 그것에 흥미를 느끼고 있었죠."

“그래요, 흥미를 느꼈습니까?” 하고 깁슨 씨는 심술궂게 말했다. 로즈메리의 몸이 갑자기 굳어지는 것을 그는 몸으로 느꼈다.

“알아맞춰 볼까요?” 하고 로즈메리가 두려움이 가득한 목소리로 말했다. “이분이 10주 전에 저와 결혼한 것은……저를 돕기 위해서였어요. 어려움에 처해 있는 사람을 돕기 위해서였죠. 이분은 곤란한 사람을 도와 주는 걸 좋아해요. 취미인 거죠. 이제 난 건강해졌는데……이분은 계속 내게 붙어 있었어요.”

“그만둬!” 깁슨 씨는 창백한 얼굴로 외쳤다. 그 흥분으로 그녀가 미끄러져 떨어지지나 않을까 염려스러워 그는 두 팔로 로즈메리를 꼭 안았다. “아냐, 아냐!”

“그럼, 왜 그랬죠?” 그녀는 떨고 있었다. “케네스, 난 당신이 왜 그런 일을 하려 했는지 모르겠어요. 단지 추측할 뿐……틀림없이 에셀의 말에 속아 넘어갔을 거예요.” 그녀는 깁슨 씨에게서 몸을 떼어 앞좌석의 등받이에 기대고 두 손으로 얼굴을 가렸다.

“어쩌면——나 자신 때문인지도 몰라.” 깁슨 씨의 마음은 무섭게 아파오기 시작했다.

“모른다고요?” 하고 리가 어깨너머로 불쌍하다는 듯이 말했다. “소용없어요. 이분이 무얼 걱정하는지 전혀 모르겠어요.”

버지니아가 끼여들었다. “우리에게 털어놓으면 어때요? 우린 아까부터 이렇게 힘을 합친걸요. 자, 말해 보세요.” 그 자그마한 얼굴은 좌석의 등받이에 반쯤 가려서 둥실 떠오르는 달처럼 보였다. “모든 걸 얘기하고 나면 기분이 상쾌해질지도 모르잖아요?”

보트라이트 부인이 믿음직스럽게 말했다. “자, 어서 애기하세요.”

폴이 말했다. “애플비 광장에서 지름길로 가면 빠를 텐데.”

“당신이 운전하는 것보다 훨씬 빨라요.” 리가 대꾸했다. “게다가 래비니아에게서 이미 연락을 받았을 겁니다.”

“래비니아!” 폴은 내뱉듯이 말했다. “그런 나체의 아가씨가!” 나체의 그 아가씨에게 부탁을 했다는 것을 그는 도저히 상상할 수 없는 모양이다.

마시가 크고 날카로운 목소리로 심술궂게 말했다. “깁슨 씨는 그 비밀스런 이유를 상당히 좋아하는 모양이군. 가슴속에 꼭 묻어두고 있으니 말이오. 우리들에게는 보여 주지도 않고. 그럼, 그 기막힌 즐거움을 엉망으로 만드는 짓은 하지 말아야겠는데.”

“그런 식으로 말하지 마세요!” 하고 로즈메리가 자세를 바로 하며 말했다. “마치 에셀이 애기할 때의 말투로군요.”

그 순간 모두가 입을 열어 에셀이 누구인지를 화가에게 설명했다.

“풋내기 같으니.” 하고 화가는 중얼거렸다. 그는 한쪽 발을 앞좌석의 등받이에 올려놓고 있었다. 노란색 양말인데, 아주 더러웠다. “그런 햇병아리를 난 증오해. 경멸해! 어리숙한 말괄량이들! 풋내기 비평가들!” 화가는 긴 한숨을 쉬었다. “풋내기 심리학자들이 가장 곤란하지. 25센트짜리 잡지의 다이제스트 기사를 이리저리 대강 읽고……그것으로 모두 알고 있다고 착각하고 있으니. 그리고는 그 잘난 지식으로 친구나 이웃을 재단하는 거야. 아무리 가는 바늘도 통과할 수 없는 곳에 자기들의 흉측한 큰 손을 집어넣고 마구 휘저어대는 거지. 그러면서도 좋은 일을 하고 있다고 생각하기 때문에, 그런 풋내기들만큼 잔혹한 것들도 없어. 녀석들을 하나도 남기지 않고 목졸라 죽이고 싶어."

깁슨 씨는 몸을 움직였다. "아니오." 하고 그는 말했다. "좀더 공평하게 에셀을 보세요. 그러기 위해서는 내가 사정을 애기해야겠군. 그 사정이란 것은 단지……이건 어쩌면 에셀이 가르쳐 준 건지도 모르지만……이건 운명이에요." 드디어 말해 버렸다.

"운명?" 보트라이트 부인이 기운을 북돋아주며 말했다. "계속하세요."

말하지 못할 이유는 없다.

"우리들은 자유스럽지 못해요." 하고 그는 힘주어 말했다. "우리들은 운명지어져 있는 것에 불과해요. 그것은……그래요, 그것은 갑자기 세게 내게 부딪쳐 왔어요. 즉, 깨닫고 ……믿고 구체적으로 적용한다는 의미인데——우리가 하는 자유로운 선택이란 단순한 착각에 불과하다는 사실을 깨달은 거요. 우리들은 자신도 모르는 어떤 내부의 뜻에 따라 움직이고 있어요. 우리는 자기 자신을 도울 수도, 다른 사람을 도울 수도 없어요……."

모두 잠자코 있었기 때문에 그는 애기를 계속했다.

"우린 얼간이들이라고요. 꼭두각시요. 우리들이 앞으로 어떤 일을 할지는 어떤 사람이라도 예측할 수 있어요. 예를 들면……원자폭탄이……인간성이 변하지 않는 한 반드시 떨어지게 되어 있듯이……."

"잠꼬대야." 하고 화가가 말했다. "여전히 고리타분한 잠꼬대를 하고 있군. 나에 대해 예언해 봐요——집슨 씨. 할 수 없지! 당신은 그런 실없는 소리를 진심으로 믿고 있는 거요?" 그는 침을 튀겨 가며 얘기했다.

로즈메리가 대신 대답했다. "예, 알아요. 난 알아요. 나도 믿고 있어요."

그러자 폴을 쳐다보고 있던 모두가 봇물이 터진 듯이 한꺼번에 얘기하기 시작했다.

버스 운전사의 목소리가 가장 잘 들렸다. "바보 같은 양반!" 하고 그는 외쳤다. "현상태에서 예언할 수 있다고요! 그게 사실인가요? 사고란 늘 생길 수 있어요. 우주는 이렇게 넓고 여러 가지가 함께 섞여 있으니까……."

"내가 예언할 수 있다면 어떻게 되겠소?" 집슨 씨는 당당하게 자신의 입장을 고수했다. "전문가라면……."

"아뇨, 아녜요. 우리들은 모두 무지해요." 하고 간호사가 말했다. "하지만, 전문가는 그걸 알고 있어요. 전문가는 우리들이 생각하고 있는 것을 알고 있어요. 우리들이 좋은 생각도 하고 있다는 걸 알고 있을 거예요. 따라서, 그런 생각을 연구하는 것이 전문가잖아요. 그것만은 믿어야 해요, 집슨 씨."

집슨 씨는 감동했다. 무엇엔가에 닿은 것처럼 마음이 흔들렸다.

보트라이트 부인이 헛기침을 하고는, "인간의 조직적인 노력이라는 것은——." 하고 얘기하기 시작했다.

"이곳은 PTA 총회가 아니에요, 메리 앤." 하고 화가가 엄숙히 가로막았다. "이 사람은 훌륭한 인텔리요. 내가 얘기를 하나 하리다." 그는 귀뚜라미처럼 마른 몸을 쑥 내밀고는 깁슨 씨를 자세히 보았다. "들어봐요, 깁슨 씨. 혈거시대를 생각하는 거요."

"예." 하고 감정이 풀린 듯이 무감각한 상태에서 깁슨 씨가 대답했다. "생각하고 있어요."

"이곳을 출발해서 북극의 상공을 날아 내일 유럽에 도착하는 것을 우리 후손들이 마침내 해내겠지 하고 혈거시대 사람들이 생각했을까요?"

"물론 생각지 못했겠죠."

"그러면……당신이 혈거시대의 사람처럼 좁은 안목으로 사물을 보는 것은 무슨 이유 때문이오?"

"좁아요?"

"그래요. 당신은 현재 알려져 있는 것을 기초로 해서 미래를 삽입한 거요. 당신의 애기는 과거의 연장일 뿐이란 말이오. 당신이 생각지 못한 것이 뭐냐 하면 그건 '경이'(驚異)요!"

"멋져요!" 버스 운전사가 외쳤다. "맞아요! 맞아!"

"커다란 도약은 모두 놀랄 만한 일이고 계시인 거요." 하고 화가는 강의했다. "그건 낡은 것에 이어져 있지요. 페니실린. 핵분열. 이런 것들의 출현을 과연 몇 사람이나 예언했을까?"

"사실이에요." 하고 버지니아가 외쳤다. "방적기계는? 텔레비전은? 이 다음에 무엇이 나타날지 우리들이 알 수 있을까요?" 그녀는 이제 완전히 흥분해 있었다. "어쩌면 우리들이 꿈에도 생각지 못했던 방향으로 미래는 아득히 펼쳐지고……."

"훌륭해요." 세오 마시가 말을 받았다. "당신은 그림의 모델을 한 적 있소?”

“정신적인 면도 마찬가지예요.” 하고 보트라이트 부인이 상황을 부추겼다. “심리적인 면도 그렇고. 고대에서는 상상할 수조차 없었던 이상을 인간은 멋지게 키워 왔어요. 그건 부정할 수 없죠. 예를 들면 혈거시대의 사람들이 적십자를 이해할 수 있었을까요?”

“아니면, 동물학대방지협회를 말이지요.” 버스 운전사가 말했다. “칼처럼 날카로운 이빨을 가진 그들의 동족들로서는 이해할 수 없는 일이죠. 운명인지 문명인지 모르지만. 그리고 해야 할 일은 항상 하는 거예요. 즉, 도약하는 거죠. 이건 원자폭탄 얘기인데……”

“그럼, 원자폭탄은 떨어지지 않겠군요?” 하고 로즈메리가 물었다. 그녀는 황홀한 표정으로 꽉 모아쥔 두 손을 높이 쳐들었다. “따라서, 인간은 내일 아침까지 상식적으로 알려진 것 이상의 어떤 것을 발견할 수 있겠군요. 그건 아무도 모를 거예요. 그걸 에셀이 알 수 있을까요! 에셀은 그렇게——.”

“그렇게 고정되어 있다고 말하시오.” 화가가 말했다. “죽음도 고정되어 있지. 고정은 치명적인 결함이라오. 눈을 떠봐요. 그럼, 당신은 깜짝 놀랄 겝니다.” 이것은 그의 신조인 모양이다. 깁슨 씨는 엉겁결에 눈 주위의 근육을 긴장시켰다.

“털썩 주저앉아서 하늘을 쳐다보면 원자폭탄은 떨어지죠.” 버스 운전사가 말했다. “그건 확실해요. 멍하니 앉아서 우리들은 똑똑하니까 운명이 다가오는 것을 볼 수 있다고 얘기하는 사람만 있는 게 아니에요, 세상에는. 50년쯤 지나서 되돌아보면 오늘의 최신 뉴스도 정확히 알 수 있겠죠. 그러나 지금은 몰라요. 현재는 놀라운 것들뿐이에요. 불안한 일들뿐이죠. 그게 당연해요. 그런데 그런 과정은 마치 눈에 보이지 않는 안개처럼 살며시 다가오죠.”

“바로 그거야!” 하고 화가가 말했다. “당신이 살고 있는 시내를 이미 에워싸고 있지만 당신 눈에는 보이지 않는 거라고요.”

“더구나 인간은 서로 도울 수 있어요.” 로즈메리가 말했다. 무릎에 안긴 채 그녀는 고개를 돌려 깁슨 씨의 얼굴을 보았다. “내가 산 증거예요. 당신은 도와 주고 싶어서 날 도와 주었어요, 케네스. 다른 이유는 하나도 없었어요.”

“그렇다고 인정해요.” 하고 화가가 말했다. “당신의 주장은 부결됐소, 깁슨 씨. 당신에게는 죽을 만한 이유가 없어요. 당신의 그런 어리석고 진부한 이유로는 논리적으로도 자살할 수 없어요. 화가는 좌석 깊숙이 몸을 묻고 만족스러운 듯이 팔짱을 꼈다.

버스 운전사가 애매모호한 투로 말했다. “하지만, 논리라는 것은⋯⋯.”

갑자기 간호사가 운전사의 팔에 이마를 댔다.

보트라이트 부인이 단호한 어조로 말했다. “잘못된 것을 깨달았다면 그 다음에는 그것을 인정해야 해요. 그것이 진보의 유일한 방법이지.”

그리고 일동은 그의 대답을 기다렸다.

천 갈래 만 갈래로 흐트러진 깁슨 씨의 마음이 깃털처럼 천천히 애처롭게 내려앉았다. “그러나 내 실수로——.” 하고 그는 조용히 말했다. “누군가가 죽을지도 몰라요.”

폴이 엉겁결에 말했다. "만일, 어머니나 지니에게 무슨 일이 생겼다면 난 절대로 당신을 용서치 않을 겁니다."

"'절대'라고 하진 마세요." 하고 버지니아가 고개를 들고 부드러운 목소리로 말했다.

"'절대'란 왠지 비과학적인 느낌이 들지 않습니까?" 하고 버스 운전사가 한마디 하고 나서 간호사의 귀에 살짝 키스했다.

차는 가로수 길을 벗어나 지름길로 들어섰다.

모두 잠자코 있었다. 흥분은 가라앉았다. 독약의 행방은 알 수 없다. 그들은 아직 찾아내지 못한 것이다.

비록 실수 속에 발전이 있고, 죄 속에 책임이 있고, 무지 속에 희망이 있고——인생 속에 경이가 있고——운명에 결함이 있더라도——그러나 올리브유 상표가 붙어 있는 죽음의 작은 병을 그들은 아직 손에 넣지 못한 것이다. 그 일은 결코 착각이 아니다.

제23장

아내를 안고 있는 깁슨 씨의 기분은 씁쓰레했다. "로즈메리——." 하고 그는 작은 소리로 거의 속삭이듯이 말했다. "왜 바늘에 찔리지 않았다고 했어……찔렸으면서."

"그런 얘길 해야 할지." 이렇게 말하는 그녀의 표정은 부드러웠고, 깁슨 씨의 씁쓰레함도 순식간에 사라졌다. "에셀에게 알리고 싶지 않았어요……." 그녀의 숨결이 깁슨 씨의 이마에 와닿았다.

"알리고 싶지 않았다니 무엇을, 로즈메리?"

"내가 얼마나——." 로즈메리는 몸을 조금 떼어 그의 눈을 찬찬히 들여다보며, "우리 집을 얼마나 사랑하고 있는지를 말예요." 하고 말했다. "난——감상적인 내 마음을 알리고 싶지 않았어요. 에셀은 감상에는 전혀 동정하지 않거든요. 분명 감상적이고 우스운 얘기지만, 난 사실 직장에 나가고 싶지 않았어요."

깁슨 씨는 무겁게 눈을 감았다.

"그런데 당신의 마음은 어딘가로 떠나 버렸어요, 케네스. 그 사고가 있은 뒤로는 줄곧." 하고 그녀는 깁슨 씨의 머리칼 언저리에다 속삭였다. "에셀이 당신에게 무슨 얘기를 했죠?" 그는 로즈메리의 심장이 뛰고 있는 곳에 얼굴을 묻었다. "당신이 에셀과 똑같은 생각을 하고 있다고 느꼈어요."
로즈메리가 계속했다. "내가 짐을 덜어 주길 바란 거죠. 당
신은 아주 친절하게 대해 주셨지만. 난 잘 몰라요."

"그건 사고였어." 하고 그는 중얼거렸다. "전에도 말했듯
이……."

"나요, 당신에게 여러 가지를 얘기한 것은……당신이 의
심하는 얼굴을 하고 있었기 때문이에요." 로즈메리가 말했
다. "그분은 당신의 동생이고, 당신은 은근히 그분을 존경
하는 눈치였어요. 그래서 당신은 에셀이 말한 대로 완전히
믿고 있을 거라고 생각했죠. 더구나 이젠 기억하지 않는다
고 했어요——난 무서웠어요……에셀 때문에 정신이 어수
선해졌거든요."

폴이 큰소리로 말했다. "오른쪽으로 구부러져서 저곳이에
요. 그래요, 세 번째 드라이브웨이." 온통 정신을 빼앗긴 폴.
모두가 걱정하고 있을 때에는 '걱정하지 말라던' 폴. 그런데
지금 모두가 별로 걱정하지 않고 있는데 걱정하라고 강요
하는 폴. 폴의——지금의 그는 아주 젊게 보였다——나무
랄데 하나 없는 행동 뒤에는 의외로 버릇없는 철부지의 모
습이 엿보이는 것이었다.

"에셀은 벌써 돌아왔겠군요." 하고 로즈메리가 숨을 들이
쉬며 말했다.

그녀는 천천히 몸을 뗐다. 차가 멎었다. 깁슨 씨는 눈을
떴다. 덩굴이 휘감긴 작은 별장의 지붕이 왼쪽으로 보인다.
아마 우리 집일 것이다. 하지만, 그에게 우리 집이란 이미
……존재하지 않는다. 그는 혼란스러웠다. 그 절망적인 혼
란 속에서 그는 문득 깨달았다. 난 스스로 내 운명을 결정

한 것이다.

집슨 씨는 심하게 다리를 절면서 폴의 집 현관으로 올라 갔다.

살아 있는, 건강한 지니 타운젠드가 문을 열고 소리를 질 렀다. "아, 찾으셨어요?"

"저 여자가 아니야." 음울한 목소리로 세오 마시가 말했 다. "역시 생각했던 대로야."

폴은 지니를 두 팔로 안았다. "아, 무서웠어." 하고 그는 중얼거렸다. "네가 같은 버스를 타서……혹시 독약을 주웠 을지도 모른다고 생각했지."

"어머, 세상에. 아빠도, 참!" 지니는 화가 난 듯이 몸을 비틀며 아버지에게서 떨어졌다. "절 그런 바보로 생각했어 요?"

"할머니는 어떠냐?" 폴은 딸을 두고 집안으로 뛰어 들어 갔다.

분명히 독약은 이곳에도 없다.

지니는 일행을 바라보았다……갑자기 맥이 탁 풀리는 여 섯 사람. "들어오세요." 하고 지니는 빠른 어조로 말했다. 예의바른 아이와 화가 난 아이가 다투고 있다.

"래비니아가 전화를 했니?" 하고 리 커페이가 물었다. "응, 지니?" 그가 소녀에게 말을 거는 태도는 어른과 얘기 할 때와 조금도 차이가 없다.

"누군가가 전화를 했어요. 그 사람이 래비니아예요? 우 린 벌써 알고 있었어요. 라디오에서 방송을 했거든요." 지 니는 짧게 자른 머리를 쳐들었다. 빨간색 스커트에 흰 블라 우스. 거기에 작고 빨간 격자 무늬의 양말을 신고 있었다.

"우체통을 보러 갔을 때——꽤 오래 전이에요——깁슨 씨 댁에서 라디오 소리가 들려왔어요. 그래서 곧장 집으로 달려와 들었죠." 요즘 일어나는 사건은 무엇이든지 알고 있다고 말하지만 않았을 뿐 잔뜩 교만한 표정이다.

깁슨 씨와 로즈메리는 서로를 쳐다보았다. "그럼, 에셀도 알고 있겠군." 하고 그는 중얼거렸다. 그는 이제 한치 앞도 내다볼 수 없는 느낌이었다. 로즈메리가 가만히 어깨를 기대어 왔다.

"하지만, 그 사람이 아저씨라는 건 모르지 않을까요?" 하고 집안으로 뒷걸음질치면서 지니가 말했다. "라디오에서는 이름을 밝히지 않았거든요. 할머니는 대충 알고 계시는 것 같았지만."

"그래, 너는 달려가서 에셀에게 가르쳐 주거나, 근처의 잘 아는 사람에게 얘기하지는 않았겠지, 응?" 하고 버스 운전사가 시험하듯이 물었다.

"안 했어요." 지니가 대답했다. 그 얼굴에는 조금 염려하는 기색이 엿보이기는 했지만, 변명할 궁리를 하고 있는 표정은 아니었다. 아무리 봐도 지니가 에셀 깁슨과 사이좋게 얘기할 것 같지는 않다.

"여러분, 안으로 들어가세요."

일행은 천천히 들어갔다.

폴은 거실 한가운데에서 파인 부인의 의자 옆에 무릎을 꿇고, 그 아름다운 머리를 숙이고 있었다. 그로서는 이상한 ……연극 티가 나는 진부한 자세다.

파인 부인은 어린아이를 타이르듯이 말했다. "하지만, 폴, 지니와 내 일이라면 조금도 걱정할 필요가 없었는데……."

폴이, "어머니는 몰라요. 제 마음은……." 하고 말했는데, 그것은 서툰 배우의 대사처럼 들렸다.

지니의 눈이 반짝 빛났다. "아빤 왜 제가 주운 음식을 먹을 거라고 생각했어요? 할머니에게 드릴 거라고? 제가 그런 바보짓을 할 것 같아요, 아빠!"

폴은 무릎을 꿇은 채 움직이지 않았다.

파인 부인은 다정하게 일행을 둘러보다가 깁슨 씨에게서 그 미소가 멎었다. "다시 보게 돼서 정말 기쁘군요." 하고 파인 부인이 말했다. "오늘 아침 봤을 때부터 계속 기도하고 있었어요."

깁슨 씨는 노파에게 다가가 그 마르고 연약한 손을 꽉 잡았다. 그 손에는 힘이 들어 있었다. 기도해 주셔서 정말 고맙습니다 하고 그는 말하고 싶었지만, 그것은 웬지 교회에서 박수갈채를 보내는 것과 같은 어색한 느낌이 들었다. 아무튼 그는 이 노파가 지금까지 본 적도 없는 사람처럼 느껴졌다. 이 사람이야말로 타운젠드 집안의 중심인물인 것이다.

"잠시 실례지만——." 하고 사무적인 어조로 세오 마시가 말했다. "부인은 그림의 모델에 대해 관심이 있습니까?" 파인 부인은 깜짝 놀란 표정이었다.

"나는 헬렌 파인이라고 해요." 하고 노파는 힘을 주어 말했다. "당신은 누구신가요?"

"세오 마시. 보잘것없는 그림쟁이입니다." 이 세오가 뜻밖에도 배우 흉내를 냈다. 그는 한쪽 발을 뒤로 당겨서 인사했다. "항상 훌륭한 모델을 찾고 있죠."

"보잘것없다면서요." 하고 버스 운전사가 익살스럽게 중얼거렸다. "저는 리 커페이. 버스를 운전하고 있죠."

“전 버지니아 세바슨. 지나가던 사람이에요.”

“전 월터 보트라이트 부인입니다.” 하고 귀부인은 그것만으로 충분하다는 듯이 말했다. 그녀는 마치 이곳의 대변인처럼 우두커니 서서 하나하나의 발언을 마음속에 새기려고 노력하고 있는 것 같았다.

하지만, 로즈메리는 세오 마시를 향해서 폭발하듯이 말했다. “당신이 본 것이 지니가 아니었다면……모르겠어요. 어떻하면 좋아요…….”

“지니가 아니었소.” 하고 화가는 말했다. 그리고 파인 부인을 아래에서부터 훑어보려고 머리를 기울였다. 집슨 씨는 마음이 편안해지는 것을 느꼈다. 그도 역시 노파의 얼굴에서 그 눈매의 상냥함이나 기품 있는 턱의 다부짐을 찾아낸 것이다. 파인 부인은 지니보다도 아름다울 뿐 아니라, 지니보다도 사랑스러웠다.

“그럼, 누구죠?” 로즈메리가 물었다.

“난 경찰을 대단히 신뢰하고 있어요.” 하고 보트라이트 부인이 단호히 말하면서 옥좌에 앉았다. 로즈메리는 부인을 찬찬히 살피다가 전화가 있는 곳으로 달려갔다.

폴은 실신상태, 또는 뭐라고 해도 상관없는 그런 상태에서 막 깨어나 자기로 돌아왔다.

“어머니는 어떻게 이 사건을 그리 잘 알고 계시죠?” 하고 그는 감탄한 듯이 계모에게 물었다.

“뭔가 나쁜 일이 생긴 모양이라고 짐작했지.” 하고 노파는 진지한 얼굴로 말했다. “로즈메리가 부르는 소리를 들었을 때 말이야. 그리고 지니가 가져온 라디오를 들으면서 버스에서 병을 잃어버린 사람이 누구라는 것도 곧 알 수 있었단다. 깁슨 씨가 아침에 아주 심각한 얼굴을 하고 있었거든. 난 아무것도 해줄 수 없었지만.”

“파인 부인.” 하고 깁슨 씨는 엉겁결에 말했다. “부인이 한 말 때문에 행동으로 옮기지 못하고 망설였어요. 약을 잃어버리지 않았더라도 실행할 수 없었을 겁니다. 하지만, 그땐 문제가 달랐어요. 이미 독약을 잃어버리고 온 뒤였기 때문에.”

“그래, 아직 찾지 못했군요.” 하고 노파는 애처롭게 말했다.

“그렇습니다.” 두 사람의 시선이 부딪쳤다. 깁슨 씨는 자신의 죄의식과 파인 부인의 자비심을 동시에 느꼈다.

“모두 기도해요.” 파인 부인이 말했다.

“사건.” 하고 운전사가 말했다. 그는 버지니아를 바라보고 있었다. “사건과 논리……그것이 얼마나 사람을 우롱하는지. 이거 아무래도 그 병——.”

버지니아가 잠자코 있으라고 눈짓을 했다.

로즈메리는 수화기를 붙들고 울상을 짓고 있었다. “아무것도? 전혀 아무것도 없습니까?” 그녀는 수화기를 내려놓았다. 그리고 일행이 있는 곳으로 돌아왔다. “연락이 없어요. 찾았다는 연락이 없어요.” 이렇게 말하면서 그녀는 두 손을 만지작거렸다.

“무소식이 희소식이에요.” 폴이 말했다.

모두들 멀뚱멀뚱 서로를 쳐다볼 뿐이었다.

“막다른 골목이로군요.” 하고 버스 운전사가 말했다. “이렇게 많이 모였지만 더 이상 갈 곳이 없어요.” 정열적인 힘이 그의 내부에서 솟아나와 갈 곳을 구하려고 소용돌이치고 있었다.

"생각해 봐요!" 하고 버지니아가 힘차게 말했다. "난 끝까지 생각할 거예요. 생각해 보세요, 보트라이트 부인." 간호사는 눈을 감았다.

보트라이트 부인도 눈을 감았지만 입술은 움직이고 있었다. 깁슨 씨는 곧 알 수 있었다. 월터 보트라이트 부인이 하늘에 계시는 우리들의 주인이 되는 하나님에게 특별 고려를 부탁하고 있다는 것을.

그러나 이젠 끝났다. 어디에도 더 가볼 데가 없다.

그는 천천히 일어섰다. 지금이야말로 그가 나설 차례인 것이다. 그는 힘있게, "여러분, 여러 가지로 고마웠습니다. 여러분은 훌륭한 일을 해주었습니다. 이제 각자의 일로 돌아가 주십시오. 나는 감사——, 사랑이 담긴 감사를 드립니다." 하고 큰소리로 말했다. "결국은……하나님의 손에 맡기는 수밖에 다른 방법이 없는 것 같군요." (이것이 운명과 같은 것이 아닐까 하고 그는 생각했다.) "로즈메리와 나는 에셀이 기다리고 있어서 집으로 돌아가겠습니다." 그것은 그의 의무이다.

"예." 하고 로즈메리는 어두운 표정으로 고개를 끄덕였다.

"에셀이 이 근처에 사나요?" 하고 세오 마시가 심술궂게 눈을 깜박였다.

"세오!" 하고 보트라이트 부인이 타일렀다.

폴 타운젠드는 완전히 자기로 되돌아와 이 자리의 주인 역할을 맡았다. "마실 거라도 한잔하죠?" 하고 그는 정중히 말했다. "여기서 한잔하지 않겠습니까, 깁슨 씨? 걱정하지 않아도 돼요……." 그의 말투는 냉담했다.

"우습군요." 버스 운전사가 말했다. "현금과 같아요, 이 세상은. 그런 것일까요?" 그는 우울한 표정으로 엄지손가락을 깨물었다.

폴이 나섰다. "아니, 여기까지 여러분을 끌고 왔는데, 그냥 가시게 하면 너무 죄송해서." 그는 어린아이 같은 후회의 빛을 보이고 있었다.

"조금 마시는 정도라면 특별히 문제될 것도 없죠." 리가 대꾸했다. "버지니아 양도 그렇게 하고 싶으시죠?"

세오 마시는 안정을 잃은 작은 새처럼 테이블 끝에 걸터앉았다. "난 한여름날 사막에 내던져진 것처럼 목이 말라." 하고 그는 고백했다. "자, 이제부터 어떻게 하지?" 화가는 손가락의 마디를 꺾어 뚝뚝 소리를 냈다.

보트라이트 부인이 나섰다. "앞으로의 행동 방향을 확실히 결정할 수 없을 것 같군요." 부인은 생각을 정리하고 있었다. "집에 전화해서 이곳으로 차를 보내 달라고 한 뒤 누구든 원하는 곳으로 보내 드리죠. 하지만, 그전에 괜찮으시다면 너무 독하지 않은 술을 한잔 주시겠습니까? 폴 씨, 부탁해요. 그러는 동안 또 다른 것이 생각날지도 모르잖아요." 보트라이트 부인은 상황에 굴복하는 일에 익숙지 않은 것이다.

지니가 말했다. "제가 준비하는 걸 도와 드릴게요, 아빠." 그리고 버스 운전사가 파인 부인에게 지금까지 있었던 일을 얘기를 하기 시작했다.

마치 파티 같았다. 그것도 아주 소란스러운 파티. 이미 사람의 소개는 끝난 뒤다. 깁슨 씨는 소파에 앉아 있는 로즈메리의 옆에 자리를 잡고 자신이 범죄자임을 인식하려고 노력했다. 자신 때문에 누군가가 죽을지도 모른다. 또는, 지금 죽어가고 있는지도 모르는 일이다.

이제 지니는 이 느슨한 분위기의 의미를 이해하고 있는 모양인지, 쟁반을 내밀며 깁슨 씨에게 이렇게 말했다. "아깐 너무 화를 내서 죄송해요. 하지만, 아빠 저를 좀더 믿어주셔도 괜찮다고 생각해요. 평소에는 지독하게 저를 의지하시면서."

"아빠는 네가 좋아서 견딜 수 없었던 거야." 로즈메리가 말했다. "네 할머니도 그렇고."

"아빠는 할머니에게 너무 어리광을 부려요." 하고 지니는 초조한 듯이 말했다. "빨리 결혼하시는 것이 좋을 것 같아요."

"그렇게 생각하니?" 하고 로즈메리가 날카롭게 물었다.

"물론이지요. 우리 두 사람 다 그렇게 생각해요. 그렇죠, 할머니?"

"아범이 결혼하면 좋을 거라는 말이니?" 파인 부인은 한숨을 쉬었다. "그렇지만 우리는 그리 훌륭한 중매쟁이는 못되잖니."

"전 지금 이대로가 좋아요." 하고 폴이 마실 것을 건네주면서 말했다.

로즈메리는 몸을 앞으로 내밀면서 일부러 분명한 투로 말했다. "하지만, 파인 부인, 지니가 새엄마를 질투하지 않을까요? 10대 소녀들은 대부분 그렇다는데?"

"잠재의식에서 말인가요?" 버지니아가 그 예쁜 입을 비죽거리며 말했다.

깁슨 씨는 아주 이상한 기분이 되었다. 그는 표정을 바꾸지 않으려고 애썼다. 리 커페이나 세오 마시를 비롯한 모두가 자신의 마음을 꿰뚫어보고 있는 것이 틀림없다고 그는 생각했다.

"이런, 다시 에셀이 등장하는군?" 하고 리가 말했다. "아니, 정말 그 에셀이라는 사람은——."

"지니는——." 하고 파인 부인이 상냥한 목소리로 말했다. "진정으로 제 아빠를 사랑하고 있어요."

"사실이에요." 하고 지니가 외쳤다. "왜 그분은 그런 식으로 저를 생각하는 거죠? 잘 알지도 못하면서. 더구나 전 인생의 여러 가지를 알고 있어요. 벌써 4년 전부터 아빠를 결혼시켜 드리려고 생각한걸요. 정말이에요." 소녀는 몹시 흥분해 있었다.

"하지만, 에셀은——." 하고 버스 운전사가 달래듯이 말했다. "뭐든지 알고 있어, 에셀은. 그렇죠, 로즈메리?" 그는 한쪽 눈을 찡긋 감았다.

"그분은 10대들에 대해선 잘 모른다고 생각해요." 지니가 말했다. "우리들도 알 건 다 안다고요."

"사실이야." 보트라이트 부인이 대꾸했다. "우리들은 젊은 사람들의 얘기에 귀를 기울여야 해요. 계속해요, 지니."

"외디푸스에 대해 알고 계세요?" 하고 지니는 서둘러 얘기를 계속했다——보트라이트 부인에게 강한 동의의 눈길을 보내면서. "우리들은 바보가 아니에요. 제가 없었더라면 아빠 하루도 살 수 없었을 거예요. 그렇지만 언제까지나 함께 살 수 없다는 것도 알고 있어요."

"내 생각도 그래." 하고 파인 부인이 상냥하게 고개를 끄덕였다.

"따라서 아빠에게는 누군가가 함께 있어 줘야 해요." 지니가 말했다. "아빤 가정의 행복을 아주 소중하게 생각하고 있는 분이거든요."

폴이 말했다. "여자는……날 바보로 만들어……." 폴은 잔을 들어올렸다. 그의 눈동자는 갑자기 수수께끼 같은 빛을 띠었다.

깁슨 씨도 거기에 유혹되어 술을 마셨다. 그것은 아주 차가워서 맛이 없다는 걸 느낄 사이도 없이 속을 시원하게 만들었다.

"그건 그렇고──." 로즈메리가 심술궂게 말했다. "에셀은 다리가 불편한 노부인에 대해서도 잘 알고 있는 것 같던데요, 파인 부인."

폴은 화가 나서 눈을 부릅떴다.

그 분노를 앞지르기라도 하듯이 파인 부인이 한 손을 들고 싱긋 웃었다.

"가엾네, 에셀 양은." 하고 노파는 말했다. "그래요. 그 사람도 할 수 있는 일을 해서 스스로 자신을 위로해야겠지. 독신에, 자식도 없고, 세상을 잘 모르니."

깁슨 씨는 놀라서 소리를 질렀다. "에셀이? 세상을 잘 몰라요?" 그런 얘기는 처음 들었던 것이다.

"사람들과 잘 어울리지 않는 것 같지 않아요?" 파인 부인이 말했다. "즉, 개인적인 교제 말이에요. 그렇지 않고는 그런 조잡한 판단을 할 리가 없죠."

"에셀은 보지 못해요──볼 수 없는 거지." 하고 세오 마시는 만족스러워했다.

"정말 멋진 팀이군요." 하고 버스 운전사가 버지니아의 손을 잡으며 말했다.

"일 대 일로 교제하면 말이에요! 난 그렇게 해서라도 친해지고 싶어요." 버지니아는 새빨개져서 그를 막았다.

"그렇지만——." 하고 깁슨 씨는 헛기침을 하며 말했다. "에셀은 일에 관해서는 대단해요. 여러 가지 현실과 접촉해 왔거든요." (그의 혀는 거침이 없었다. 거의 이 파티를 즐기고 있는 느낌이다.) "그런데 난——." 하고 그는 계속했다. "극히 제한된 생활을 해왔어요. 시라는 보잘것없는 상대. 움직이지 않고 괴어 있는 듯한 학문의 세계. 전쟁중에도 난 ……."

"시를 읽어도 이 세상을 알 수 없다는 게 무슨 얘기죠?" 하고 리가 의아스러운 듯이 물었다. "제한된 생활을 하는 사람이란 어떤 사람인지 알고 있습니까? 읽을 거라고는 고작 신문뿐, 볼거리도 텔레비전의 저녁 프로그램, 돈벌이로서의 일. 그 돈으로 사는 건 자동차나 비프 스테이크. 그리고 하는 일은 이웃집의 원숭이 흉내, 세상사 같은 것은 알려고도 하지 않는 그런 무리예요. 그렇지만 솔직히 말해서 ——." 하고 그는 의자에 기댄 채 손으로 잔을 어루만지며 말했다. "그런 녀석들은 아직 만난 적이 없어요."

"신문을 읽어 봐요, 그런 무리는 얼마든지 있지." 세오 마시가 말했다.

"어떤 전쟁이었나요——." 하고 버지니아가 물었다. "깁슨 씨?"

"1차 대전과 2차 대전이었어요. 한국전쟁 때는 너무 나이가 들어서……."

"그래요." 하고 로즈메리가 애처로운 표정으로 말했다.

"이분은 세상을 몰라요. 전쟁은 두 번이었거든요. 그리고 불경기가 닥쳐와서 이분은 몇 년 동안 어머니를 돌보고, 에셀의 교육비까지 부담해야 했어요. 그것도 이분이 야무지지 못해서 그랬나요? 그리고 나서 교사생활을 계속해 오다가……그런 건 문제가 되지 않아요. 에셀은 문제삼지 않아요. 왜 문제삼지 않는지 나도 모르지만." 하고 그녀는 작은 소리로 말했다. "한 남자가 55년 동안이나 다른 사람을 위한 생활을 해왔고, 더구나 그 사람은 친절하고 관대하고 좋은데……왜 에셀은 그렇게 생각하는지 모르겠어요. 이분이 유치하다니. 이분이……."

"웅덩이." 하고 깁슨 씨는 눈살을 찌푸렸다. (그것은 그에게 있어서 멋진 한때였다.)

"웅덩이?" 하고 세오 마시가 끼여들었다. "그게 어떤 뜻이오? 도대체 인생은 무엇의 연속이라고 생각하는 거요? 뉴욕의 신문에 이름이 나오는 건가? 아니면, 커피 파티인가?"

"아뇨, 틀려요. 사실은──." 깁슨 씨가 말했다. "교활함이에요. 등뒤에서 칼을 푹 찌르는 사람들이지. 이기주의예요. 집안에 침입한 강도 같은 거죠……."

"그만둬요." 화가가 큰소리로 말을 가로막았다. "왜 저주스럽고 불쾌한 것만이 사실이라는 거죠? 난 사실을 진리의 별명이라고 생각하고 있는데. 죄악도 역시 사실이지만…… 그러나 진리는 죄악과 같지 않아요. 어쨌든 진리가 없어지면 한 장의 만족스러운 그림도 그릴 수 없다는 건 확실해요."

"만족스러운 시도 쓸 수 없지요." 버스 운전사가 말했다. "또는, 만족스러운 수업도. 그리고 진지한 일도 할 수 없죠.

괜찮습니까? 전 이분에게 죄가 없다고 생각하는데.” 그는 도전하듯이 주위를 둘러보았다.

“좋은 분이라고 생각해요.” 하고 버지니아가 다정하게 말했다.

보트라이트 부인은 고개를 끄덕였다. “세오!” 하고 부인이 말했다. “지금의 문제에 대해 화요일 클럽에서 당신에게 강연을 부탁할지도 몰라요…….”

“150달러의 푼돈으로?” 세오가 말했다. “제기랄, 재미없어! 구두쇠 같은 녀석들!”

집슨 씨는 재미있는 표정을 짓지 않으려고 힘껏 노력했다. 이렇게 해서 이 청결하고 쾌적한 멋진 방에서 로즈메리의 곁에 앉아 휠체어에 앉은 우아한 노부인에게 마음으로부터 나오는 대접을 받고, 주위에서는 생기발랄한 사람들이 생각하는 바를 서로 얘기하고 있다……아냐, 아냐——잊어서는 안돼. 그는 난국에 대응하지 않으면 안되는 것이다.

하지만, 그는 부정하기 힘든 마음의 두근거림을 기억하면서 생각했다. 이곳에야말로 음악이 있다. 얼마나 기묘한 일인가! 이 모임, 이 사람들, 집슨 씨에게 말을 거는 태도, 그와 의논하는 말씨. 그에게 반대하고 그의 편을 들고 그를 좋아하게 되고 그의 입장을 걱정하고 그와 함께 운명과 싸우며 자신들의 신념을 그에게 준 것이다……그 분위기가 집슨 씨의 마음에 전달되어 마음속에서 음악을 연주하고 있는 것이다. 오늘 하루의 자살 소동만큼 멋진 경험은 아마 아무도 모르지 않을까 하고 그는 생각했다.

하지만, 그런 즐거움은 말하자면 도둑질한 물건에 불과했다. 그는 가야만 한다. 목적지에서 무엇이 기다렸다가 맞이

하든, 그것이 난국이든 아니든간에 용감히 맞서지 않으면
안된다.

하든, 그것이 난국이든 아니든간에 용감히 맞서지 않으면
안된다.

제24장

그는 일어서려고 했다.

"잠깐 기다리세요." 버스 운전사가 말했다. "여러분, 들어 보세요……."

"무슨 일이에요, 리?" 하고 보트라이트 부인이 재빨리 물었다.

"이곳에 계속 눌러앉아 있을 건가요? 빈둥빈둥 시간을 보낼 순 없어요. 그리고 가서는 안돼요, 깁슨 씨. 아까부터 궁금한 것이 한 가지 있는데, 그 의문의 해답을 듣고 싶어요. 로즈메리……!"

"예."

깁슨 씨는 다시 앉았다. 그는 떨고 있었다. 에셀이 말한 것과는 그 의미가 다르지만, 이 버스 운전사는 확실히 덜렁대는 사람이다.

"저, 그 에셀이라는 분 얘기 말인데, 당신의 잠재의식이 깁슨 씨를 버리려고 했다고 그녀는 믿고 있어요. 그렇죠? 그럼, 무슨 이유에서 에셀은 그렇게 믿는 거죠?"

로즈메리의 얼굴이 빨개졌다.

"에셀이 이유를 말했을 텐데요?"

"그래요." 로즈메리가 대답했다. "물론 이유를 얘기했죠."

하고 로즈메리는 거의 꿈을 꾸듯이 말했다. "케네스는 저보다 23살이나 더 먹었어요. 상당한 나이 차이죠. 그래서 에셀은 내가 틀림없이 잠재의식이⋯⋯." 하고 그녀는 아주 조용하지만 도전하듯이 힘이 담긴 목소리로 말했다. "틀림없이 좀더 젊은 배우자를 원할 것이라고 생각한 거예요."

"예를 들면 누구를?" 하고 버스 운전사가 눈동자를 반짝이며 엷은 갈색 눈썹을 깜박거렸다. 화가는 몸을 앞으로 내밀었다. 보트라이트 부인은 갑자기 아주 온화하고 침착한 표정을 지었다.

"예를 들면 폴을 말이죠." 로즈메리가 대답했다.

"맙소사, 드디어 핵심에 접근했군요." 하고 버스 운전사는 만족스러운 듯이 말했다.

"허어!" 화가의 목소리.

"무슨 소리예요, 로지?" 하고 말하면서 폴의 얼굴이 새빨개졌다. "설마 그런 얘기를 그 사람이⋯⋯."

"에셀은 그렇게 생각하고 있었어요." 로즈메리는 이렇게 말하고는 그를 보고 웃었다.

"그런 얘기가 있었다면——." 하고 지니가 함부로 끼여들었다. "좋아요. 저도 하고 싶은 말이 있어요. 아주머니는 나이가 너무 많아요——아빠 상대로는."

깁슨 씨는 경이의 파도가 몸 속에서 울렁거리는 것을 느꼈다. 로즈메리의 나이가 너무 많다니!

"아빠가 좋아하는 사람은 나이가 저보다 다섯 살 정도 많고, 키는 저보다 2인치(약 5cm) 정도 작고, 통통한 여자예요." 하고 지니는 거침없이 얘기했다. "내가 경험을 기초로 해서 추측한 바로는 말이에요."

"시끄럽다……좀 잠자코 있어." 하고 폴이 더듬거리며 말했다. "실례지만, 로지, 당신은 이분의 아내예요. 난 분명히……."

"미안하다는 말은 하지 마세요." 하고 로즈메리는 조용히 말했다. 그녀가 얼굴을 들었을 때 그 표정은 아주 맑았다. "당신은 친절히 대해 주셨어요. 날 위로해 주었고요. 걱정하지 말라고 몇 번이나 얘기했죠. 하지만, 난 당신에 비하면 할머니예요. 물론 당신은……미안해요, 폴……조금 둔하고 나와는 취미가 달라요. 난 좀더 취미가 고상하고 원숙한 사람이 좋거든요."

"훌륭해요." 하고 세오 마시가 만족스러운 듯이 말했다. "당신은 지적인 사람이오."

"아주 단순한 것을——." 하고 로즈메리는 조용히, 애처로운 듯이 말했다. "에셀은 이해하지 못하는 모양이에요. 난 내가 사랑하는 사람과 결혼했다는 사실을……."

자신의 잔에 눈을 떨어뜨리고 있었던 깁슨 씨에게 잔을 쥐고 있는 로즈메리의 곱고 가느다란 손가락이 보였다.

"그래도——." 하고 정신을 차린 깁슨 씨는 냉정한 어조로, 하지만 조금 토라진 듯이 말했다. "에셀이 말한 대로 난 늘 로즈메리의 보호자라고 생각해 왔어."

로즈메리는 부드럽지만 놀란 표정으로 그를 보았다. "내 입장은 달라요." 하고 그녀는 조용히 말했다. "아버지는 내가 철이 들고 난 이후론 언제나 옹고집에 천박하고 잔소리를 좋아하고 정상이 아닌 것 같았어요. 게다가 마음은 좁고, 어린아이처럼 행동했죠. 아버지를 험담하는 건 싫지만 이건 사실이에요. 그러나 케네스 씨는 우리 아버지와는 전혀 달랐어요." 그녀는 솜씨좋게 일행에게 설명했다.

"조금 이상한데." 하고 깁슨 씨는 말했다. (이상한 파티가 되어버린 것이다!) "난 쉰다섯 살이오. 이 나이에 처음으로 이렇게 홀딱 반하다니 정말……희극적이군. 그렇게 생각지 않습니까? 누구든지 히죽거릴 겁니다."

"히죽거린다고요?" 버지니아가 나섰다. "그건 당연한 거예요! 아주 멋져요! 보기만 해도 즐거워지는걸요."

"아뇨, 히죽거리기보다는……킥킥거릴 겁니다." 하고 깜짝 놀라서 깁슨 씨는 고쳐 말했다.

"어디의 어떤 녀석입니까?" 하고 버스 운전사가 험상궂게 말했다. "킥킥거리는 녀석이?"

"터무니없는 소리요." 하고 화가가 말했다. "나 역시 작년 겨울에 연애를 했지. 그때 만일 누군가가 킥킥거렸다면 난 그 녀석의 얼굴에 침을 뱉어 주었을 거요." 이 사람이라면 틀림없이 그랬을 것이다. 누구도 그 말을 의심치 않았다.

"당신들은 왜 에셀을 희생자로 만들려고 하는 거죠?" 하고 버스 운전사가 물었다. "무엇 때문에 에셀에게 위협을 당하는 겁니까? 당신 둘이 서로 사랑하고 있다는 것은 누가 보더라도 명백한데." 정말 상냥하면서도 덜렁대는 남자다.

"난 겁쟁이였어요." 로즈메리가 말했다. "난 에셀의 얼굴에 침을 뱉어 주고 싶었지만——." 그녀는 아주 편한 자세로 앉아 있었다. "난 할 수 없었어요."

깁슨 씨는 피곤함과 편안함을 동시에 느꼈다. "나도 그랬소." 하고 그는 말했다. "하지만, 난 늙은이인데다가 절름발이이고, 불안하고……아주 어리석었어요. 그래서 에셀의 말에 마음을 빼앗겼던 거지. 내가 나빴어요. 내 잘못이오." 그는 울려고 했다. 그리고 걸신이 들린 것처럼 단숨에 술잔을 비웠다.

"그런데 우리의 폴은——." 하고 화가가 나섰다. "주간잡지의 모델처럼 미남이란 말이야. 미남일 뿐만 아니라 선량해요. 아니, 실례. 나쁜 뜻으로 얘기한 건 아니오. 이거 내 성격 탓인가?" 그는 노란 양말을 나란히 포갰다. "에셀 스타일의 죽음이라고 한다면?"

"죽음의 에셀, 그거 좋군요." 하고 버스 운전사가 말했다. "적절한 말이에요."

버지니아는, "사랑을 하면 누구든지 여러 가지를 알게 되죠……." 하고 말하면서 입술을 깨물었다.

로즈메리는 부드러운 미소를 띠고 의자의 등받이에 몸을 기댔다. "이런 것을 여러분은 느낀 적이 있는지 모르겠군요. 세상 사람들이 거의 잊고 있는 사실 하나가 있어요. 주간잡지의 소설이나 영화에도 나오지 않아요. 적어도 내가 본 바로는 말이에요. 왜 사람들은 누군가가 있는 곳에 가고 싶어하는 걸까요? 왜죠?" 그녀는 버지니아의 얼굴을 쳐다보았다.

"그건 누군가의 외모가 멋있기 때문이라는 말만으로는 설명할 수 없어요. (케네스의 외모는 멋있지만.) 그 누군가가 젊기 때문이라는 것만으로도 설명할 수 없어요. 내 생각으로는——." 하고 로즈메리는 소파 옆의 전기 스탠드를 보며 얘기를 계속했다. "무엇보다도 중요한 것은 어느 정도로 즐거움을 함께하느냐는 거예요. 아니, 섹스를 의미하는 건 아니에요. 난 단지——." 로즈메리는 복받쳐 오르는 것을 누르고 계속 말했다. "아시겠죠? 난 단지——서로 함께 있는 것을 즐긴다는, 그걸 말하고 싶었을 뿐이에요. 우리는 아주 즐거운 시간을 보냈어요. 그렇게 즐거웠던 건 처음이에요. 우리는 웃었어요." 하고 로즈메리는 말했다. 그리고 갑자기 정색을 했다. "왜 모든 사람들은 그것을 멋지다고 하지 않죠? 그건 멋진 거예요.. 아주 멋져요. 세상에서 가장 멋진 거예요."

"그리고 가장 오래 지속되는 거고요." 하고 파인 부인이 상냥하게 말했다.

"정말 그래요." 보트라이트 부인이 대꾸했다. "그렇지 않으면 인류는 존속할 수 없을 겁니다. 많은 사랑스러운 유부녀들이, 말하자면, 사이즈 12가 아니기 때문이죠." 부인은 태연하게 위대한 엉덩이를 조금 흔들었다.

"흐음." 하고 화가가 말했다. "내 마누라는 이번이 네 번짼데……그 사람과는 하루 종일 함께 있어도 즐거웠어요. 그 사람의 발목도 완벽하다고 할 수는 없지만, 난 죽을 때까지 함께 행동할 거요……그건 사실이지." 그 얼굴은 평온함 가운데 놀라움을 나타내고 있었다.

"그렇게 하시면……좋죠." 하고 버지니아가 속삭였다. 버스 운전사는 눈을 깜박거렸다.

집슨 씨는 즐거움이……그리고 치욕과 슬픔이 맹렬히 혈관을 돌아다니는 것을 느끼면서 굳게 결심했다. 이 사람들을 그가 얼마만큼 사랑한다 해도——그래, 그는 사랑하고 있다!——이제부터의 일은 혼자서 해결해야만 한다……그는 로즈메리의 손을 잡고 일어섰다. 한꺼번에 마음 깊은 곳까지 도달할 것 같은 목소리로 그는 말했다. "고마웠습니다.

여러분이 베풀어 주신 은혜에 감사드립니다. 그럼, 우리는 이만 가보겠습니다."

그리고 나서 파인 부인을 향해 말했다. "기도해 주시겠습니까——독약을 찾을 수 있도록……."

"하고말고요." 하고 노파가 말했다.

폴이 부끄러운 듯이 신경질적인 투로 말했다. "모든 일이 원만하게 수습되면 좋겠군요."

지니도 말했다. "그래요, 우리 모두 기도할게요!"

보트라이트 부인이 말했다. "경찰이 찾아냈을지도 몰라요. 조직을 과소평가해서는 안돼요."

화가가 말했다. "쓰레기 처리장으로 가버렸다면 절대로 발견되지 않아요……절대 몰라요……그것도 각오하시오."

간호사가 말했다. "저, 부탁인데요……행복하게 사세요." 그 옹골차고 냉정한 몸 전체가 당장이라도 감상적인 눈물에 녹아 버릴 것 같았다.

버스 운전사가 열띤 어조로 말했다. "감옥에서 쓰여진 좋은 책도 많이 있어요. 다시 말해서「돌벽담이 우리를 가로막더라도……」라는 것 말이에요."

"그걸 잊지 마세요, 리." 하고 깁슨 씨는 애정이 담긴 목소리로 말했다. 왜냐하면 이 남자야말로 일행에게 모범을 보인 인물이고, 처음부터 사탕 같은 달콤한 약속을 해서는 안된다고 말했기 때문이다. 정말 지금도 달콤한 약속을 해서는 안된다.

깁슨 씨는 한쪽 팔을 로즈메리의 허리에 두르고 그녀와 함께 나갔다.

일곱 사람이 뒤에 남았다.

"저분은 착한 사람이에요." 하고 버지니아가 말했다. "부인도 얌전하고……우리가 도울 수 있는 방법이 없을까요? 생각해 봐요, 모두들!"

그리고 나서 일곱 사람은 그 방에서 잠자코—— 조용히 서글프게 계속 옥신각신하고 있었다.

집슨 씨와 아내 로즈메리는 천천히 아무 말도 하지 않고 테라스의 끝까지 걸어간 뒤 계단을 내려가 두 개의 드라이브웨이를 가로질러갔다. 15분 전 6시이다. 감미로운 저녁이 찾아왔다. 두 사람은 반짝반짝 빛나는 쓰레기통 옆을 지나쳤다. 부엌의 계단 앞에 한 떼의 관목이 어우러져 있다. 누구의 눈에도 띄지 않는 이 정겨운 녹음 속으로 집슨 씨는 부드럽게 아내를 끌어들였다.

그가 끌어당기자 로즈메리는 맥없이 쓰러졌다. 그는 부드럽게 키스하고, 그리고 나서 조금 거칠게 한 번 더 키스했다. 로즈메리는 그의 어깨에 살짝 기댔다.

"그 레스토랑을 기억하고 있어요, 케네스?"

"기억하지, 기억하고말고."

"그땐 정말 많이 웃었는데! 당신이 상처를 입은 뒤로는 잊어버렸을 거라고 생각했어요. 벌써 잊었을 거라고요."

옛날의 불행했던 기억은 멀리 저쪽으로 사라져 버렸다. 그녀는 한숨을 쉬었다.

"그 안개를 기억해?" 하고 그는 중얼거렸다. "우리는 아름답다고 말했었지."

"그게 —— 단지 —— 안개뿐이었을까요?"

"아냐." 그는 한 번 더 아주 부드럽게 키스했다. "진부한 애기야, 로즈메리, 그렇잖아? 오해였어. 어쨌든 난 고지식한 인간이야.”

“난 이렇게 당신을 좋아해요.” 로즈메리가 말했다. “어떤 일이 있어도 날 버리지 마세요.”

“어떤 일이 있더라도.” 하고 그는 약속했다. 그는 범죄자이다. 그녀를 버리게 될지도 모른다. 그의 기분은 쓸쓸했다.

몇 분 뒤 그는 부드럽게 로즈메리를 재촉해서 부엌문의 계단을 오르기 시작했다.

제25장

에셀 깁슨은 오후 4시가 조금 지나서 집으로 돌아왔다. 문이 활짝 열린 채로 집안에 아무도 없는 것을 알고 그녀는 눈살을 찌푸렸다. 어쩌면 오빠는 이렇게 단정치 못할까! 오빠는 드라이브웨이 맞은편의 타운젠드 댁에 가 있을지도 모른다. 그러나 부르러 갈 마음은 털끝만큼도 없다. 그녀의 마음속에는 정확히 시간이 배당되어 있기 때문에 계획된 것 이외에 칠칠치 못한 쑥덕공론으로 계획을 망치고 싶지는 않은 것이다.

그녀는 여름용 슈트 재킷을 벗고 서슴없이 부엌으로 갔다. 어쩌면 이렇게 어질러 놓았는지! 이런 작은 집에서는 정리정돈이 제일인데. 에셀은 이 별장에서 지내는 것이 별로 좋지 않았다. 아파트가 훨씬 편리하다. 될 수 있는 대로 빨리 어딘가로 이사해야겠다. 그녀는 입술을 꼭 깨물었다. 조리대 위에 제멋대로 양상추가 흩어져 있다. 빵은 봉지 속에 난잡하게 처박혀 있다. 코코아, 홍차는 선반 위에 올려놓아야 한다. 치즈는 냉장고 속에. 녹색 종이봉지. 이건 무엇일까? 작은 올리브유 병. 수입품? 이런 비싼 것을!

그녀는 머리를 흔들면서 정리하기 시작했다. 양상추는 조심스럽게 씻어 그릇 속에, 치즈는 냉장고에, 종이봉지는 쓰레기통에 던져넣고 통조림과 병은 찬장 속에 넣었다.

그리고 거실로 가서 라디오의 스위치를 켰다. 음악은 그녀에게는 일종의 습관이다. 특별히 듣고 있는 건 아니지만, 음악이 들리지 않으면 아무래도 불안하다.

다음으로 자신의 (로즈메리와 공동의) 침실로 가서 외출복을 벗어 옷걸이에 걸고는 면 드레스를 입었다. 그리고 침대에 누워 손발을 죽 폈다. 희미하게 음악이 들리고 있다. 이윽고 그것이 사람의 목소리로 바뀌었지만 그녀는 내용은 들으려고 하지 않았다. 광고를 진지하게 들은 적은 한 번도 없다. 에셀의 마음은 출근 첫날의 이모저모를 회상하고 있었다. 이 일은 꽤 재미있다. 사람의 성격 중에서 감추어진 부분을 찾는 단서가 이미 파악된 느낌이다. 이 조용한 마을에서 질서 있고 활기차고 유익한 생활이 시작되는 것을 분명히 예견할 수 있는 것이다. 건강을 위해서도 더할 나위 없이 좋다. 그녀는 깜박 잠이 들었다.

5시 15분이 조금 지나 전화벨이 잠을 깨웠다. 아직 아무도 돌아오지 않았다.

"예."

"타운젠드 씨의 실험실에 근무하는 사람인데요." 하고 여자가 말했다. "케네스 깁슨 씨 계십니까?"

"아뇨, 안 계세요." 에셀은 시원스럽게 대답했다.

"어디 계시는지 아세요?"

"아뇨, 몰라요. 저녁식사 시간에는 돌아올 거예요."

"그게 몇 시쯤이죠?" 목소리는 작게 말끝을 흐렸다.

"15분 전 6시예요."

"그렇습니까? 저, 돌아오시면 이 번호로 전화해 달라고 전해 주시겠어요?"

에셀은 번호를 메모했다.

"중요한 일이에요." 하고 이상하게 흥분한 듯한 목소리가 다시 말끝을 흐렸다.

"알았습니다." 하고 에셀은 안심하도록 대답했다.

에셀은 수화기를 내려놓았다. 그녀는 조금 불쾌해졌다.

이런 분별 없는 말투 같으니! 분별이라는 것은 이런 생활에서는 제일의 철칙인데. 로즈메리가 빨리 돌아오면 좋겠는데. 이제 곧 돌아오겠지. 켄은 도대체 어디 있는 걸까? 그녀는 상상할 수도 없었다. 아니, 대강 알 수 있다. 도서관에서 책에 열중해 있을 것이다.

저녁식사는 15분 전 6시.

슬슬 식사 준비를 하도록 하자.

그 두 사람은 식사시간을 알고 있다.

라디오는 다시 음악을 보내고 있었다. 이 기묘한 고독 속에서 그녀는 조금 자학적인 기분이 되어 라디오를 껐다. 이 것이 다시 기분이 언짢아지는 원인이 되었다.

그녀는 부엌으로 가서 식사 준비를 시작했다. 준비는 간단하다. 에셀은 스파게티를 아주 좋아한다. 값싸고 영양도 풍부하고, 무엇보다도 조리가 간편하기 때문이다——흔히 있는 포장된 스파게티. 그녀는 상점에서 사온 소스를 프라이팬에 부었다. 이것이 간편하다. 인스턴트 소스라도 솜씨만 잘 내면 괜찮다. 에셀은 양파를 잘게 썰어 소스 속에 넣었다. 그녀는 입맛이 예민한 요리사는 아니다. 오랫동안 레스토랑의 식사를 해왔기 때문이다. 아무튼 음식은 음식이다. 싼지 비싼지가 문제지. 양파는 살짝 튀기는 게 낫겠지. 올리브유를 써보자. 그런데 켄은 무슨 생각으로 올리브유를 다 사온 것일까? 그런 작은 병으로는 샐러드 드레싱도 할 수 없는데. 에셀은 드레싱에 올리브유를 사용하는 것이 싫었다. 좀더 값싼 식용유로도 오랫동안 충분히 살아왔기 때문이다. 그렇다고 과일에 곁들일 수도 없다! 그래, 오빠는 틀림없이 올리브유 향이 나는 스파게티를 먹고 싶었던 거야. 혹시 로즈메리의 변덕일지도 모르지.

그녀는 얼굴을 찡그리고 찬장에서 올리브유를 꺼내어 뚜껑을 벗겼다. 어머, 향기로운 기름 냄새⋯⋯프라이팬에 부었다. 너무 향기가 강하지 않으면 좋을 텐데 하고 그녀는 생각했다. 그리고 나서 그 작은 병을 씻어 거꾸로 세워놓았다. 상표에 그려진 로베르트 왕은 물구나무를 선 모습이 되었다. 에셀은 커다란 냄비 가득히 스파게티를 삶을 물을 부었다.

그리고 나서 샐러드에 넣을 과일을 자르기 시작했다. 양상추만으로는 너무 담백하다고 생각한 것이다. 5시 35분. 아직 아무도 돌아오지 않았다.

에셀은 거실 한가운데에 식탁을 마련하기 시작했다. 여기에서는 두 개의 드라이브웨이가 잘 보인다. 폴의 차가 돌아오는 소리가 들리더니 드디어 차가 모습을 나타내고, 많은 사람들이 분주히 차에서 내렸다. 에셀은 눈을 돌렸다. 이웃을 엿보는 천박한 짓은 할 수 없다. 파티를 하는구나 하고 에셀은 생각했다. 그녀에게 있어서 '파티'라는 단어는 웬지 시시하고 시간이나 낭비하는 아무 쓸모없는 수다를 의미하고 있었다. (에셀은 파티에 초대받은 적이 한 번도 없었던 것이다.)

이제 식탁 준비는 끝났다. 뜨거운 물이 끓고 있다. 소스는 벌써 완성되었다. 에셀은 불을 약하게 줄였다. 샐러드를 만들었다.

시계 바늘이 20분 전 6시를 가리켰을 때 에셀은 슬그머니 화가 났다. 스파게티를 뜨거운 물속에 집어넣고는 거실로 가서 난로를 등지고 앉아 정면의 벽에 걸려 있는 시계를 노려보았다.

9분 동안 뜨개질을 하자.

나머지 9분으로 저녁식사 준비는 끝난다. 그 두 사람은 시간을 잊지 않고 돌아올 것이다. 적어도 로즈메리는 늘 규칙적이었으니까.

11분 전 6시, 에셀은 거칠게 부엌으로 걸어갔다.

두 사람의 발소리가 들렸다.

"도대체 어디 갔었어요." 하고 에셀은 부드럽게 말했다. "두 사람이 함께 있었군요."

"그래." 깁슨 씨가 대답했다. "함께 있었어." 에셀이 언제나처럼 힘차게 두 다리를 딛고 자신감에 넘쳐 서 있는 것을 보고 그는 조금 놀랐다.

"오늘밤은 시간맞춰 돌아왔군요." 에셀이 말했다. "자, 손을 씻으세요. 로즈메리는 아무것도 하지 않아도 돼요. 내가 전부 준비해 놨으니까. 자, 이 스파게티의 물기를 없애고, 소스와 섞는 동안 식탁에 앉으세요. 빨리 빨리!" 하고 에셀은 어린아이를 타이르듯이 말했다.

두 사람은 살금살금 부엌을 빠져나왔다. 그리고는 현관에서 키스했다.

 "모르잖아……!" 하고 집슨 씨가 이상하다는 듯이 말했다.

 "글쎄요, 모르는 모양이에요. 라디오에서 당신의 이름을 말하지 않아서……."

 "그럼, 얘기해야지……."

 "예."

 "말하기 어려운데."

 "그래요." 그것은 아주 달콤한 대화였다.

 "여러분, 준비됐습니까?" 하고 에셀이 불렀다.

 집슨 씨는 로즈메리를 두고 자신의 방으로 갔다. 어제까지의 생활방식이 그에게는 아주 오랜 옛날의 일처럼 느껴졌다. 왜 이렇게 많은 책을 가지고 있는 걸까 하고 그는 생각했다. 슬프게도 책과 맞바꾸어 로즈메리를 떼어놓고 있었던 것과 마찬가지가 아니었던가? 현실을 직시하자. 저주할 만한 미치광이 짓을 직시하자. 사랑을 직시하자. 자신이 사랑받고 있다는 사실을 직시하자.

 에셀의 말이 옳다고 생각하면서 그는 손을 씻었다. 에셀이 말한 것은 어딘지 모르게 들어맞고 있다. 그에게는 자신의 동기가 분명히 보이지 않았다. 그것을 합리화해 버렸다. 제멋대로 꾸며낸 암흑의 철학을 마음의 상처에 마구 칠했다. 사실은 그 정도로 분명하지는 않았지만, 뭐 대강 그런 것이다. 지금쯤 구더기들에게 먹히고 있을지도 모른다…… 이제 지금의 그는 좀더 똑똑해져 있다. 자신이 암시에 걸려들기 쉬운 존재라는 것을, 또 너무나도 간단히 신념을 포기해 버린다는 것을 깨달았다. 우선 자기 자신을 신뢰하지 않으면 안되는 것이다.

에셀이 두 사람의 자신감을 빼앗아 버렸다고 그는 생각했다. 자신은 신뢰할 수 없는 것, 신뢰하려고 노력해도 쓸데없다는 무서운 감정을 억눌렀다. 이런 의혹은 적당한 시기에 적당량을 사용하면 강장제로서, 좋은 약으로서 도움이 될지도 모른다. 하지만, 아아, 나쁜 시기에 함부로 적당량 이상을 삼켰기 때문에 근본부터 뒤집혀 버린 것이다.

그것도 역시 일종의 독약인 것이다.

그는 현관에서 로즈메리와 마주쳤다. 두 사람은 손을 맞잡았다. 그리고 거실의 식탁을 향해 걸어갔다.

"자리에 앉으세요." 하고 에셀은 딱딱하게 선의와 인내를 보이며 말했다. "정말 어쩔 수 없는 어린아이들이로군요." 그 눈동자는 빈틈없이 영리하게 빛나고 있었다. 두 사람이 지금까지 어디에 가 있었는지는 이제 곧 '알게' 될 것이다.

세 사람은 앉았다. 나무 그릇 속에 담긴, 김이 나는 스파게티를 에셀은 각각 접시에 나눠 덜었다. "자백하세요." 하고 그녀는 말했다. "두 분, 무엇을 했죠?"

"조금 어수선하군." 하고 깁슨 씨가 말했다. 그는 스파게티를 봤지만 전혀 식욕을 느끼지 못했다.

로즈메리는 초조하게 포크를 집어들었다. "그 일을 가능한 한 이해할 수 있도록 지금부터 얘기할게요." 하고 그녀는 말했다. 사랑스러운 로즈메리. 그가 얘기하기 쉽도록 애쓰는 용감한 로즈메리.

"둘이서 무슨 얘기를 했군요." 하고 에셀은 여느때와 같은 표정을 지었다. "그럼, 내가 모르는 일일 테니까 억지로 묻진 않겠어요. 두 사람도 각자 자신만의 비밀을 가질 권리가 있으니까."

로즈메리가 갑자기 포크를 내려놓았다.

"하지만, 나와 관계 있는 결론을 내렸다면——." 하고 에셀이 상냥한 목소리로 말했다. "꼭 얘기해 줘요."

"예." 하고 로즈메리가 분명히 대답했다.

깁슨 씨는 에셀의 눈동자에서 자신의 모습을 보았다. 나약한 사람, 겁쟁이, 세상물정에 어두운 독신자, 아내를 갖지 못하고 헌신적인 노처녀인 누이동생과 죽을 때까지 함께 지낼 남자, 그렇게 운명지어져 있는 남자. 그건 거짓말이다.

"우린 서로 사랑하고 있어, 에셀." 하고 그는 차분하고 분명하게 말했다. "로즈메리와 난."

에셀의 눈동자가 움직이고 어리둥절한 표정이 나타났다. 그러나 그 입은 작은 불신으로 비틀어지고, 덮개가 씌어진 눈은 놀란 것처럼 보였다.

로즈메리가 입을 열었다. "방금 말한 대로——."

"뭐가?"

"방금 말한 대로예요. 우리들이 생각하고 있는 것을 그대로 말했어요, 에셀."

"그거 아주 다행이군요." 하고 에셀이 일부러 놀란 척했다. "어쨌든 스파게티가 식기 전에……."

그녀는 진심이 아닌 것이다. 그 얼굴은 계속 놀란 표정을 짓고 있지만, 깁슨 씨에게는 에셀의 마음이 또렷이 보였다. 그 마음은 그가 한 말의 '진짜' 의미를 알아차리고 거세게 몸부림치고 있었다……너무 몸부림친 나머지……스파게티 그릇처럼 되어버린 마음. 그는 기분이 나빠졌다. 하지만, 여기서 식사하지 않는다면 에셀은 화를 낼 것이다. 그는 포크를 잡았다.

에셀의 포크는 스파게티 속에 꽂혀 있었다.

갑자기 많은 사람들이 외치는 소리가 들렸다. 깜짝 놀라서 세 사람은 창밖을 내다보았다.

여섯 사람이 소리를 지르며 폴의 집에서 뛰어나와 드라이브웨이를 가로질러오고 있었다.

"깁슨 씨! 있어요! 있어!" 하고 버스 운전사가 외쳤다.

깁슨 씨는 다리를 절룩거리면서 현관을 향해 전속력으로 달려갔다. 그들을 만나는 게 깜짝 놀랄 만큼 아주 기뻤던 것이다. 생명이 불쑥 이 집으로 무너져 왔다. 버지니아의 손을 잡아끌고 리 커페이가 앞장서서 돌격해 오는 것이었다. 이어서——우당탕 수선을 떨며——주름살투성이의 얼굴을 빛내면서 달려오는 세오 마시. 그의 크게 휘두르는 손발 밑을 빠져나오기라도 하듯이 달리는 지니. 그리고 폴이 현관문을 누르고 있는 동안 보트라이트 부인이 호화여객선처럼 출현했다.

"찾아냈어!" 하고 그들은 이구동성으로 외쳤다.

"관리는 완벽해요." 하고 종이 조각 한 장을 흔들면서 리가 외쳤다. "우리 해병대, 적진 상륙에 성공! 드디어 해냈어요!" 그는 난폭하게 깁슨 씨의 등을 두드렸다. "독약은 이제 없어요! 오오, 독약이여, 어디에 너의……." 하고 그는 신이 나서 마구 떠들어댔다.

"얘기한——." 하고 로즈메리는 외마디 소리를 지르며 말했다. "사람이 누구죠?"

"지니 양이에요." 하고 세오 마시가 말했다. "지니의 명석한 두뇌. 난 그 아이의 발 밑에 넙죽 엎드리고 싶어요. 바보였어! 난 바보였어! 내 목숨을 이리 줘! 내 작품을 이리 줘!" 그는 버스 운전사에게서 종이 조각을 빼앗았다.

"그건——?"

간호사가 외쳤다. "빨리 말하세요!" 그리고는 자신이 말했다. "세오가 본 얼굴을 그려 보라고 말한 건 지니였어요."

"그 그림이 아주 훌륭해서." 하고 지니가 흥분해서 외쳤다. "할머니가 금방 알아봤어요."

종이 조각이 깁슨 씨의 코앞에 내밀어졌다. 연필로 그린 몇 개의 선——얼굴이다. 아름다운 얼굴.

"비올레 부인이라고 어머니가 말했어요." 하고 폴이 큰소리로 말했다. "난 처음엔 아니라고 생각했어요. 그 사람이 이런 미인인 줄은 꿈에도 몰랐거든요."

"눈은 있는데……보지 못했기 때문이지." 하고 화가는 중얼거렸다. 화가의 머리칼은 완전히 하늘로 뻗쳐 있었다. 양손으로 그림을 받쳐들고 그는 가만히 왔다갔다했다. "이 사람은 모델을 한 적이 있을까?" 하고 그는 작은 소리로 말했다. "이 미묘한 콧구멍!"

"하지만, 도대체——" 하고 깁슨 씨는 괴로워했다. "도대체 어떻게 된 거죠!"

"버지니아가 곧바로 전화를 걸었어요." 하고 리가 열심히 설명했다. "그 비올레인지 누군지 하는 사람의 집에 말예요. 그랬더니 분명 그 비올레였어요. 동생인지 누군가가 전화를 받았는데, 그 동생이, 하는 말이, 가지고 왔대요!"

"그 동생이 갖고——?"

"비올레가 갖고 갔던 거예요!" 하고 폴이 큰소리로 말했다. "그녀가 산으로 출발한 뒤였거든요. 그 독약을 지닌 채로! 하지만, 보트라이트 부인이 전화해서……."

리가 말했다. "대단한 관록이에요. 이 부인이 취할 수 있는 모든 조치를 경찰에 명령했거든요." 그는 보트라이트 부인의 어깨를 탁탁 두드렸다. "그렇죠, 메리 앤?"

"경찰은 그 사람의 차를 찾아낼 거예요." 하고 보트라이트 부인은 조용히 말했다. "틀림없이 트럭이라고 생각되는데. 우리들은 벌써 그 차의 번호를 확인한걸요. 공보(公報)로. 역시 조직은 믿을 만해요." 보트라이트 부인은 그 침착성에도 불구하고 산타클로스처럼 빛나고 있었다.

"이제 아시겠죠!" 하고 버지니아가 말했다. "그 사람은 도중에선 사용하지 않을 거예요. 사용할 리가 없죠. 따라서 당신은 구원받은 거예요."

에셀은 아까부터 서 있었다.

"동시에 또——." 하고 보트라이트 부인은 마치 회의석상에라도 선 듯 주위를 둘러보며 말했다. "지금까지 아무런 참변도 일어나지 않았기 때문에 더 이상 어떤 조치를 취할 필요는 없다고 생각해요. 공표하는 것과 처벌하는 것만으로 정의가 행해질 수는 없죠. 깁슨 씨는 자살하지 않을 거예요. 앞으로 그와 같은 행위는 두번 다시 있지 않을 거예요. 나는 서장인 밀러 씨를 충분히 설득시킬 생각이지만——불충분하다면 다시 한 번 설득해 보죠."

"아뇨, 그것으로 충분해요." 하고 리가 말했다. "그것만으로도 상대방은 충분히 이해할 거예요, 메리 앤. 정말 굉장한 관록이에요! 이렇게 끝나면 모두 좋죠, 예? 예?"

"예?" 하고 세오 마시가 그의 말을 흉내냈다.

로즈메리는 작은 개가 끙끙거리는 듯한 안도의 한숨을

내쉬고는 휘청거리다가 그대로 의자에 쓰러졌다.

"브랜디가 있습니까?" 하고 이 허탈상태를 직업적인 눈으로 관찰하면서 걱정스러운 듯이 간호사가 물었다.

에셀은 아까부터 같은 자세로 서 있었다. 이 소동이 무슨 일 때문인지 그녀로서는 전혀 알 수가 없었다. 도저히 이해할 수 없는 것이다. "브랜디는 부엌에 있는데." 에셀은 기계적으로 말했다. "오른쪽 찬장에 있어요. 설거지대 위에……." 그 얼굴은 습관적인 억지웃음을 지었다. 일동에게 소개받을 작정인 모양이다.

간호사는 버스 운전사의 손을 잡아끌고 부엌으로 갔다.

전화벨이 울리고 보트라이트 부인이 재빠른 동작으로 수화기로 다가갔다.

팔꿈치를 펴고 턱을 내밀고는 심술궂은 표정을 지은 채 큰소리로 말한 것은 세오 마시였다. "그럼, 이 사람이 에셀이오? 죽음의 에셀?"

"정말——." 하고 에셀은 표정을 바꾸며 물었다. "도대체 누구예요, 이 사람들은?"

깁슨 씨는 손발을 떨면서 털썩 의자에 주저앉았다. 에셀이 어리둥절해 하는 건 너무도 당연하다. 에셀은 다른 사람들과 같은 수준에 도달해 있지 않은 것이다. 따라서, 모두의 성급한 대화를 이해할 수 없을 테지. 게다가 에셀은 모욕당하고 있다……하지만, 그는 말을 꺼낼 수 없었다. 운명지어져 있던 그가 구원받은 것이다. 귀는 꽝꽝 울리고 혀는 뻣뻣하게 굳어 버렸다.

로즈메리가 가냘픈 목소리로 말했다. "당장 가르쳐 드릴게요——잠깐 기다——." 그녀는 말을 끊었다.

순간 침묵이 찾아왔다. 모두 로즈메리의 말을 듣고 깜짝 놀란 것이다. 에셀도 아무것도 모르는 건가?

보트라이트 부인이 전화를 받고 있다. "예, 여기 있어요 ……하지만, 괜찮다면 내가 전해──? 실험실? 아아, 알았습니다. 그런데 그건 찾았어요. 아무 피해도 없었어요…… 어머, 그렇습니까……아뇨, 그때 그쪽에서는 알 리가 없었으니까……예……아뇨, 절대로 멋대로 방치했던 건 아니에요. 실수였을 뿐이죠……."

부인은 작은 소리로 계속 얘기하고 있다.

부엌에서는 간호사가 금방 브랜디를 찾아냈지만, 그때 참다 못한 리가 그녀를 꼭 끌어안은 것이다. 두 사람은 포옹했다. 녹색 종이봉지는 쓰레기통 속에서 다른 쓰레기 위에 얹혀 있었다. 로베르트 왕의 상표를 붙인 병은 조리대 위에 거꾸로 세워져 있었다. 하지만, 두 사람은 속삭이느라 그것을 보지 못했다.

거실에서는 세오가 에셀을 향해 그 누런 이를 드러내고 있었다. (보트라이트 부인은 통화하느라 바빴기 때문에 그를 타이를 수 없었다. 지금 부인은 차를 이곳으로 보내 달라고 전화하고 있는 중이었다.) 세오가 말했다. "이 사람이 에셀인가? 고집쟁이? 운명론자? 풋내기 심리학자?"

에셀은 목을 졸리는 듯한 표정을 지었다.

"난 이유를 모르겠어요." 하고 그녀는 분노에 찬 표정으로 말했다. "본 적도 없는 기분나쁘게 생긴 할아버지가 태연히 남의 집에 들어와서 나에게 욕을 하다니! 아무도 이유를 설명해 주지 않는다면 난 내 뜻대로 식사를 하겠어요." ──그 목소리는 이제 비명에 가까웠다──"스파게티가 식어버릴 테니까."

에셀은 예정을 어긴 일과, 뜻밖의 사건에 참을 수 없었던 것이다. 그녀는 식탁으로 다가가 기세좋게 앉아서 그 무서운 스파게티에 마구 포크를 찔렀다. 세오 마시는 슬슬 그쪽으로 걸어갔다. 그리고 벽에 기대어 에셀의 모습을 지켜보았다——뚱하게 거드름을 피우는 자세로.

제26장

그런데 거실 의자에 기대어 있던 깁슨 씨에게 의식이 돌아왔다. 모든 것이 똑똑히 보이기 시작했다. 뜻밖의 즐거운 뉴스를 그는 분명히 이해한 것이다. 그는 구원받았다. 그는 자유로운 몸이다. 그는 사랑하고 사랑받고 있다. 아무도 독약으로 죽지 않은 것이다. 인간의 간절한 소원에 부응해서 기도가 이루어졌다. 안심이 된 깁슨 씨는 내 집——정겨운 내 집——살아 돌아온 감동에 젖으려고 주위를 둘러보았다.

순간 그의 호흡이 멎었다.

"로즈메리!" 하고 그는 외쳤다. "저게 뭐지? 맨틀피스 위!"

"무슨 일이에요." 이미 일어서 있던 로즈메리는 기쁨으로 마음이 들뜨고, 안도감에 취해 정신없이 걸어갔다. "이거 말이에요?" 하고 그녀는 겨자색 끈 뭉치를 집어들었다. "여기 돈이 있어요." 그녀는 이상하다는 듯이 말했다. "전에 푸른색 꽃병을 두었던 곳인데."

깁슨 씨의 추리력이 지금까지는 없었던 무서운 속도로 움직이기 시작했고, 그 속력에 공포가 더해졌다. 그는 마치 럭비 선수처럼 폴과 지니 사이를 힘차게 뚫고 세오 마시의 곁을 지나 누이동생 에셀의 손에서 스파게티를 말아올린 포크를 빼앗았다.

"비올레 부인이 여기 왔었어!" 하고 그는 외쳤다.

"켄, 정말 무슨 일이에요." 하고 에셀은 짜증섞인 목소리로 말했다. "오빠 문을 모두 열어놓고 갔더군요. 도둑이 들어왔다 해도 어쩔 수 없어요." 그녀는 분노로 안색이 창백해졌다.

"올리브유!" 하고 그는 외쳤다. "올리브유 병! 어디 있어?"

"소스에 넣었어요." 에셀이 대답했다. "오빠가 소스에 넣을 생각으로 사온 게 아닌가요?" 그 눈썹은 한껏 치켜올라가 있었다. "정신이 이상해진 거 아니에요?" 그녀는 차갑게 물었다.

이 순간 간호사와 버스 운전사가 우당탕 법석을 떨며 들어왔다. "이게 뭐죠?" 하고 버지니아가 말했다. 한 손에는 브랜디 잔을, 다른 한 손에는 텅 빈 올리브유 병을 들고 있었다. 그녀는 그 작은 병을 모두에게 흔들어댔다.

"그리고 이거!" 하고 리 커페이가 숨을 헐떡이며 녹색 종이봉지를 내밀었다.

"이 속에——." 깁슨 씨가 말했다. "손을 대서는 안돼, 에셀! 무서운 독약이야!"

"독약?" 하고 에셀은 뒷걸음질쳤다.

깁슨 씨는 세 개의 접시에 담긴 스파게티를 큰 그릇에 쏟고는, 정확한 동작으로 그릇을 집어들었다. "내 이름을 부른 사람은 비올레 부인이었어." 하고 그는 일행에게 설명했다. "그 여자는 은행에 갈 일이 있다고 했어요. 그렇게 말한 것이 방금 생각났어. 돌아오는 길에 그 여자가 버스를 탄 거지. 두 번째로 그 여자가 날 부른 건 내가 자리에서 일어나는 걸 봤기 때문이에요. 내 분실물을 본 거지. 그래서 빌려간 노끈과 함께 갖다 준 거예요."

"너무 정직해요……." 하고 로즈메리가 무서운 듯이 말했다.

"사실이오." 하고 세오가 말했다. "정말 거기에 독약이 들어 있을까?"

"이거예요. 독약은 오후 내내 이 집에 있었던 겁니다." 하고 깁슨 씨는 그릇을 안은 채 가만히 앉아서 무릎 위에 그릇을 올려놓고는 고개를 숙였다.

"경찰에 알려야 해요." 하고 보트라이트 부인이 재빨리 ——마음속으로는 기쁜 듯이 말했다.

"우리들은 모두 영웅이군요." 하고 버스 운전사가 말했다.

하지만, 영웅적인 소녀 지니 타운젠드는 서서 얼굴을 찡그리고 있었다. "그런데 깁슨 양은 왜 독약이 든 올리브유 병을 몰랐을까요?" 하고 숙녀는 물었다. "라디오에서 방송했는데……그 라디오에서. 거기 있는 그 라디오에서."

"난……몰라……무슨 독약인데?" 하고 에셀은 쓰러질 듯하면서 일어섰다. "난 몰라요. 올리브유? 그래서요?"

폴이 얘기하기 시작했다. "이분은 그걸 내 실험실에서 훔쳐……."

"아까 전화는 실험실에서 온 거였어요." 하고 보트라이트 부인은 냉정하게 말했다. "상대방은 아무것도 모르고 있어요. 독약이 분실된 사실만 알고 있을 뿐이지. 경찰이 아직 알리지 않은 모양이에요. 그래서 당신에게 오빠에 관해 물어봤던 것 같아요. 독약을 가지고 나갈 기회는 점심시간에 찾아왔던 오빠에게밖에……."

"아까 전화가 왔었어요." 하고 에셀은 분명치 않게 말했다. "아무도 얘기하지 않았어요……독약이라니? 켄이 독약을 갖고 있었나요?" 그녀의 눈이 바쁘게 움직였다.

"자신을 죽일 생각이었죠." 하고 운전사가 재미있다는 듯이 말했다. "그러나 지금은 진정되었어요."

"죽여요……무엇으로? 난 이해……."

"지금은 괜찮아요." 하고 로즈메리가 떨리는 목소리로 말했다. "아아, 당신, 정말 찾았군요."

"이거야." 깁슨 씨가 말했다. "내가 갖고 있어." 그는 손가락에 힘을 주었다. 로즈메리가 갑자기 천사처럼 보였다. 당장이라도 크고 흰 날개를 저어 천장을 뚫고 날아가 버릴 것만 같았다.

"자, 잠깐 기다려." 세오 마시가 말했다. 그는 리 카페이의 얼굴을 보았다. "이게 도대체 뭐지?" 하고 그는 물었다. "두 개의 구멍이 아닌가?"

"두 개의 구멍! 두 개의 구멍!" 하고 버스 운전사가 쉰 목소리로 웅얼거렸다. "알았어요, 선생님이 말한 의미를. 다른 사람을 저주한다는 뜻이죠." 그는 한 손을 내밀었다.

"그래, 맞았소." 세오가 말을 받았다. "이건 분석하는 편이 낫겠소. 그럼, 에셀……." 하고 그는 에셀 쪽으로 돌아섰다. "우리들이 모든 것을 잠재의식의 힘에 의해서 추진시켜 왔다는 건 물론 알고 있겠지, 예?" (화가는 버스 운전사의 '예?'를 도용하고 있었다.)

에셀은 혼이 빠져버린 듯한 얼굴을 하고 있었다.

"당신은 라디오를 듣지 못했다고 했소, 예, 예, 예?" 화가는 이상한 소리를 냈다. "그런데 잠재의식에는 무슨 소린가가 들렸을 거요. 그건 물론 알겠지. 자, 실험실에서 전화를 걸어 왔어요. 그런데 당신에게는 아무것도 말하지 않았다고요? 당신 역시 아무것도 묻지 않았다는 말이오?"

"있을 수 있는 얘기예요. 그건 좋아요." 하고 리가 쾌활하게 말했다. "당신의 잠재의식은 어디에 있었죠, 예? 모든 신의 아이에게는 잠재 ── (흑인 영가 '모든 신의 아이에게는 날개가 있다'를 흉내내서)."

"이 사람의 잠재의식은 둘에 둘을 더하고 있었지." 하고 세오가 지지 않고 큰소리로 말했다. "따라서 분명하잖소, 에셀? 당신은 오빠와 그 아내를 죽이려고 했어요. 그렇게 생각한 것이 틀림없어."

에셀은 화가의 얼굴을 똑똑히 보았다.

"왜냐하면 정말 죽이기 일보 직전까지 갔으니까." 세오가 말했다. "그 소스에는 무서운 독약이 들어 있어요. '그럴 생각이 없었다'는 말은 하지 않는 게 좋을 거요." 그는 윗도리의 진동에 엄지손가락을 넣었다. 마치 서부극에 나오는 보안관 같았다.

"난……." 하고 에셀이 쉰 목소리로 말했다. "라디오의 경고를 듣지 못했어요……난 몰라요……이유를 말해 주세요." 그녀의 추리력은 한군데를 빙빙 돌고 있는 것 같았다. "우리들이 병에 걸렸나요?"

"당신들은 죽었을지도 몰라요." 하고 버스 운전사가 말했다.

에셀은 깜짝 놀라 눈을 크게 떴다.

"그렇지 않으면——." 세오가 말했다. "당신은 분명히 자살하려고 한 거요." 세오는 버스 운전사 쪽으로 돌아섰다. "이거, 왜 이렇게 돼버렸을까?"

"괜찮아요, 어떻게 방법이 있겠죠." 운전사는 꽤나 진지하다. "이분의 동기가 무엇이었는지 우리들이 한 가지 가르쳐 줄까요?"

"섹스인가?" 하고 세오는 눈을 반짝였다.

깁슨 씨는 아무 말이 없었다.

로즈메리가 발끈해서 말했다. "터무니없는 얘기예요. 그만두세요, 두 분 다."

"잠재의식적으로는……." 하고 짓궂은 눈동자로 희생자를 바라보면서 화가가 다시 얘기하기 시작했다.

"세오!" 보트라이트 부인이 막았다.

"리!" 하고 같은 태도로 버지니아가 불렀다. 버스 운전사는 어깨를 늘어뜨리고는 두 손을 펴서 미안하다는 제스처를 했다. 하지만, 얼굴은 싱글싱글 웃고 있었다.

깁슨 씨는 아내를 지켜보고 있었다. 넋을 잃고. (그는 생각했다. 나의 연인은 친절하고 동정심이 많은 마음의 소유자야. 이것이 무지라면 얼마나 상냥하고 사랑스러운 무지인가!) 로즈메리는 에셀의 곁에 서서 과감히 그녀를 변호하고 있었던 것이다.

"에셀은 음악을 듣고 있을 때는 거기에서 나오는 멘트는 듣지 않아요. 단지 그뿐이에요. 습관이죠. 라디오의 경고가 정말 들리지 않았던 것이 틀림없어요. 사람을 죽이려고 하진 않았어요. 이분은 그럴 생각이 없었어요. 그럴 리가 없어요. 단순한 사고였어요. 당신들도 알고 있으면서." 하고 로즈메리는 화가에게 도전하듯이 말했다. "그러니까 이제 그런 비겁한 행동은 하지 마세요."

"로즈메리." 하고 에셀은 그녀에게로 손을 펴서 띄엄띄엄 말했다. "난 이유를 몰라요……정말. 난 절대로 해칠 마음이 없었어요. 당신들도 누구도……정말——."

"물론 그렇죠." 하고 로즈메리는 공포에 떠는 어린아이를 달래듯이 에셀을 다독거렸다. "저런 심술쟁이들이 하는 말엔 신경쓰지 않아도 돼요. 난 당신이 전혀 그럴 생각이 아니었다는 걸 믿고 있어요, 에셀."

현기증을 느끼면서 깁슨 씨는 생각했다. 로즈메리와 나는 가엾은 에셀에게 힘이 되어 주어야 한다……가엾고 용감하고 불행한 에셀. 신념을 잃고 사랑을 사기당한 에셀. 그는 잠시 동안 정신이 아찔했다. 모두가 앞을 다투어 에셀에게 자초지종을 얘기해 주고 있었다. 그걸 견딜 수 없었던 것이다. 문득 정신을 차리자 그는 다시 의자에 앉은 채 독약이 든 그릇을 두 손으로 꽉 쥐고 있었다. 그는 주위를 둘러보았다.

이제 앉아 있는 사람은 에셀뿐이었다.

월터 보트라이트 부인은 전화로 앞으로 취해야 할 조치를 경찰에 지시하고 있었다. (경찰은 부인이 말한 대로 움직일 것이다. 그는 그것을 믿었다.)

간호사는 모두가 잃어버렸던 브랜디를 찾아내서는 에셀의 의자 옆에서 생각에 잠긴 표정으로 혼자 홀짝홀짝 마시고 있었다.

버스 운전사와 화가는 맹렬한 악수를 교환하고 있었다. 화가는 지적인 즐거움에 글자 그대로 껑충껑충 뛰면서 다시, "두 개의 구멍! 두 개의 구멍!" 하고 말하고 있었다.

"재미있죠, 예?" 하고 버스 운전사가 말했다. "벌이 쏘지도 않았는데 울상이군요."

지니는 조금 전 (방금 그는 생각이 났다), "할머니에게 알려 드릴래요." 하면서 허둥지둥 밖으로 나갔다. 그리고 폴은 아까까지 지니를 안고 있었는데, 지금은 즐거운 나머지 로즈메리를 꽉 끌어안고 있었다. (누구라도 좋은 것이다. 끌어안을 수 있는 부드러운 육체라면. 깁슨 씨는 충분히 이해하고 있었다.)

깁슨 씨는 그릇을 끌어안고 생각했다. 도대체 이런 광경을 누가 예측할 수 있었을까? 그는 희열이 복받쳐 오르는 것을 느꼈다.

하지만, 그는 언제까지나 얌전하게 그 즐거움을 바라보지는 않았다. 이 축제 속으로 그는 그릇을 안은 채 스스로 뛰어들어간 것이다.

경찰차가 드라이브웨이로 미끄러져 들어왔다. 한 경찰이 차에서 내렸다.

젊은 그 경찰은 자신의 일에 그다지 자신이 없었다. 그는 현관으로 다가왔다. 벨을 누르기도 전에 그 문은 맹렬한 환영의 기세로 열리고, 키가 작고 야무진 체격의 남자가 술에 취한 눈으로 나타났다. 그 남자는 한 팔에 검은 머리에 날씬하고 기쁨에 가득 찬 눈을 가진 여자를 안고 있었다. 여자는 생글생글 웃으면서 남자와 함께 스파게티가 잔뜩 든 나무그릇 같은 것을 받쳐들고 있었다. 두 남녀는 무희처럼 보조를 맞춰 뒤로 물러난 뒤 경찰을 안으로 맞아들였다.

작은 공간에서는 키가 큰 미남자가 수화기에 대고 속삭

이고 있었다. "잘됐어요, 사실이에요. 모든 것이 멋졌어요. 전 곧 돌아갈 겁니다." (경찰은 전화 상대가 남자의 계모이리라고는 생각지도 못할 것이다.)

거실에서는 핑크색 셔츠를 입은 앙상한 노신사가 엉터리 곡을 휘파람으로 불면서, 그 가느다란 정강이에 한껏 위엄을 넣어 회색과 흰색 옷을 입은 귀부인의 거대한 몸을 왈츠 스텝으로 리드하고 있었다. 귀부인의 스텝은 경쾌했다.

가죽 점퍼를 입은 또 한 남자가 등을 구부리고 바닥에 앉아 있는 북구풍의 작은 금발 아가씨의 거부하지 않는 입술에 키스하고 있었다. 아가씨의 부드러운 손에 쥐어진 작은 잔에서 무슨 액체가 남자의 목덜미로 흐르고 있었다. 남자는 그것을 느끼지 못했다.

경찰의 눈은 이것들을 모두 보았다. 그는 처음부터 질문하기 위해 이곳으로 온 것이다. "사실은 사정을 잘 모르는데——." 하고 이 소동의 한가운데에서 마치 병자처럼 생기없이 카펫을 바라보고 있다. (분명 쇼크를 받은 것이 틀림없다고 그는 생각했다.) 평범한 얼굴의 중년부인을 바라보면서 경찰은 솔직히 말했다. "이분입니까?" 하고 그는 가엾게도 목소리를 죽이고 말했다. "무슨 독약을 부주의하게 취급한 사람이?"

입구에 서 있던 남자는 조금 망설였다. 그리고 나서 대답했다. "아니, 그건 나요. 하지만, 좋은 일이 있어서……자, 들어오시오." 하고 깁슨 씨는 진심으로 말했다. "난 이젠 괜찮소." 〈끝〉

작가와 작품에 대하여

샤롯 암스트롱(1905~1969)은 시인, 극작가, 단편소설가, 추리작가 등으로 알려져 있다.

그녀는 1905년 미시건 주 발컴이라는 철광산 마을에서 태어나고 자랐다. 위스콘신 대학에 2년간 다니다가 뉴욕으로 이주하여 1925년에 버나드 대학에서 문학사 학위를 받았다. 그 뒤 1928년 결혼하고 세 자녀를 키우는 중에도 '뉴요커'라는 잡지에 몇 편의 시를 발표했다. 그리고 연극에 관심을 갖고 희곡을 쓰기도 했다.

그녀는 나중에 추리소설작가로 변신하여 작품을 발표했으나, 추리작가로서 이름이 알려지기 시작한 것은 네 번째 작품인 「의심받지 않는 사람」을 내고 나서이다.

그녀는 많은 단편, 중편을 썼으며, 동시에 TV 각본도 썼다. 그녀의 작품에서 드러나는 특징은 다음과 같다.

1. 구성이 단순하지만 극작가다운 드라마틱한 효과를 나타내고 있다.

2. 가정 내의 상황을 극명하게 묘사해서 여성 독자들을 대상으로 하고 있다.

3. 박해받는 공포 심리에 초점을 맞추어, 거기에서 서스펜스를 추출하는 시도를 했다.

이처럼 그녀의 미스터리 특징은 한마디로 서스펜스와 위

험성에 있다고 볼 수 있다.

「독약 한 방울」은 그녀의 1956년도 작품으로서, 원제목은 'A Dram of Poison'이다. 드램이라는 단위는 야드 파운드법의 온스에서 파생된 도량형 단위로서 통산 1드램은 16분의 1온스, 즉 약 $1.77g$이며, 약국 도량형에서는 8분의 1 약용 온스가 되며, 그밖에 다른 종류의 환산법도 있다.

이 드램은 주로 약품이나 위스키의 양을 측정할 때 영국·미국에서 사용하는 단위이다. 그러나 일반적으로 드램은 '아주 조금'이라는 뜻으로 사용된다.

이 소설의 주인공은 초로의 학교 교사이다. 생활은 그렇게 풍요로운 것은 아니지만, 어느 정도 안정되어 있으며, 파란만장하지는 않았으나 나름대로 힘들었던 과거가 있으며, 예의바르고, 고상하며, 적당히 적극적이고, 적당히 소극적인——즉, 평범한 보통사람인 이 주인공에게는 그러나 두 가지의 약점이 있다. 하나는 학교에서 시를 가르칠 뿐 세상 물정을 모른다는 것. 하나는 55세의 나이까지 여성을 알지 못했다는 사실. 이 두 가지는 그 자신에게 약점으로 인식되지도 못했던 것인데, 어느 날 이 두 가지가 한꺼번에 그를 공격하게 된다.

그가 자살하기 위해 일을 꾸미는 전반부 내용은 상당히 조용한 가운데 심리적인 터치로 그려져 있다. 그러나 그 자살이 타살의 가능성으로 바뀌면서 후반부 내용은 급변하여 다이내믹한 상황으로 펼쳐진다.

암스트롱의 작품은 대개 '심리적인 추리소설'이라는 평을

받는다. 심리파 작가들이라면 대개 분위기에 과대한 비중을
두거나 이상 심리의 표현에 열중하는 면이 있으나, 암스트
롱은 정상적인 인간의 심리의 움직임을 포착하려고 노력하
고 있다.

사실 이 소설의 등장인물도 평범한 사람들로서, 아웃사이
더적인 인물은 하나도 등장하지 않는다. 보통의 서스펜스
소설이 특이한 악의적인 기틀을 형성하는 데 비해 이 소설
은 '선의적인 서스펜스'라고나 할까, 즉 악인의 활약을 독자
가 눈으로 좇는 것이 아니라 선의의 내부적인 갈등을 기초
로 해서 전개되는 것이다. 이처럼 암스트롱의 문체는 이 소
설의 무대인 캘리포니아의 조그만 도시처럼 밝고 합리적이
어서 이른바 '외향적'인 성격을 지니고 있다.

이 작품의 1959년도 미국추리작가협회(MWA)상 최우수장
편상을 받음으로써 그 작품성을 인정받았으며, 한 보고서에
의하면 이「독약 한 방울」이 추리소설 가운데 미국인들의
가슴속에 가장 깊이 자리잡은 작품이라고 한다.

샬롯 암스토롱의 대표적인 작품은 다음과 같다.
1. Lay On, MacDuff (1942)
2. The Case of the Weird Sisters (1943)
3. The Innocent Flower (1945) (영 : Death Filled the Glass)
4. The Unsuspected (1946)
5. The Chocolate Cobweb (1948)
6. Mischief (1950)
7. The Black-eyed Stranger (1951)
8. Catch-as-Catch-Can (1952)

 9. The Trouble in Thor (1953)

10. The Better to Eat You (1954)

11. The Dream Walker (1955)

12. A Dram of Poison (1956)

13. The Albatross (The Mask of Evil) (1957)

14. The Seventeen Widows of Sans Souci (1959)

15. Duo (1959)

16. Something Blue (1962)

17. A Little Less than Kind (1963)

18. The Witch's House (1963)

19. The Turret Room (1965)

20. I See You (1966)

21. Dream of Fair Woman (1966)

22. The Gift Shop (1967)

23. Lemon in the Basket (1967)

24. The Balloon Man (1968)

25. Seven Seats to the Moon (1969)

26. The Protégé (1970)

■ 옮긴이/**김석환**

· 전 한국항공대학 학장
· 편저 —「탐정게임」「명탐정 대작전 21」外 다수
· 번역서 —「구름속의 죽음」「테이블 위의 카드」
  「끝없는 밤」「갈색옷을 입은 사나이」「세번째 여자」外 다수

독약 한 방울

1992년 5월 30일 초판 1쇄 발행
2003년 7월 20일 중쇄 발행

지은이 샬롯 암스트롱
옮긴이 김 석 환
펴낸이 이 경 선
펴낸곳 해문출판사
주 소 서울시 마포구 합정동 388-28 합정빌딩 3층
전 화 325-4721,2
팩 스 325-4725
홈페이지 www.agathachristie.co.kr
등 록 1978. 1. 28 제 3-82호

값 5,000원

ISBN 89-382-0315-8 04840
ISBN 89-382-0290-9 (세트)

※잘못 만들어진 책은 교환해 드립니다.

추리 문학의 여왕
"애거서 크리스티"

세계인구 60억중 3분의 1에 해당하는 사람들이 읽은 추리소설.

추리 문학에 대한 공로로 영국 엘리자베스 여왕으로부터 〈데임〉〈남자의 나이트(기사)〉 작위를 받은 여인.

인류 역사상 성경 다음으로 가장 많이 팔린 슈퍼 베스트 셀러!

1. 그리고 아무도 없었다
2. 오리엔트 특급살인
3. 0시를 향하여
4. 죽음과의 약속
5. 나일강의 죽음
6. ABC 살인사건
7. 스타일즈 저택의 죽음
8. 애크로이드 살인사건
9. 장례식을 마치고
10. 3막의 비극
11. 예고 살인
12. 주머니속의 죽음
13. 커　튼
14. 백주의 악마
15. 움직이는 손가락
16. 엔드하우스의 비극
17. 프른 열차의 죽음
18. 메소포타미아의 죽음
19. 애국 살인
20. 화요일클럽의 살인
21. 누　명
22. 13인의 만찬
23. 회상속의 살인
24. 위치우드 살인사건
25. 삼나무 관
26. 구름속의 죽음
27. 부머랭 살인사건
28. 테이블위의 카드
29. 비밀 결사
30. 끝없는 밤
31. 목사관 살인사건
32. 갈색옷을 입은 사나이
33. 검찰측의 증인
34. 세 번째 여자
35. 명탐정 파커 파인
36. 침니스의 비밀
37. 죽음을 향한 발자국
38. 쥐　덫
39. 프랑크 푸르트행 승객
40. N 또는 M
41. 골프장 살인사건
42. 세븐 다이얼스 미스터리
43. 깨어진 거울
44. 빅　포
45. 벙어리 목격자
46. 포와로 수사집
47. 서재의 시체
48. 크리스마스 살인
49. 마지막으로 죽음이 온다
50. 창백한 말
51. 할로 저택의 비극
52. 마술살인
53. 잊을 수 없는 죽음
54. 부부탐정
55. 수수께끼의 할리 퀸
56. 맥긴티 부인의 죽음
57. 버트램 호텔에서
58. 죽은 자의 어리석음
59. 비뚤어진 집
60. 죽은 자의 거울
61. 잠자는 살인
62. 코끼리는 기억한다
63. 패딩턴발 4시 50분
64. 헤이즐무어 살인사건
65. 파도를 타고
66. 바그다드의 비밀
67. 리스터데일 미스터리
68. 엄지손가락의 아픔
69. 핼로윈 파티
70. 히코리 디코리 살인
71. 4개의 시계
72. 복수의 여신
73. 크리스마스 푸딩의 모험
74. 패배한 개
75. 카리브 해의 비밀
76. 리가타 미스터리
77. 죽음의 사냥개
78. 비둘기 속의 고양이
79. 헤라클레스의 모험
80. 운명의 문
● 애거서 크리스티의 비밀